Wolfgang Teltscher

DIE BRÜCKE, DIE IHR GEWICHT IN GOLD WERT WAR

Ein Rheinland-Krimi

Verlag
unibuch

www.unibuchverlag.de

Satz: Germano Wallmann · Gronau · www.geisterwort.de
Umschlaggestaltung: © Hildendesign · München · www.hildendesign.de
Bildmotiv: © wikimedia commons,
Foto: Unbekannt (US-amerikanischer Armeeangehöriger)
Druck: CPI – Clausen & Bosse · Leck

ISBN 978-3-934900-65-3

Bibliografische Information der Deutschen Nationalbibliothek
Die Deutsche Nationalbibliothek verzeichnet diese Publikation in der Deutschen Nationalbibliografie; detaillierte bibliografische Daten sind im Internet über <http://dnb.dnb.de> abrufbar.

Die Brücke ist ihr Gewicht in Gold wert.

Aussage von General Eisenhower, nachdem die Brücke von Remagen am 7. März 1945 von alliierten Truppen eingenommen wurde.

Was er mit dem Rest des Tages anfangen sollte, wusste er nicht. Es lohnte sich auch nicht, darüber nachzudenken, denn es war nicht mehr viel davon übrig. Also saß er in seinem alten VW und döste vor sich hin. Nachts stellte er oft sein Auto auf diesem Gelände um das alte Gebäude ab. Das kostete nichts und ersparte ihm die Suche nach einem Parkplatz. Sein Zuhause war eine Zweizimmerwohnung mit Kochnische in einem unspektakulären älteren Haus, dessen andere Zimmer von dem Eigentümer bewohnt wurden. Ein Parkplatz war nicht Teil seiner Miete. Er würde gern so komfortabel wie die meisten Leute in Remagen wohnen, konnte sich eine bessere Wohnung jedoch wegen ständiger finanzieller Engpässe nicht leisten. Zu den wenigen Freuden, die sein bisheriges Leben lebenswert gemacht hatten, gehörten zwei Freundinnen, aber beide Beziehungen hatten nur kurz angedauert. Das hatte vor allem an ihm selbst gelegen, das hatte er ohne Bedauern akzeptiert, er hatte einer Frau nämlich nicht bieten können, was sie von ihrem Mann erwarten durfte. Er hatte sich daher damit abgefunden, allein durch das Leben zu gehen. Natürlich wäre es schön, jemanden für regelmäßigen Sex zu haben, aber was nicht war, war halt nicht, und für den Notfall gab es ja auch andere Möglichkeiten.

Er blickte durch die Windschutzscheibe. Es fing an zu nieseln, ein weiterer Grund, im Auto sitzen zu bleiben. Der Mai war vor einer Woche gekommen, die Nächte waren jetzt mild genug, dass man es ohne laufenden Motor und Heizung im Wagen aushalten konnte.

Das alte Gebäude, das vor ihm aufragte, sollte vor dem Krieg eine Klosterschule gewesen sein. Das war lange vor seiner Zeit gewesen. Aus den oberen Stockwerken müsste man damals freie Sicht auf den Rhein gehabt haben, das war bestimmt romantisch. Heute wurde die Sicht durch Bäume versperrt, die über die Jahre unkontrolliert in die Höhe gewachsen waren. Auf der anderen Seite des Gebäudes führte eine Bundesstraße den Hang entlang, daneben Eisenbahngleise, auf denen ununterbrochen Passagier- und Güterzüge nach Bonn im Norden oder Koblenz im Süden ratterten. Dieser Verkehr hatte von der Romantik am Rhein nicht viel übrig gelassen.

Bis zum Ende des Krieges war das Haus von den Nazis für einen gemeinnützigen Zweck zweckentfremdet worden, gemeinnützig jedenfalls im Sinne der Nazis. Was sich genau während des Krieges hinter seinen Mauern abgespielt hatte, hatten die Menschen in der Gegend weitgehend aus ihrer Erinnerung gelöscht. Kurz nach dem Krieg hatte sich angeblich eine Hosenfabrik vorübergehend darin niedergelassen, deren Fabrikgelände in Köln durch Bomben dem Erdboden gleichgemacht worden war. Ob das stimmte, konnte er nicht beschwören, aber es interessierte ihn auch nicht. Auf jeden Fall war das Haus Ende der fünfziger oder Anfang der sechziger Jahre von der Bundeswehr übernommen worden.

Außer den Musterungen, die darin stattfanden, hatte die Bundeswehr damals ein Institut hier eingerichtet, das mit Medizin und Statistiken zu tun hatte. Soldaten, Ärzte und Zahlenreihen, eine komische Mischung, er konnte sich darunter nichts Rechtes vorstellen. Der Komplex war in dieser Zeit von einem Gitter umgeben und nicht für die Öffentlichkeit zugänglich gewesen.

Nachdem der Kalte Krieg vorbei war, und die Bundeswehr sich neu organisieren musste, hatte sich das Institut offensichtlich erübrigt. Das große Haus und das dazugehörende Gelände gammelten nun seit Jahren vor sich hin.

Die Zukunft des Anwesens lag im Dunklen, so dunkel, wie es der heutige Abend war. Das war ihm nur recht. Solange hier keiner wohnte oder arbeitete, konnte er sein Auto unbehelligt auf dem Gelände abstellen. Niemanden kümmerte es, dass das Einfahrtstor zur Straße offen stand, denn es gab hier nichts mehr zu holen, für das es sich lohnte, ein Tor zu verschließen.

Sein Blick fiel auf die steile felsige Wand, die sich hinter und seitlich des Gebäudes in die Höhe zog. Sie war mit Büschen überwachsen, wirkte unheimlich und bedrohlich. Er parkte sein Auto stets nahe der Felswand am Ende des Grundstücks, aber er war noch nie auf die Idee gekommen, den Hang in näheren Augenschein zu nehmen. Er hatte keine Sorge, dass sein Auto gestohlen werden könnte, dafür war es zu alt, verbeult und zerkratzt. Wenn es trotzdem jemand stehlen sollte, hoffte er, würde die Versicherung ihm dafür mehr zahlen, als es noch wert war.

Er schreckte auf. Eine Person ging an seinem Auto vorbei. Er duckte sich in seinen Sitz, weil er keine Lust hatte, entdeckt zu werden und eine Diskussion führen zu müssen, ob er hier parken durfte oder nicht. Die Person leuchtete den Boden mit einer Taschenlampe ab, ein runder Lichtfleck torkelte vor ihr her. Es war ein Mann, so viel konnte er erkennen. Der Mann ging an dem Auto vorbei auf den Hang zu, er schien das Auto nicht wahrzunehmen, und falls doch, ignorierte er es. Er wusste offensichtlich nicht, dass er beobachtet wurde, und schaute weder nach links noch nach rechts. Dann verschwand er nur wenige Meter entfernt zwischen den Sträuchern. Vielleicht war das ja der Platz, wo er manchmal zum Pinkeln hinging, wenn er es nicht bis nach Hause schaffte.

Der Mann im Auto wartete darauf, dass der Fremde wieder aus den Büschen hervorkam. Nichts geschah. Er fragte sich, ob er vielleicht eingeschlafen und es nur ein Traum gewesen war, als er glaubte, eine Person gesehen zu haben.

Nein, sagte er sich, ich habe deutlich das Licht der Taschenlampe gesehen, wie es auf dem Boden entlang gehüpft und dann zwischen den Büschen verschwunden ist. So etwas träumt man nicht.

Er war nervös und entschied sich, erst einmal eine Zigarette zu rauchen. Minuten verstrichen und immer noch tat sich nichts. Es war, als hätte sich der andere Mann in Luft aufgelöst. Es musste also einen Weg geben, der hinter den Sträuchern an dem Hang entlang ging oder einen Tunnel, der in den Hang hinein führte. Der Mann im Auto war sich sicher, dass er keinen Geist gesehen hatte. Geister haben keine Taschenlampen.

Wie schön es hier ist, freute er sich, wie schön, dass ich hier wohnen darf.

War das die Wahrheit oder belog er sich, weil er seine Gefühle nicht zugeben wollte? Wenn er ehrlich war, vermisste er Niedersachsen, den Ort, wo er aufgewachsen war und die längste Zeit seines Lebens verbracht hatte. Nein, schöner als im Rheinland ist es dort oben im Norden nicht, dachte er, nicht nach der allgemeinen Vorstellung von Schönheit. Aber was schön ist, ist Ansichtssache, das liegt ausschließlich in persönlichem Empfinden.

Kommissar Erhard Marder hatte sich auf eine Bank gesetzt und schaute nun dem Fluss zu. Vor einer Woche wäre das unmöglich gewesen, da hatte der Rhein mit seinem Hochwasser den Weg am Ufer überschwemmt, der normalerweise für Fußgänger und Radfahrer reserviert war. Nun hatte der Fluss wieder Vernunft angenommen und sich in sein Bett zurückgezogen.

Auch im Norden hatte er an einem großen Fluss gelebt. Nördlich von Hamburg, nicht weit von Stade, war die Elbe ein mächtiger Strom, deutlich gewaltiger als der Rhein bei Remagen. Es war jedoch nicht die Größe oder Breite der beiden Flüsse, die den wesentlichen Unterschied zwischen ihnen ausmachte. Der Unterschied waren die Flüsse selbst und alles, was sie umgab. Landschaft, Menschen, Städte und Dörfer.

Der Rhein floss Tag und Nacht unaufhaltsam in die gleiche Richtung, nur der Pegelstand änderte sich je nach Wetterlage, langsam, ohne dass man genau voraussehen konnte, wann er seinen Höchst- oder Tiefststand erreichen würde. Am Unterlauf der Elbe wechselte die Richtung des Wassers zweimal täglich, bei Ebbe strebte das Wasser ins Meer hinaus, bei Flut kam es zurück. Wenn starke Stürme aus dem Norden das Wasser in den Fluss drückten, drohten dem Land Überflutungen. Zum Glück gab es Deiche, die das regelten. Das war nicht immer so gewesen, früher hatten die Menschen bei Sturmfluten oft ihr Hab und Gut verloren. Aber solange er dort gelebt hatte, hatten die Deiche stets dem Wasser standgehalten. Als 1953 die letzte große Sturmflut über das Land an der Elbe hereingebrochen war, war er gerade erst geboren worden, und diese Katastrophe war noch nicht in seine Erinnerung aufgenommen.

Er liebte die Landschaft seiner Kindheit. Das Land kam flach bei den Deichen an, auf der anderen Seite der Elbe ging es ebenso flach weiter. Entwässerungskanäle unterteilten die Wiesen, auf denen Obstbäume standen, dazwischen weideten Kühe. Auf den Deichen grasten Schafherden. Viele Dörfer und Städte reichten nicht einmal bis an den Fluss, sie riegelten sich in sicherer Ferne durch Siele gegen Sturm und Fluten ab. Das war die Welt, wie er sie kannte, und er hatte als Kind geglaubt, dass sie überall so war.

Am Rhein waren die Städte romantischer als an der Elbe, sie schmiegten sich an die Ufer des Flusses und zogen sich in die Hügel hinauf. Die Sicht auf die Ortschaften von den Schiffen her wurde meistens von einer stattlichen Kirche beherrscht, die über die Häuser an der Promenade ragte. Er musste sich eingestehen, dass er diese Landschaft schön und reizvoll fand. Was ihn anfangs gestört hatte, waren die Busse mit Touristen, deren Insassen sich über die Städte an den Ufern ergossen. Aber er hatte inzwischen gelernt, das zu akzeptieren, denn ohne diese Besucher müssten die meisten Restaurants und Eisdielen am Fluss schließen, vor denen er gern in der Sonne saß.

An den Ufern der Unterelbe sah man Touristenbusse selten, das Blöken der Schafe war oft das lauteste Geräusch. Wenn sie nicht im Freien, sondern im Stall waren, und kein Sturm herrschte, war es unendlich still. Das war beruhigend, aber wenn er ehrlich war, war ihm diese Ruhe manchmal auf die Nerven gegangen. Dann hatte er sich gefragt, wo der Rest der Menschheit hingekommen war.

Was der Rhein und die Elbe gemeinsam hatten, waren Schiffe. Allerdings konnten diese nicht unterschiedlicher sein. Die auf der Elbe hatten einen Größenvorteil. Die neue Generation der Übersee-Frachter beförderte oft Tausende von Containern zwischen Hamburg und den Häfen der Weltmeere. Diese Containerschiffe hatten die Seefahrt und den weltweiten Handel revolutioniert und dabei die Romantik aus der christlichen Seefahrt vertrieben. Der Gedanke, was alles im Meer verschwinden würde, wenn so ein Schiff unterging, konnte einem Angst und Schrecken einjagen. Das sollte Gott verhüten, was er aber nicht immer getan hatte, es war schon mehr als einmal passiert. Die Containerschiffe, die den Rhein hinauf- und hinunterzockelten, hatten in den letzten Jahren ebenfalls an Länge und Breite zugelegt. Im Vergleich zu ihren großen Brüdern, die die Ozeane befuhren, wirkten sie dennoch wie Spielzeugschiffe.

Marder und seine Frau hatten sich bewusst entschieden, ins Rheinland zu ziehen. Er hatte länger gebraucht, als er erwartet hatte, sich auf das Leben in seiner neuen Heimat einzustellen. Er hatte nicht voraussehen können, dass ihn an manchen Tagen, noch mehr in manchen Nächten, wenn er nicht einschlafen konnte, die Sehnsucht nach dem flachen Land einholen würde. Er hätte nie geglaubt, dass er den ständigen Wind aus Nord/Nordwest, auf den er oft geschimpft hatte, vermissen würde.

Seine Frau hatte sich mit der Umstellung leichter getan, es schien ihr von Anfang an zwischen den Menschen im Rheintal zu gefallen. Das gab sie auch unumwunden zu. Sie hatte schnell Anschluss gefunden, im Fitnessclub und in der Kirchengemeinde hatte sie Freundinnen gemacht, mit denen sie sich gern in einem der Cafés der Stadt zum Plaudern und Schlemmen traf. Als sie einmal erwähnte, was eine dieser Frauen über ihre Pänz berichtet hatte, hatte er sie hilflos angeschaut. Er musste sich erst erklären lassen, dass mit *Pänz* Kinder gemeint sind. Und das war nicht das einzige Wort, das er neu lernen musste.

Sein Arbeitsplatz hatte sich bisher als so wenig aufregend herausgestellt, wie er es sich erhofft hatte. In kleinen Städten wie Remagen gab es eben meistens nur kleine Kriminalität, die von kleinen Verbrechern begangen wurde. Er war sich jedoch bewusst, dass das nicht immer so bleiben musste, denn manchmal schwappte das Verbrechen auch in freundliche und friedliche Orte, wo man nicht darauf vorbereitet war. Auch Remagen war davon nicht verschont geblieben. Vor fast zwanzig Jahren hatte es einen brutalen Raubmord in der Stadt gegeben, dem vier Menschen zum Opfer gefallen waren. Dieses Verbrechen hatte die Menschen zutiefst erschüttert, aber es war nun Teil der Geschichte des Ortes, und das tägliche Leben war längst wieder zur Normalität einer beschaulichen Kleinstadt zurückgekehrt.

Der Kommissar erhob sich. Das Entenpaar, das sich in seiner Nähe niedergelassen hatte, sprang verschreckt auf, lief aufgeregt zur Kante der Promenade und überlegte, ob es sich ins rettende Wasser stürzen sollte. Da Marder sich ihnen nicht weiter näherte, ließen sie es sein. Die Sonne hatte sich hinter einer Wolke versteckt, die über der Eifel aus dem Westen heranrückte und das linke Rheinufer in Schatten hüllte, während die weißen Häuser auf der anderen Seite des Flusses noch im Sonnenlicht glänzten. Er schlenderte flussaufwärts und wäre dabei fast von einem Radfahrer in bunter Renntracht über den Haufen gefahren worden. Er entschuldigte sich bei dem Mann, obwohl es eigentlich dessen Pflicht gewesen wäre, dies zu tun.

Er erreichte die Endtürme der ehemaligen Ludendorff-Brücke. Auf beiden Seiten des Rheins standen sie schwarz und beherrschend. Es schien, als blickten sie sich über den Fluss starr an, als hätten sie ein gemeinsames Geheimnis, über das sie nicht sprechen wollten. Die Brücke, die die Türme einmal verbunden hatte, war vor vielen Jahren ins Wasser gestürzt. In ihrer dunklen und unbeweglichen Wucht waren sie eine stumme Mahnung an die Menschheit, dass Kriege nie Brücken schlugen, sondern zerstörten. Er blieb stehen, betrachtete auf einer Tafel die in Erz gegossenen Schilderungen der Ereignisse am Ende des Zweiten Weltkrieges. Welche Tragödien hatten sich hier abgespielt, welche Hoffnungen wurden hier zu Grabe getragen? Gut, dass das die Vergangenheit war. Es wurden damals, nachdem dieser große Krieg vorüber war, aber auch Hoffnungen geboren, von denen sich eine Reihe erfüllt hatte. Marder war dankbar, dass er das Glück gehabt hatte, nicht eine Generation früher auf die Welt gekommen zu sein. Mit diesem Gedanken und der Zuversicht auf eine Zukunft in Frieden entschloss er sich, nach Hause zu gehen.

Durch die Einnahme der Brücke von Remagen durch amerikanische Truppen wurde der Zweite Weltkrieg nicht entschieden, da er es im Winter 1945 bereits war, nach Ansicht mancher Historiker jedoch um Wochen oder sogar Monate verkürzt.

In Erpel, gegenüber von Remagen, auf der rechten Seite des Rheins, waren damals deutsche Einheiten stationiert, die im Eisenbahntunnel am Ende der Brücke eine Verteidigungsposition errichtet hatten. Ihre Aufgabe sollte es sein, die Amerikaner am Überqueren des Flusses zu hindern, falls sie je bis zum westlichen Ufer des Rheins vorstoßen sollten. Das war nach den Verlautbarungen der deutschen Militärführung jedoch kaum zu befürchten, der Feind würden lange vorher weit im Westen besiegt worden sein.

Einer der in Erpel eingesetzten Offiziere war kein ehrlicher Mann. Vor der Nazizeit hatte er mehrmals wegen Betrügereien in Haft gesessen, da er aber als einer der Ersten in seiner Stadt der NSDAP beigetreten war, hatte man sein Vorstrafenregister bereinigt. Danach war sein Aufstieg in eine Offiziersposition in der deutschen Wehrmacht nicht mehr aufzuhalten. Er kannte natürlich die Volkssagen um den Nibelungenschatz, aber auch er wusste nicht, wo dieser auf dem Grund des Rheins ruhte. Er plante daher, sich selbst einen Schatz zu schaffen. Um das zu erreichen, betrog er nicht nur die Menschen am Rhein, sondern das gesamte deutsche Volk.

Er suchte Häuser oder Wohnungen in der Umgebung der Brücke auf, die den Eindruck machten, von wohlsituierten Menschen bewohnt zu sein. Er ließ die Leute mit großem Nachdruck wissen, dass er von der Obersten Heeresleitung beauftragt sei, Schmuckstücke wie Goldringe, Halsketten, Armbänder oder

Ähnliches einzusammeln. Das sei notwendig, um die Wehrkraft des deutschen Heeres zu stärken, und sie würden für ihre Opfer nach Ende des Krieges reichlich belohnt werden. Drei ihm untergeordnete Soldaten waren als Handlanger in seine Machenschaften eingeweiht. Sie gaben ihren Opfern zu verstehen, dass jeder Widerstand zwecklos sei, der Führer erwarte in dieser schweren Stunde des deutschen Volkes von jedem einen Beitrag zum Gelingen des baldigen Endsieges. Niemand wagte, sich diesen Anordnungen zu widersetzen, niemand wollte seine Familie in Gefahr bringen, weil er zu hartnäckig an weltlichen Gütern hing.

Im Laufe der letzten Kriegswochen war durch diese verbrecherische Aktion einiges an Werten zusammengekommen. Die ergaunerten Schmuckstücke waren mehr als ausreichend, um den Männern, vor allem dem Offizier, nach dem Krieg als Anfangskapital für einen Neubeginn zu dienen, egal, ob Deutschland verlieren oder gewinnen würde. Die Soldaten hatten im hinteren Bereich des Tunnels, in den die Gleise der Züge von der Brücke mündeten, eine Stelle ausgesucht, wo sie nachts ihre Beute heimlich verscharrten, mit der Absicht, diese nach Kriegsende ebenso heimlich wieder auszugraben. Dieser Plan funktionierte, zumindest der Teil, der davon ausging, dass keiner ihrer anderen Kameraden etwas von diesen nächtlichen Aktivitäten mitbekam.

Anfang März 1945 gelang es den Amerikanern, die Brücke zu erobern. Darüber waren sie selbst überrascht, denn zu diesem Zeitpunkt rechnete die alliierte Heeresführung nicht mehr damit, dass noch eine funktionsfähige Brücke über den Rhein existierte. Diese Tatsache ging später als das Wunder von Remagen in die Geschichte des Zweiten Weltkrieges ein. Die Brücke hatte allen Versuchen standgehalten, sie zu zerstören, obwohl sie, je nach Kriegslage, erst von Feind und dann von Freund bombardiert und beschossen worden war. Kurz bevor die Alliierten sie einnahmen, hatte sie einen letzten verzweifelten Sprengversuch der Deutschen überstanden. Man hatte jedoch nur minderwertigen Sprengstoff zur Verfügung, dazu lediglich die Hälfte der für diese Sprengung eigentlich notwendigen Menge, außerdem war das Zündkabel in einem schadhaften Zustand. Alles keine idealen Voraussetzungen für eine erfolgreiche Sprengung. Die Brücke erhob sich nach der Zündung des Sprengstoffes kurz von ihren Sockeln, setzte sich dann wieder auf ihnen nieder und fiel nicht ins Wasser wie von den Deutschen geplant. Sie war zwar beschädigt, aber verwendungsfähig. Da die deutsche Führung Schuldige für diesen Misserfolg brauchte, wurden fünf Offiziere, die für die geplante Zerstörung zuständig gewesen waren, nach einem kurzen Prozess vor einem Standgericht hingerichtet.

Die Amerikaner überquerten den Rhein mit ihren Panzern trotz Beschuss ohne entscheidende Verluste. Viele deutsche Soldaten, die versucht hatten, die Brücke bis zur letzten Patrone zu verteidigen, gerieten in Gefangenschaft. Nach der Eroberung versuchten die Alliierten, den Schaden an der Brücke zu reparieren, um den nachrückenden Militäreinheiten den Übergang über den Rhein zu ermöglichen. Das gelang, wenn auch nur für eine Woche; aber das reichte den amerikanischen Streitkräften, um sich östlich des Rheins zu etablieren. Dann brach die Brücke zusammen infolge der Sprengschäden, Bombardierungen und der Belastung durch das Übersetzen von schweren Panzern. Nur die Endtürme an beiden Ufern blieben stehen. Einige Pfeiler im Fluss ragten noch für einige Jahre in die Höhe und hielten nutzlos gewordene Planken mit Eisenbahngleisen in der Luft. Zu diesem Zeitpunkt hatten die alliierten Truppen am Ufer in Erpel den Nachschub mit Pontonbrücken gesichert. Bei dem Zusammenbruch der Ludendorff-Brücke kamen über dreißig Menschen zu Tode, die meisten davon waren amerikanische

Soldaten, aber auch Kriegsgefangene, die bei den Reparaturarbeiten eingesetzt wurden. Zu den Toten gehörte auch der Offizier, der sich die verbrecherische Beschlagnahme des Schmucks ausgedacht hatte.

Seine Gehilfen hatten ebenfalls nicht viel Glück. Keiner von ihnen kam in den Genuss des Schatzes, wie sie es sich bei ihrem bösen Tun ausgemalt hatten. Zwei der drei Soldaten wurden nach dem Verlust der Brücke von der Wehrmacht an andere Fronten geschickt. Einer von ihnen kam in den letzten unsinnigen Kriegstagen ums Leben, der andere geriet in russische Kriegsgefangenschaft und wurde nach Sibirien verschleppt, ohne dass man je wieder von ihm hörte. Beide hatten keine Möglichkeit gefunden, ihr Geheimnis um die vergrabenen Schätze preiszugeben.

Nur dem dritten, Engelbert Bergmeister, erging es besser. Er desertierte von der deutschen Wehrmacht, geriet jedoch ebenfalls in Kriegsgefangenschaft. Er wurde, wie viele seiner Kameraden, in dem Lager auf den Wiesen am Rhein zwischen Remagen und Sinzig untergebracht. Das war wegen der dort herrschenden Bedingungen ein hartes Los für alle Gefangenen, von denen viele nicht überlebten. Für Engelbert war es trotzdem ein glücklicher Umstand. Seine Familie kam aus Remagen und er hatte es nicht weit nach Hause, als er nach einigen Monaten aus dem Schlamm des Lagers entlassen wurde. In dieser Zeit hatte er sein Wissen um den vergrabenen Schmuck mit niemandem geteilt. Ende 1945 kehrte er in das Haus seiner Eltern in der Hermann-Göring-Straße zurück, die nun natürlich nicht mehr so hieß.

Beim Lesen rutschten die letzten Worte am Ende der Zeilen immer wieder aus seinen Augenwinkeln. Das ging zwei Tage so, wurde nicht besser, aber er dachte an nichts Böses, am wenigsten an einen Schlaganfall oder daran, dass er hätte tot umfallen können. Es wird Zeit, meine Brille überprüfen zu lassen, beruhigte er sich und ging zur Augenärztin. Die machte die üblichen Untersuchungen, um seine Sehstärken zu überprüfen, und schickte ihn als dringenden Fall in die Notaufnahme des Krankenhauses in Stade, denn damals lebte er noch in Niedersachsen.

Im Eingangsbereich der Notaufnahme herrschte Hochbetrieb, trotzdem fragte man ihn sofort, warum er gekommen sei. Er erzählte von seinem Besuch bei der Augenärztin, sie habe ihm geraten, sich hier zu melden, um sich wegen Verdachts auf einen Schlaganfall untersuchen zu lassen. Dann beschrieb er seine Symptome.

»Wann sind die zum ersten Mal aufgetreten?«

Er versuchte, sich zu erinnern. »Ich glaube, das war irgendwann gestern Morgen, vielleicht auch vorgestern Abend. Es geht mir schon viel besser.«

Warum er nicht eher gekommen sei, fragte die Dame hinter dem Empfangstresen überrascht. Auf jeden Fall sei er kein Notfall mehr, er möge bitte im Wartebereich Platz nehmen, man würde ihn aufrufen, wenn er an der Reihe sei. Er wartete eine gute Stunde, bis er zu den Ärzten durfte. Die bestätigten die Diagnose der Augenärztin; er hatte tatsächlich einen Schlaganfall erlitten. Er versicherte auch ihnen, es ginge ihm schon viel besser, aber darauf wollten sich die Mediziner nicht einlassen. Er wurde in einem fahrbaren Krankenbett in die

Stroke-Unit im dritten Stock transportiert und während der nächsten Stunden an verschiedene komplexe Apparaturen angeschlossen. Die bestätigten die Diagnose noch einmal.

Er verbrachte zehn Tage im Krankenhaus, wurde ständig mit seinem Bett durch kahle Gänge zu neuen Untersuchungen geschoben und an weitere Maschinen angeschlossen. Er hatte keine Vorstellung gehabt, was die moderne Medizin für Patienten wie ihn bereithielt. Seine Frau besuchte ihn täglich und ließ ihn wissen, wer von den Freunden und Bekannten angerufen hatte und ihm eine baldige und völlige Genesung wünsche. Er wunderte sich, dass so viele Leute an seinem Schicksal Anteil nahmen. Manche von den Namen, die seine Frau erwähnte, sagten ihm nicht viel, aber er freute sich über jeden.

Wenn er nicht gerade an einem Schlauch oder Kabel hing, durfte er sich auf den Gängen des Krankenhauses frei bewegen. Kam seine Frau in solchen Momenten zu Besuch, lud er sie zu Kaffee und Kuchen ins Restaurant im Erdgeschoss ein. Sie saßen dort im Halbdunkeln zwischen Patienten in Trainingsanzügen und Bademänteln und deren Besuchern. Im Raum herrschte gedrückte Stimmung und Marder fühlte sich dann ziemlich krank. Er war froh, danach wieder in sein helles Einbettzimmer zurückkehren zu dürfen. Diesen Luxus hatte er sich gegen einen Aufschlag geleistet, weil er Angst gehabt hatte, mit einem oder mehreren Kranken in einem Zimmer eingesperrt zu sein, die nachts schnarchten und tagsüber dummes Zeug redeten.

Am Wochenende besuchte ihn sein Sohn Andreas, der mit seiner Familie in Aachen wohnte. Er brachte Grüße und beste Wünsche von seiner Schwiegertochter und eine selbst gebastelte Karte »für meinen libsten Oppa« von seiner Enkelin mit. Er freute sich darüber sehr, denn so etwas Schönes hatte sie vorher noch nie zu ihm gesagt. Andreas meinte, er sei vor allem deswegen gekommen, weil er dienstlich ohnehin in Hamburg zu tun habe. Das hielt Marder für die halbe Wahrheit, sein Sohn wollte wahrscheinlich sichergehen, dass sein Vater nicht im Sterben lag und es nicht an der Zeit war, von ihm Abschied zu nehmen. Als Andreas verkündete, dass in einigen Monaten ein weiteres Enkelkind das Licht der Welt erblicken würde, fand Marder, das war ein weiterer Grund, noch nicht ans Sterben zu denken.

Martin, sein jüngerer Sohn, meldete sich über das Telefon. Er entschuldigte sich, dass er nicht kommen könne, da er ja vor wenigen Wochen wieder Vater geworden sei und er seine Frau im Moment nicht gern allein lasse. Sollte sich der Zustand jedoch verschlechtern, würde er natürlich sofort –

»Nein, nein«, unterbrach Marder ihn. »Mach dir wegen mir keine Sorgen. Mir geht es wirklich schon viel besser. Ich habe volles Verständnis für dich, und liebe Grüße an Melanie und Paula, und natürlich auch an den kleinen ... also den kleinen ...« Der Name des Kleinen wollte ihm partout nicht einfallen, vielleicht hatte der Schlaganfall doch mehr Schaden angerichtet, als er bereit war einzugestehen.

Sein Bruder Manfred aus der Nähe von Hannover besuchte ihn ebenfalls und umarmte ihn kräftig, ohne auf seinen Krankenstand Rücksicht zu nehmen. Ihre Leben waren in ähnlichen Bahnen verlaufen, beide waren bei der Kriminalpolizei gelandet. Das war kein Zufall, sondern seit ihrer Jugend so geplant. Als Kinder hatten sie mit Leidenschaft Bücher gelesen oder im Kinderfunk Hörspiele gehört, in denen kleine Jungen große Verbrecher zur Strecke bringen. Sie hatten sich gegenseitig versprochen, das auch zu tun, wenn sie einmal groß waren. Niemand hatte sie ernst genommen, aber als sie erwachsen geworden waren, hatten sie ihr Versprechen eingelöst. Sie hatten, ohne sich darüber Gedanken zu machen, stets im Gleichschritt gelebt, waren in die gleiche Schule gegangen, hatten ein gleich gutes, nach Ansicht ihrer Eltern eher gleich schlechtes Abitur gemacht und sich danach bei der Polizei beworben. Erhard Marder immer zwei Jahre später als sein Bruder Manfred. Nur den Schlaganfall hatte Manfred ihm nicht »vorgemacht«.

Nach zehn Tagen im Krankenhaus meinten die Ärzte, dass die größte Gefahr vorbei sei, und Marder durfte nach Hause. Man ließ ihn wissen, dass er aus medizinischer Sicht großes Glück gehabt habe. Die Ursache für den Schlaganfall sei mit hoher Wahrscheinlichkeit ein Blutgerinnsel in der rechten Halsschlagader gewesen und das hätte schlimm enden können. Man riet ihm dringend zu einer Rehabilitationskur in einer entsprechenden Klinik. Das Beste für ihn sei, nie wieder an seinen Arbeitsplatz zurückkehren, sondern den vorgezogenen Ruhestand zu beantragen. Da er bereits in der zweiten Hälfte seiner Fünfziger sei, meinten die Mediziner, ließe sich das im Rahmen der sozialen Gesetzgebung problemlos einrichten, es sei ja bekannt, wie ernst die Bundesrepublik die Fürsorgepflicht gegenüber ihren Bediensteten nehme.

Marder fand das nicht gut. Rehabilitation okay, das musste wohl sein, aber ein derart früher Ruhestand kam nicht in Frage. Er wollte noch einige Jahre das Verbrechen bekämpfen, nicht aus Idealismus, sondern weil er nicht wusste, wie er ohne Beruf seine Tage ausfüllen sollte. Jeden Tag nur Frau, Kinder und Enkel, dazu war er noch nicht bereit. Der Gedanke an einen Sessel vor dem Fernseher für den Rest des Lebens erfüllte ihn mit Schrecken. Tagesschau oder Sportsendungen, das war in Ordnung, auch der eine oder andere Spielfilm, solange es kein *Tatort* war. Von Krimis im Fernsehen hatte er sich vor Jahren verabschiedet, nicht, weil er sie unrealistisch fand, sondern eher, weil sie nach seiner Auffassung übertrieben realistisch und unnötig grausam waren. Wenn jede Ermittlung so aufregend wäre, jeder Verbrecher so gewissenlos oder gnadenlos wie die im Fernsehen, hätte er seinen Beruf wahrscheinlich längst an den Nagel gehängt. Auf gefälschte Dokumentarberichte oder Reality-Soaps mit schlechten Laienschauspielern hatte er erst recht keine Lust. Lieber noch ein paar Jahre hinter seinem Schreibtisch verbringen, auch wenn es dort nicht immer so heiter zuging wie im Büro des Kommissars im *Tatort* in Münster.

Seine Frau stand auf der Seite der Ärzte, sie konnte sich einen vorzeitigen Ruhestand ihres Mannes gut vorstellen und sah sich bereits die Länder der Welt bereisen, die sie immer schon hatte erkunden wollen. Es gab die eine oder andere erregte Diskussion zwischen ihnen, bis man sich auf einen Kompromiss einigte. Er würde um Versetzung bitten, weg von der stressigen Dienststelle im Hamburger Umland, hin zu einem ländlicheren, wenn möglich romantischeren Umfeld. Das musste nicht unbedingt in Niedersachsen sein. Besser, irgendwo südlicher in Deutschland, wo man sich für den kommenden Ruhestand einrichten konnte. Das Rheinland wäre nicht schlecht, meinte die Gattin, dann käme man den Kindern und den sich vermehrenden Enkeln näher, denn beide Söhne hatten sich mit ihren Familien im Rahmen ihrer beruflichen Karrieren am Rhein oder in dessen Nähe angesiedelt.

Das Rheinland war nicht unbedingt Marders Traumziel, das klang nach Karneval während vieler Monate im Jahr. Von den Dienstvorschriften her war es ohnehin nicht üblich, in ein anderes Bundesland versetzt zu werden, Polizeiarbeit sowie Versetzungen des Personals waren schließlich Ländersache. Nur wenn alle betroffenen Dienststellen guten Willens waren, konnte das Unmögliche möglich gemacht werden. Vor allem, wenn man einen guten Ruf genoss und sich über Jahre und Landesgrenzen hinweg Freunde gemacht hatte. Seine Frau war der Ansicht, das treffe auf ihn zu. Das Rheinland sei von allen schönen Landschaften in Deutschland eine der besten Alternativen. Man brauche nur die wunderbaren Burgen und die Fröhlichkeit der rheinischen Menschen zu bedenken. Natürlich setzte sie sich mit ihrer Meinung durch.

So waren die Marders in Remagen gelandet. Eine Stadt nahe genug an Köln und Aachen, um die Beziehungen mit den nächsten Generationen der Familie zu intensivieren, ohne in ihrer direkten Nachbarschaft zu wohnen. Das war gut so, fand er jedenfalls.

Remagen war eine kleine Stadt am linken Rheinufer mit einer langen Geschichte, die bis in die Römerzeit zurückging. Wenn ihre Einwohnerzahl in den letzten Jahrzehnten gestiegen war, lag das vor allem an der Gebietsreform und den Eingemeindungen weiterer Ortschaften der Umgebung. Die Region war unterwegs in die Zukunft. Um auf diesem Weg Kosten zu sparen, befand man sich jedes Mal, wenn eine Position in einer Behörde frei wurde, in Versuchung, diese zu streichen oder zumindest erst einmal abzuwarten, ob es auch ohne sie ging. Die Stelle des Remagener Kommissars, der in den Ruhestand gegangen war, sollte trotzdem neu besetzt werden.

Die dafür zuständige Behörde hatte mit dem Gedanken gespielt, diese Position dem Assistenten des ehemaligen Kommissars anzuvertrauen, diesen Plan aber wieder verworfen. Dafür war Benjamin Hofrichter zu jung und unerfahren. Er hatte in seiner bisherigen Karriere mehr als einmal seine Unerfahrenheit bewiesen und deutlich gemacht, dass er noch nicht bereit war, den Kampf gegen das Verbrechen in der Stadt anzuführen. Er benötigte weitere Lehrjahre. Marder mit seiner Erfahrung schien der vorgesetzten Dienststelle ein geeigneter Lehrmeister zu sein. Der Kommissar hielt das für ein ausgezeichnetes Arrangement; mit dem jungen Mann hatte er jemanden, der ihm Laufwege abnehmen und den Teil von Ermittlungen führen konnte, die den Einsatz eines hochkarätigen Fachmannes wie ihn selbst nicht wert waren.

Hofrichter war in Marders Augen der Urtyp eines Rheinländers. Niemand käme auf die Idee, ihn für einen Zugereisten zu halten, vor allem nicht, wenn er redete. Dann war seine tiefe Verbundenheit mit dem Rheinland nicht zu überhören. So wie sich im Gegensatz Marder nicht einbildete, jemals für einen gebürtigen Rheinländer gehalten zu werden. Seine Sprache würde ihn immer und ewig als einen Mann aus dem kühlen Norden verraten.

Selbstverständlich hatte Benjamin Hofrichter trotz seiner mangelnden Erfahrung auch gute Eigenschaften, und Marder wusste sie durchaus zu schätzen. Er war kommunikativ, freundlich und hilfsbereit, nur eben noch nicht klarsichtig und entscheidungsfähig genug, um die Verantwortung eines leitenden Kriminalbeamten zu übernehmen. Er war auf jeden Fall ein geselliger Mensch. Das sah Marder als typisch für die Rheinländer an. Nicht nur luden Hofrichter und seine Freunde sich unentwegt gegenseitig zum Essen ein, er erzählte auch ausführlich am Morgen danach, wie köstlich die gestrige Mahlzeit geschmeckt hatte. Das nervte Marder mitunter. Es interessierte ihn einfach nicht, wie gut es seinem Assistenten am letzten Abend gemundet hatte und welchen Wein er zum Essen getrunken hatte.

Marders Vorgänger, Bernhard Kampfer, war bedauerlicherweise ebenfalls von einem Schlaganfall getroffen worden. Leider mit schlimmeren Auswirkungen als für seinen Nachfolger, und er galt für den Rest seiner Dienstzeit als arbeitsunfähig. Das Tragische daran war, dass er einige Jahre jünger als Marder war, er hatte erst vor einem Jahr seinen fünfzigsten Geburtstag gefeiert. Marder hatte ihn nach seiner Ankunft in Oberwinter, einem Ortsteil von Remagen, besucht, wo der Mann liebevoll von seiner Frau und seiner Tochter gepflegt wurde. Marder erhoffte sich von ihm hilfreiche Ratschläge für seine neue Aufgabe, allerdings konnte sich der Kranke nicht mehr an viel erinnern, was vor dem Schlaganfall an seinem Arbeitsplatz vorgegangen war. Bernhard Kampfer weihte Marder in das ein, was er in seiner Jugend in diesem schönen Ort am Rheinufer erlebt hatte, alles, was danach in seinem Leben geschehen war, war ihm weitgehend entfallen. Marder wurde sich dadurch bewusst, welches Glück er trotz seines Schlaganfalls gehabt hatte, und schickte dem lieben Gott ein verspätetes Danke.

Der Tunneleingang hinter der Brücke auf der rechten Seite des Rheins ist noch in dem gleichen trostlosen Zustand wie im Frühjahr 1945. Seit dem Einsturz der Brücke vor mehr als einem Jahr hat sich kaum jemand in diese dunkle Höhle gewagt. Hier soll nach wie vor Munition gelagert sein, die jederzeit hochgehen kann. Engelbert hat gehört, dass es Pläne gibt, das Gewölbe in der nächsten Zeit zu untersuchen und auszuräumen. Er befürchtet, dass man dabei die dort vergrabenen Schmuckstücke finden könnte. Dass sie schon jemand entdeckt hat, kann und will er sich nicht vorstellen. Auf jeden Fall hat er nichts darüber gehört oder gelesen.

Es wird höchste Zeit, sein zukünftiges Vermögen auszugraben, es ist genug Gras über die Vorgänge kurz vor dem Kriegsende gewachsen. Seltsamerweise hat sich niemand der Bestohlenen beschwert, dass in den letzten Kriegswochen Wertsachen oder Schmuckstücke von der Wehrmacht beschlagnahmt wurden. Entweder haben die Leute ein schlechtes Gewissen, weil sie selbst Nazis gewesen waren, oder sie glauben, dass alles, was man ihnen genommen hatte, ohnehin längst eingeschmolzen und unwiederbringlich verschwunden ist. Es konnte ja niemand ahnen, dass die Soldaten nicht von Adolf Hitler aus Berlin, sondern von einem gewissenlosen Offizier bei der Brücke geschickt worden waren.

Noch weniger können die Betrogenen vermuten, dass die Gegenstände, die sie dem Deutschen Reich geopfert hatten, in ihrer unmittelbaren Nähe vergraben liegen. Engelbert ist der einzige Überlebende, der das weiß. Der Offizier und die zwei Kameraden, mit denen er gemeinsame Sache gemacht hat, sind tot, das hat er inzwischen herausgefunden. Die hatten vor ihrem Tod bestimmt niemandem von dem genialen Einfall um den Auftrag des Führers erzählt, die alten Kameraden können ihm also seinen baldigen Reichtum nicht mehr streitig machen. Das Problem ist, dass der Schatz auf der anderen Seite des Flusses schlummert. Das wäre nicht weiter schlimm, gäbe es die Brücke noch, aber die ist ja seit ihrem Einsturz Vergangenheit. Er muss einen Weg finden, den Schatz über den Fluss zu holen. Er hofft, das Problem mithilfe einer der Fähren zu lösen, die nach und nach ihren Dienst über den Rhein wieder aufgenommen haben.

Er hat vor, einen Teil des zukünftigen Vermögens für seine Hochzeit zu verwenden. Gerlinde Meinartz, das Mädchen, mit dem er seit 1943 verlobt ist, das er damals geliebt hat und immer noch liebt, wird erst später merken, dass sie einen wohlhabenden Mann geheiratet hat. Sie hat ihm während seiner Militärzeit und der Zeit im Gefangenenlager die Treue gehalten. Über das Rote Kreuz hatte sie herausgefunden, dass er in dem Lager am Rheinufer festgehalten wurde. Sie hatte versucht, die Wachmannschaften an den Lagertoren zu überreden, ihm etwas von den Nahrungsmitteln zu bringen, die sie für ihn zuhause eingepackt hatte. Das funktionierte wegen der Unübersichtlichkeit des Lagers nicht, keiner der Soldaten am Eingangstor wusste, wo ein Engelbert Bergmeister gerade biwakierte.

Er rechnet Gerlinde hoch an, dass sie zumindest versucht hatte, ihm zu helfen. Sie soll durch die Ehe belohnt werden und später an seinem Wohlstand teilhaben. Sie ist ein gutes Mädchen mit einem großen Herz, das Wert auf Anstand und Ehrlichkeit legt. Sie stammt aus einer alten katholischen Familie mit einem frommen, aber weltfremden Glauben an das Gute in den Menschen. Wenn er ihr jemals erzählen würde, wie sein Reichtum zustande gekommen ist, würde sie ihm nie erlauben, den Schmuck zu behalten.

Sie würde darauf bestehen, dass er zur Polizei geht, damit die Wertgegenstände ihren rechtmäßigen Eigentümern zurückgegeben werden können. Doch wie sollte er der Polizei erklären, wie die Gegenstände in das Versteck im Tunnel gekommen sind, ohne sich selbst des Diebstahls und Betrugs zu beschuldigen? Selbst, wenn er Gerlinde davon abbringen könnte, die Polizei einzuschalten, würde sie vermutlich verlangen, dass er persönlich die Schmuckstücke den Leuten zurückgibt, denen sie einmal gehört hatten. Wie soll er sich noch daran erinnern, was wem gehört hat? Bestenfalls würde sie zufrieden damit sein, einen Teil des Geldes, oder alles, der Kirche zu vermachen. Doch das hat er nicht vor, das kann niemand von ihm verlangen. Das wäre nicht fair, nach so viel Leid war er *jetzt an der Reihe, die schöneren Seiten des Lebens zu genießen.*

Er hat in der letzten Zeit genug gelitten, er ist immer noch nicht völlig von der Lungenentzündung genesen, die ihn in dem Gefangenenlager in den Wiesen am Rhein heimgesucht hat. Dort hat er über Monate dahinvegetiert. Es war die härteste Zeit gewesen, die er in seinem Leben durchgemacht hat. Schlimmer als die Zeit als Soldat, wo es manchmal mit der Verpflegung auch nicht so toll war, aber es immer irgendetwas gab, das satt machte. Einige seiner Kameraden waren in dem Lager elendig zugrunde gegangen. Die, die starben, wurden ohne Zeremonien und Feierlichkeiten in aller Eile vergraben, um die Verbreitung von Seuchen zu vermeiden. Es war ein kaltes und nasses Frühjahr gewesen und die Gefangenen hatten nicht gewusst, wie sie sich vor dem Regen und dem Wind schützen sollten. Es waren zu viele Menschen, die auf einem zu kleinen Gelände zusammengepfercht waren. Ihm war es vorgekommen, als müssten sie allein die Zeche für den verlorenen Krieg bezahlen. Dabei waren ihm und seinen Mitgefangenen die Gräueltaten der Nazis nicht wirklich bewusst, die waren in der Truppe nie ein

Gesprächsthema gewesen. Die kamen erst in den Monaten nach Kriegsende nach und nach ans Tageslicht. Damit hatte er als einfacher Soldat nichts zu tun gehabt, und im Vergleich zu den Verbrechen der Nazi-Elite in Berlin kam ihm die Sache mit dem Schmuck, den sie von den Reichen eingesammelt hatten, eher harmlos vor.

Die Wachsoldaten im Lager waren nicht so bösartig, wie man es kurz nach dem Ende eines mörderischen Kriegs befürchten konnte. Sie waren jedoch durch die Menge der Inhaftierten und den Mangel an sanitären Anlagen total überfordert. Es war nicht ihre Schuld, dass es nicht genug Decken gab, sodass die Insassen des Lagers nachts oft vor Kälte wimmerten. Einige von ihnen steckten den Gefangenen sogar gelegentlich Zigaretten zu, die sie von ihren eigenen Rationen abzweigten. Das war auch ihm passiert und er hatte die Marlboros trotz seiner aufkeimenden Lungenentzündung hastig und dankbar geraucht. Der Soldat, der sie ihm gegeben hatte, hatte ihn dabei mitleidvoll angelächelt und gesagt: »I'm so sorry for you. But lucky you, I don't smoke.«

Er hat das alles überlebt, aber wenn er heute in sich hineinhört, weiß er, dass längst noch nicht alles wieder gesund ist, was in seinem Körper Schaden genommen hat. Er wird die besten Ärzte suchen, damit sie ihn endlich heilen. Dafür braucht er Geld, wahrscheinlich viel Geld. Wenn das mit Hilfe der im Tunnel versteckten Wertgegenstände geschehen ist, wird es endlich Zeit für ein bisschen Freude im Leben, von dem er sich noch viele Jahre erhofft.

Er muss den Schatz, wenn er ihn ausgegraben hat, wieder verstecken, an einer Stelle, bei der er sicher ist, dass ihn niemand dort suchen wird. Es muss ein Ort sein, der in der Nähe von seinem Zuhause liegt, um sich nach Bedarf bedienen zu können. Er hat seine Kindheit und Jugend in Remagen verbracht, ist mit seinen Freunden zwischen Felsen und hinter Büschen herumgekrochen, deshalb hat er eine Vorstellung, wo das sein könnte.

Er betet, dass alles so abläuft, wie er es geplant hat.

Endlich wollte Olaf die alten Sachen aufräumen. Den wertlosen Krempel entsorgen, der seit eh und je in der leeren Wohnung herumlag, der nur noch Spinnen dazu diente, Netze zwischen ihm zu weben. Jetzt, wo sein Vater seit zwei Jahren tot war, brauchte er keine Hemmungen mehr zu haben. Der alte Mann war auf tragische Weise umgekommen, ein Raser hatte ihn auf einer kurvenreichen Landstraße bei Wachtberg im falschen Moment überholt. Beide konnten einem entgegenkommenden Lastwagen nicht mehr ausweichen. Im Krankenhaus hatte man ihn drei Tage am Leben halten können, dann war alles sehr schnell gegangen. Dass der Raser dabei auch zu Tode gekommen war, war nur gerecht. Alles sehr traurig, aber das Leben musste weitergehen.

Das Haus war fast noch in dem Zustand, wie es sein Großvater Engelbert Bergmeister kurz nach dem Krieg hinterlassen hatte. Olafs Vater hatte nie Anstalten gemacht, es zu renovieren, er lebte in dem Haus bis zu seinem Ende und hob alles auf, was vom Großvater darin geblieben war, und zusätzlich das, was in seinem eigenen Leben dazugekommen war. Nachdem der Vater gestorben war, war Olaf durch das Haus gegangen und hatte alles herausgeholt, was ihm Wert zu haben schien. Das war nicht viel, antike Möbel oder Schmuck erst recht nicht. Wenn es etwas von Wert darin gegeben hätte, hätte der Vater es längst verscherbelt, um seine Rechnungen in den Gastwirtschaften von Remagen zu bezahlen.

Das Haus war ein kleines, altes Gebäude, eingeklemmt zwischen ebenso kleine und unansehnliche Gebäude im ältesten Teil der Stadt. Von hier war es nicht weit zum Rhein und zu den Kneipen, wo der Vater den größten Teil seiner Freizeit verbracht hatte. Olaf war lange vor dem Tod seines Vaters aus dem Haus ausgezogen und hatte sich in der Nachbarschaft eine kleine Wohnung gemietet. Nun stand das Haus leer und verfiel immer mehr und damit auch sein Wert. Die Leute in der Straße behaupteten, das Haus sei ein Schandfleck in der Nachbarschaft, es sei an der Zeit, dass etwas damit passiere. Das müssen die gerade sagen, hatte Olaf sich beruhigt, ihre Häuser sehen auch nicht viel besser aus.

Die Mutter hatte den Vater vor Jahren verlassen, sie war mit einem jüngeren Mann durchgebrannt. Olaf hatte zu diesem Zeitpunkt bereits in seiner eigenen Wohnung gewohnt und sich längst daran gewöhnt, ohne ihre Fürsorge auszukommen. Sie lebte jetzt, soweit er wusste, irgendwo im Süden Europas. In den ersten Jahren nach der Trennung war wenigstens zu Weihnachten eine Postkarte von ihr gekommen, aber das hatte inzwischen aufgehört. Dass sie noch lebte, war alles, was er von ihr wusste, er hatte ihre Anschrift und E-Mail-Adresse in einem Verzeichnis im Internet gefunden. Er hatte sich kurz überlegt, ob er ihr eine Mail schicken sollte, den Gedanken aber wieder fallen gelassen. Er konnte heute verstehen, dass die Mutter das Weite gesucht hatte, als sich die Gelegenheit durch einen anderen Mann geboten hatte. Sie hatte es wohl satt, jeden Abend in der Wohnung auf ihren Mann zu warten, bis er von seinen Kneipentouren zurückkam. Kneipen hatte es damals in Remagen in Hülle und Fülle gegeben, es sollen vor dreißig, vierzig Jahren an die hundert gewesen sein. Kein Wunder, dass der Vater schwer den Weg nach Hause gefunden hatte. Die Mutter jedenfalls hatte ihre Familie in Remagen hinter sich gelassen, als ob sie nie Teil ihres Lebens gewesen war. Olaf hatte sich damit arrangiert und sich daran gewöhnt, keine Mutter mehr zu haben.

Nachdem er das Haus geerbt hatte, war es nie seine Absicht gewesen, dort einzuziehen. Dafür waren die Erinnerungen an seine Kindheit nicht schön genug. Um es zu verkaufen, hatte er sich an einen Makler gewandt, der ihm klar machte, wie wenig Geld er für dieses Haus in seinem vernachlässigtem Zustand erwarten konnte. Daraufhin hatte er das Haus vom Markt genommen und gehofft, dass steigende Immobilienpreise das Problem lösen würden. Das war nicht geschehen, ganz im Gegenteil, es wurden in der Nachbarschaft ständig ähnlich renovierungsbedürftige Häuser zum Verkauf angeboten, die nur schwer Käufer fanden.

Das war ihm mittlerweile gleichgültig, er war das Warten auf steigende Immobilienwerte leid. Er wollte das Haus um jeden Preis loswerden, denn in Anbetracht seiner finanziellen Lage war ein bisschen Geld besser als überhaupt kein Geld. Sein Großvater war früh gestorben, als er beinahe noch ein junger Mann gewesen war. Welch eine traurige Geschichte. Er überlebte den Krieg und die Gefangenschaft und heiratete kurz nach dem Krieg seine Gerlinde. Das hatten sie sich schließlich versprochen, bevor er zur Armee eingezogen wurde. So waren die Menschen damals eben, vor allem wenn sie gute Katholiken waren wie die Großmutter. Ein Eheversprechen war ein Versprechen für die Ewigkeit, selbst wenn ein Weltkrieg dazwischenkam. Es soll für die Zeit kurz nach dem Krieg eine prunkvolle Hochzeit gewesen sein. Die geladenen Gäste hatten sich wohl über den Glanz des Festes gewundert, aber es war nicht überliefert, dass sich jemand über die großzügige Bewirtung beschwert hatte. Die alten Leute in der Stadt, die dabei gewesen waren und noch lebten, schwärmten davon, wenn sie über die guten alten Zeiten sprachen. Zeiten, die nach heutigem Maßstab alles andere als gut gewesen waren.

Es war eine Zeit der Dürftigkeit und Bescheidenheit am Rhein gewesen, wie überall in Deutschland. Die Menschen hatten im Krieg gelitten, einige hatten alles verloren. Am schlimmsten waren die betroffen, deren Söhne nicht aus dem Krieg zurückkamen. Das Wirtschaftswunder hatte noch nicht angefangen und die Menschen lebten oft von der Hand in den Mund. Wer es sich leisten konnte, holte sich ein bisschen Luxus vom Schwarzmarkt. Vielleicht hing die Hochzeitfeier von Engelbert Bergmeister und seiner Braut Gerlinde deswegen so lange in den Gedächtnissen nach. Man fragte sich damals, woher Engelbert das Geld hatte, um all die Speisen und Getränke zu besorgen.

Das alles wusste Olaf von seiner Großmutter. Sie meinte, auch sie hätte sich über den Wohlstand ihres Bräutigams gewundert, aber als glückliche Braut hätte sie natürlich nicht nachgefragt, wo das Geld herkam, und von sich aus hätte Engelbert nie darüber gesprochen. Er habe nur gesagt, dass er vor dem Krieg genug gespart hatte, um sich diese Hochzeit zu leisten, es sollte schließlich der schönste Tag in ihrem Leben werden.

Leider hatte der Großvater das Eheleben mit seiner Frau nicht lange genießen können, er ließ sie schon am Ende des gleichen Jahres als Witwe zurück. Eine Lungenentzündung, die er sich während der Zeit in dem Gefangenenlager auf den Rheinwiesen zwischen Remagen und Sinzig zugezogen hatte, war nicht in den Griff zu kriegen. Sie machte seinem Leben ein plötzliches und trauriges Ende. Die Kraft des Großvaters reichte noch, um einen Sohn zu zeugen, aber danach ging es mit ihm rapide bergab. Dieser Sohn war Olafs Vater Johannes gewesen, der nun auch nicht mehr auf der Erde war. Was für ein Segen, dass das mit der Zeugung noch geklappt hat, dachte Olaf Bergmeister, wenn das dem Großvater nicht gelungen wäre, gäbe es mich nicht. Manchmal fragte er sich, ob es Leute gab, die ihn vermissen würden. Viele wollten ihm nicht einfallen.

Die Großmutter hatte nie wieder geheiratet und nur selten über ihren Engelbert gesprochen. Wenn sie es tat, bestand sie stets darauf, dass sie ihn über alles geliebt habe und sich keinen anderen Mann an ihrer Seite vorstellen konnte. Erst spät in ihrem Leben, als sie wusste, dass sie nicht mehr viel Zeit hatte, hatte sie Olaf die Wahrheit anvertraut, die ihr seit ihrer Hochzeit zu schaffen gemacht hatte. Sie sagte, sie wolle sich etwas von der Seele reden, wovon niemand ahne, dass es dort schlummere. Sie würde sich nicht einmal trauen, mit einem Priester in der Beichte darüber zu sprechen. Denn was würde der dann von ihr denken? Selbst die Angst vor einem unendlich langen Aufenthalt im Fegefeuer oder in der Hölle konnte sie nicht dazu bewegen.

Sie hatte Olaf erzählt, dass sie sich ihr Leben lang geschämt hatte, keine echte Trauer empfunden zu haben, als ihr Mann weniger als ein Jahr nach der Hochzeit an den Folgen der Krankheit starb, an der er seit der Kriegsgefangenschaft gelitten hatte. Zum Glück habe sie als Ergebnis der Ehe mit Engelbert wenigstens einen Sohn auf die Welt gebracht, der sei ihr Ein und Alles gewesen und habe ihr Trost für ihr Versagen als Ehefrau gegeben.

Sie sagte, sie hätte den Großvater eigentlich nicht heiraten dürfen, wenn sie auf ihr Gefühl gehört hätte. Als er aus dem Krieg und der Gefangenschaft zurückkam, sei er eine andere Person geworden, als er es vorher gewesen war. Manchmal machte er einen verwirrten Eindruck und sagte Dinge, auf die sie sich keinen Reim machen konnte. Er war nicht mehr der offene und liebenswerte Mann, der um sie geworben hatte. Sie hatte in ihrem Herzen gemerkt, dass ihre Liebe für ihn längst nicht so mehr bedingungslos war wie vor seiner Einberufung zum Militär. Aber weil er so viel Schlimmes durchgemacht hatte, tat er ihr leid und sie hatte nicht die Kraft gefunden, ihn mit ihren wahren Gefühlen zu konfrontieren. Sie hatte geglaubt, die Liebe würde sich mit der Zeit wieder einstellen. Außerdem war es für ihre ganze Familie selbstverständlich, dass sie Engelbert heiratete, als er nach all den Leiden wieder zuhause war. Er habe ein Recht darauf, nun die schönen Seiten des Lebens zu genießen. Dazu gehörten eine Ehefrau und die Freuden, die sie mit sich brachte. Sie habe ihm schließlich versprochen, ihn zu lieben, zu achten und zu ehren in guten und in schlechten Tagen.

Wenige Wochen, nachdem sie Olaf in dieses Geheimnis eingeweiht hatte, starb sie einen ruhigen Tod.

Olaf hatte inzwischen den Unrat seines Vaters aussortiert, den er in den Müll schmeißen wollte. Für die alten Möbel würde mit Sicherheit niemand etwas bezahlen wollen, die würde er einem karitativen Verein in der Stadt kostenlos anbieten. Was die nicht wolten, würden sie hoffentlich als Gegenleistung für seine Großzügigkeit kostenlos zur Deponie für Sperrmüll in Niederzissen bringen.

Im Schlafzimmer herrschte ein muffiger Geruch, damit unterschied es sich nur wenig von den anderen Räumen des Hauses. Die Matratzen waren feucht und wiesen unübersehbar Flecken von Schimmel auf, in einer Ecke lagen noch alte Bettlaken, in denen Generationen von Motten Hochzeit gefeiert und ihre Jungen großgezogen hatten. An den Wänden befanden sich Wasserflecken, die Nässe hatte über die Zeit ihren Weg durch das Dach und die Mauern gefunden. Überall Dreck. Egal, was er anfasste oder wohin er sich bewegte, alles verursachte unerträgliche Staubwolken.

Olaf wollte schnell wieder aus dem Haus, hier hielt ihn nichts, keine schönen Erinnerungen an Kindertage, vor allem nicht an liebevolle Eltern. Nur den Papierkram, den er in einer Schublade in dem Wrack des Küchenschranks findet, blätterte er schnell durch, um sicherzugehen, dass auch hier nichts Wertvolles darunter war. Das konnte er sich ohnehin bei bestem Willen nicht vorstellen. Alte Bücher, vergilbte Postkarten von vergessenen Ferien, Briefe aus der Mitte des vorigen Jahrhunderts von Absendern, die ihm nichts bedeuteten, dazu jede Menge belanglose Zettel. Weg damit. Offizielle Dokumente wie zum Beispiel den Entlassungsschein des Großvaters aus der Kriegsgefangenschaft oder die Geburtsurkunde von seinem Vater aus dem Jahr 1946 wollte er lieber aufheben, man wusste ja nie, wofür.

Als er die gefalteten Urkunden zur Seite legen wollte, fiel ein loses Blatt heraus. Das Material des Papiers war grob und grau, wie Papier nach dem Krieg wohl gewesen war. An den Rändern hatte es kleine Einrisse. Es handelte sich um ein Schriftstück in altmodischer, verwaschener und verwackelter Schrift, als sei es dem Autor nur mit Mühe gelungen, den Text zu verfassen. Die Worte waren schwer lesbar. Am oberen Rand des Blattes konnte Olaf die Worte *Wichtige Notiz* entziffern, die im Gegensatz zum Rest des Textes in säuberlicher Druckschrift geschrieben waren.

Er fragte sich, ob es die Mühe wert war, das alte Ding zu lesen. Wahrscheinlich ein Schriftstück, das vielleicht vor sechzig Jahren oder mehr wichtig gewesen war, aber heute mit Sicherheit irrelevant und wertlos war. Er wollte es zerknittern, aber dann erwachte doch noch seine Neugier. Er drehte das Papier um und sah, dass es auf beiden Seiten beschrieben war. Er zog es nahe an seine Augen heran und begann zu lesen, mühsam und langsam, Zeile für Zeile. Nachdem er damit fertig war, ging sein Atem schwer. Er las es noch einmal, Wort für Wort, mit ungläubigem Staunen.

Das mehrstöckige Gebäude vor dem Olaf stand, wirkte kalt und bedrohlich.

Er konnte kaum glauben, was der Großvater geschrieben hatte. Wenn es stimmte, was er gelesen hatte, würde sich sein Leben schlagartig ändern. Heute würde es sich entscheiden, ob er für den Rest seines Lebens ein reicher Mann sein würde. Es sei denn, er war einer Lügengeschichte aufgesessen. Er hatte den Großvater nie kennengelernt, aber er erinnerte sich, dass seine Eltern, als sie noch miteinander sprachen, sich manchmal über sein tragisches Ende unterhalten hatten. Der Großvater soll in den letzten Wochen vor seinem Tod nicht mehr ganz bei Sinnen gewesen sein. Die Großmutter, die er als Kind noch gekannt und geliebt hatte, hatte erwähnt, dass ihr Engelbert manchmal wirres Zeug geredet hatte, nachdem er aus dem Krieg und der Gefangenschaft zurückgekommen war. Er habe Dinge behauptet, die man einfach nicht ernst nehmen konnte. Vielleicht gehörte das, was in dieser Notiz stand, dazu. Als er wegen der verschleppten Lungenentzündung gestorben war, hatte man wahrscheinlich alles, was er in seinen letzten Tagen oder Wochen von sich gegeben hatte, den Wahnvorstellungen eines Sterbenden zugeschrieben.

Warum hatte er diese Notiz geschrieben? War es seine Absicht gewesen, dass sie von seinem Sohn gefunden wurde? Dass erst sein Enkel sie finden würde, hatte er sich wohl kaum vorstellen können.

Es schien, Olafs Vater hatte sich nie die Mühe gemacht, die alten Unterlagen seines Vaters zu durchsuchen, und so hatte die Notiz zwischen den anderen Papieren über all die Jahre unentdeckt und ungelesen vor sich hingedöst.

Es war windig, aber er spürte den Wind kaum. Die Wolken ließen nur gelegentlich das Licht des Mondes auf die Erde fallen. Olaf war aufgeregt, er wusste nicht, ob seine Hoffnungen oder seine Zweifel überwogen. Er machte sich keine Sorge, entdeckt zu werden. Niemand konnte wissen, dass er hier war. Seine Zweifel an der Notiz ließen ihn aber auch jetzt nicht los, jetzt, wo er wahrscheinlich kurz davor stand, sein altes Leben hinter sich zu lassen. Seine Gedanken drehten sich im Kreis, fingen immer wieder von vorne an. Konnte es wirklich wahr sein, was sein Großvater geschrieben hatte? Oder waren es nur die Hirngespinste eines Mannes, der viel gelitten hatte und darüber zum Spinner geworden war? Ein alter Mann, der Dinge für real hielt, die in Wirklichkeit nie geschehen waren?

Nein, Olaf korrigierte sich, der Großvater war er kein alter Mann, als er nach Krieg und Gefangenschaft nach Hause kam. Er musste gewusst haben, was er tat, auch wenn die Gefangenschaft in dem Lager auf den Wiesen am Rhein ihm sicherlich schwer zugesetzt hatte. Dieses Lager musste für die Insassen die Hölle auf Erden gewesen sein. Eigentlich waren es nur Löcher im Schlamm mit losen Planen darüber gewesen. Es sollte ein kalter Winter und Frühling gewesen sein. Die Alliierten wussten offensichtlich nicht, wo sie mit den Tausenden von Kriegsgefangenen hin sollten, die ihnen bei der Kapitulation der Deutschen Wehrmacht in die Hände gefallen waren. Dieses Chaos, ein Zusammentreffen von Hunger und Frieren und damit großem Leiden für die gefangenen Männer war wahrscheinlich keine böse Absicht der Sieger gewesen, aber für die Betroffenen eine Katastrophe. Die Fotos, die Olaf von den Zuständen in dem Lager gesehen hatte, hatten das deutlich gezeigt. Viele Männer waren dort gestorben, wie viele genau, konnte niemand mit Sicherheit sagen, die Historiker stritten darüber.

Das graue Gebäude wirkte wie eine verlassene Festung, die in die Nacht ragte. Olaf kannte dieses alte Haus mit den vielen Fenstern, aus denen kein Licht mehr auf die Erde fiel. Es war lange eins der größeren Gebäude in der Stadt gewesen, auf einem Abhang nicht weit unterhalb der Apollinaris Kirche. Es war früher, bevor er geboren wurde, eine Schule gewesen, die einem Orden gehörte, der darin seinen Nachwuchs großgezogen hatte. Das war vor der Nazi-Zeit gewesen. Von den Nazis war es als Heim für Mädchen und Unterkunft für Fremdarbeiter genutzt worden. Es sollten Sachen darin geschehen sein, über die man damals in der Stadt wohl nicht sprach und es immer noch nicht tat.

Nach dem Krieg hatte die Bundeswehr es übernommen, restauriert und ein Institut darin eingerichtet. Zu dieser Zeit war das Gebäude zur Straße und den Nachbargrundstücken sorgfältig vom Rest der Welt abgeschirmt gewesen. Das hatte er selbst als Kind noch miterlebt. Das Institut war vor ein paar Jahren aufgegeben worden, weil es nach der Wiedervereinigung überflüssig geworden war, so hieß es jedenfalls. Olaf hatte den Verdacht, dass es in Wahrheit auch von der Bundeswehr für geheime Zwecke benutzt worden war, die nie in die Öffentlichkeit drangen. Nun stand es leer und rottete vor sich hin. Wenn alles so war, wie er es erhoffte, und er fand, was er suchte, musste er der Bundeswehr dankbar sein, dass sie den Schatz über Jahre bewacht hatte.

Das Tor, das den Zugang auf das Grundstück früher versperrt hatte, existierte nicht mehr. Links und rechts standen rostige Pfosten, dazwischen gab es nichts, das ihn aufhalten könnte. Olaf ging die Einfahrt hinauf, rechts war eine freie Fläche, auf der in einer Ecke ein altes Auto abgestellt war. Hier schien die Welt zu Ende zu sein. Da war sie, die Felswand, in die nach der Notiz von seinem Großvater ein Stollen oder Tunnel hineinführen sollte.

Ob dieser Tunnel tatsächlich existierte, konnte er nicht erkennen. Es war dunkel und die Felswand war von Büschen und Kletterpflanzen überwuchert. Wenn es den Tunnel gab, musste er dahinter versteckt sein, es sei denn, der alte Mann hatte sich in seinem kranken Gehirn doch alles nur eingebildet. Der Gedanke, sich vor sich selbst lächerlich gemacht zu haben, ließ Olaf nicht zur Ruhe kommen. Aber nur, weil Opa Engelbert eine Lungenentzündung gehabt hatte, musste das nicht heißen, dass er verrückt oder unzurechnungsfähig gewesen war.

Olaf leuchtete mit seiner Taschenlampe die Büsche vor sich an, dann ging er mit vorsichtigen Schritten zwischen ihnen durch. Er blieb vor der Felswand stehen. Er tastete die Wand ab. Nichts, nur Felsen. Er machte einige Schritte nach rechts, dann nach links. Noch einen Schritt und noch einen. Seine Hände griffen plötzlich ins Leere. Vor ihm war eine Öffnung, der Eingang in einen Tunnel. Der Schein der Lampe verlor sich im Dunkeln, stieß in der Tiefe des Tunnels an eine Wand. Er ging vorsichtig in den Stollen hinein. Ein Windzug begegnete ihm. Der Tunnel musste am hinteren Ende eine Öffnung ins Freie haben. Langsam ging er weiter. Mit der Taschenlampe leuchtete er die Wände ab. Er machte ein paar Schritte vorwärts, blieb immer wieder stehen, um sich zu orientieren. Er musste bald an die Stelle kommen, wo der Schatz vergraben sein sollte. Nun war er fast überzeugt, dass sein Großvater nicht gesponnen hatte, dass er hier gewesen war, dass er hier einen Schatz vergraben hatte.

Fast wäre er an einen Felsvorsprung gestoßen, der in der Höhe seines Kopfes aus der Wand herausragte. Das musste der Stein sein, von dem der Großvater geschrieben hatte, dass der Schatz direkt darunter vergraben war. Olaf fing an zu graben.

Es war eine mühselige Arbeit, denn er hatte nur eine kleine Schaufel mitgebracht, mit der man normalerweise Blumen in einem Balkonkasten umsetzte. Aber er kam voran, es war kein felsiger Untergrund, wie man hätte vermuten können, sondern nur Erde. Wenn es die richtige Stelle war, hatte sich der Boden über die Jahre zwar verfestigt, er wehrte sich aber nicht gegen die Schaufel. Nach einer Weile hatte Olaf fast einen halben Meter tief gegraben. Er fand vermoderte Holzstücke, die sich mit Erde vermischt hatten. Das ermunterte ihn weiterzumachen. Er warf die Holzreste auf den Haufen, den er neben seinem rechten Knie aufgetürmt hatte. Das Holz schien der Rest einer Kiste zu sein. Die Kiste, in der vielleicht der Schatz transportiert worden war. Das hoffte er jedenfalls. Er vergaß alles um sich herum, er war sicher, kurz vor dem Ziel zu sein. Er grub und grub, war entschlossen, so lange weiter zu machen, bis er den Schatz finden würde, denn seine Zweifel, ob es ihn tatsächlich gab, hatten sich in Luft aufgelöst.

Die Schaufel stieß auf einen harten Gegenstand. Er griff mit der Hand in den Boden. Da war etwas. Ein Stein? Nein, es fühlte sich an wie Metall. Er hob es hoch. Es war tatsächlich ein Gegenstand aus Metall. Er wischte ihn ab und leuchtete ihn mit seiner Taschenlampe an. Es war ein Schmuckstück. Es war golden ... ja, es war aus Gold. Woraus sonst sollte es sein? Er grub weiter. Er fand mehr Holzreste und immer wieder Schmuckstücke. Er grub und grub. Er geriet in einen Rausch und schrie: »Halleluja!« Und noch einmal: »Halleluja! Ich bin reich!« Er grub tiefer und tiefer, weitere Schmuckstücke kamen an das Licht der Taschenlampe. Er legte sie neben sich. Er nahm nicht mehr wahr, was um oder hinter ihm geschah. Der Großvater hatte recht. Alle Mühe hatte sich gelohnt. Er wusste, dass er für den Rest seines Lebens unendlich reich sein würde.

Wenige Atemzüge später war er tot.

Er war eine halbe Stunde bergauf gelaufen. Als er auf dem Hügel ankam, war er erschöpft und musste sich ausruhen. Er setzte sich auf eine Bank, schloss die Augen und versuchte, an nichts zu denken. Als er die Augen wieder öffnete, wusste er nicht, ob er nur ein paar Minuten oder eine Stunde geschlafen hatte. Um ihn war ein dichter Wald, in dem die Sonne kaum den Boden berührte. Hinter ihm zwitscherten Vögel. Er ging einige Schritte und stand vor einer Ackerfläche, die sich grün über sanfte Hügel erstreckte. Zwei Männer joggten auf einem Weg zwischen den Feldern. Sie kamen an ihm vorbei und er hörte, wie sie schwer atmeten, sah, dass sie trotzdem versuchten, ihm zuzulächeln. Er grüßte zurück. Eine Reiterin kam ihm entgegen, am Sattel des Pferdes war eine Leine befestigt, an deren Ende ein Hund hing, der das Tempo des Pferdes mitgehen musste. Die Frau hat es gut, dachte Marder, sie hat einen, der sie trägt, und einen, der sie beschützt.

Zwei Bauernhöfe lagen in einiger Entfernung zwischen den Feldern, flache Gebäude, von Bäumen halb verdeckt. Einer war eine Schweinefarm, man roch es bis hier her, der andere war ein Reiterhof, bei dem weder Bewegungen noch Geräusche wahrzunehmen waren. Ein friedliches Bild, wäre nicht aus dem Schweinestall ein angstvolles, vielleicht auch nur aufgeregtes Quieken zu hören. Das störte die Idylle. Kommissar Marder hoffte, dass dort nichts Grausames geschah. Die Szene war so, wie er sie aus seinem früheren Leben auf dem Land im Norden kannte. Sie hatte wenig, eigentlich nichts, mit dem Rheintal gemeinsam, das nur einen Spaziergang entfernt lag Es gefiel ihm hier, er hatte fast das Gefühl, als wäre er wieder zuhause, in Niedersachsen.

Er ging zurück in den Wald, schlenderte über eine Lichtung, einen leicht abfallenden Hang hinab. Da war er, der Rhein. Tief unter ihm floss er Köln und dann dem Ruhrgebiet entgegen, danach in die Nordsee, wenigstens das hatte er mit der Elbe gemeinsam. Am Ufer auf der anderen Seite befanden sich bewaldete Höhenzüge, an manchen Stellen schroffe Felsen.

Eine Bank forderte ihn zum Sitzen auf. Direkt zu seinen Füßen lag das übersichtliche Häusermeer von Remagen, auf der anderen Seite des Flusses sah er die Stadt Erpel, rechts davon die Erpeler Ley, ein Plateau, auf dem sich ein beliebter Aussichtspunkt befand. Die dem Fluss zugewandte Seite des Berges war steil und abweisend. An der Erpeler Ley war von der Römerzeit bis ins zwanzigste Jahrhunderts Basalt abgebaut worden. Die Rinnen im Basaltgestein, die aus der Ferne wie Säulen aussehen, waren an der steilen Felswand deutlich zu erkennen. Auf halber Höhe klaffte ein großes Loch in der Wand. Als Marder es zum ersten Mal gesehen hatte, hatte er vermutet, dass es eine Plattform war, auf der man Kanonen aufgestellt hatte, um die Brücke zwischen Remagen und Erpel im Krieg gegen die heranrückenden Feinde aus dem Westen zu verteidigen. Inzwischen wusste er es besser: Dieses Loch war das Ende eines Tunnels, der durch den Berg getrieben worden war. Von hier hatte man den Basalt, den man an der anderen Seite des Berges abgebaut hatte, einfach in das Tal gekippt, um ihn auf Kähne zu verladen.

Am Fuß des Hügels blickten zwei massive schwarze Türme auf den Fluss. Das waren die rechtsrheinischen Brückenköpfe der ehemaligen Ludendorff-Brücke, von der Marder wusste, dass sie als *Die Brücke von Remagen* gegen Ende des Zweiten Weltkrieges eine wichtige Rolle gespielt hatte. Er hatte vor etlichen Jahren, als er gerade bei der Polizei angefangen hatte, den Film mit dem gleichen Titel im Kino gesehen. Er war in Amerika mit bekannten Filmstars produziert worden und hatte ihn damals mehr gepackt als die meisten Filme dieser Zeit. Er konnte sich noch an viele Details erinnern. Der Film handelte von der Überquerung des Rheins durch amerikanische Truppen und den vergeblichen Versuchen der deutschen Wehrmacht, sie daran zu hindern.

Von seiner Sitzbank aus wirkte der Kirchturm der kleinen Stadt Erpel nicht glorreich göttlich, sondern eher malerisch verschlafen. Die Häuser an den Hängen über dem Ort glänzten in der Abendsonne, ein wunderbar in sich ruhendes Bild. Hundert Prozent Rhein-Romantik. In zwei Stunden würde die Sonne untergegangen sein und die Hügel auf der anderen Seite des Stromes würden sich in eine dunkle Wand mit tausend Lichtpunkten verwandelt haben. Großartig und mysteriös.

Im Tal unter ihm pulsierte das Leben. Hier oben war er nicht Teil davon, sich jedoch der Hektik an beiden Seiten des Stroms bewusst. Bundesstraßen an den Ufern, Bahngleise eingeklemmt zwischen Wasser und Hügel. Schnellzüge, Bahnen des Nahverkehrs und Frachtzüge drängelten sich hier Tag und Nacht und belästigten Bewohner des Tales mit Lärm. Auf dem Fluss Schiffe, die unermüdlich Güter brachten und holten.

Er blieb einige Minuten auf der Bank sitzen, dann ging er ins Tal hinab, vorbei an stattlichen Häusern mit gepflegten Gärten. Hier wohnten die besser gestellten Leute in der Stadt. Menschen, deren Familien vermutlich ihren Wohlstand über Generationen weitergereicht haben. An der Sinziger Straße angekommen, die gleichzeitig die B9 war, nahm er allen Mut zusammen und überquerte die Fahrbahn in einer Lücke der endlosen Autokarawane, der nächste Fußgängerübergang war dreihundert Meter entfernt, diesen Umweg wollte er sich ersparen. Er musste sich beeilen, um nicht unter die Räder der Autos zu kommen, von denen sich kaum eins an die zulässige Höchstgeschwindigkeit hielt.

Am Rheinufer suchte er sich einen Platz vor einem Lokal an der Promenade, wo Besucher die Abendsonne genossen. Einheimische und Touristen. Wer von ihnen in der Mehrheit war, traute er sich nicht zu entscheiden. An einem Tisch vor einer Eisdiele sah er Benjamin Hofrichter, seinen Assistenten. Er hatte keine Lust, sich mit ihm zu unterhalten, und tat, als bemerke er ihn nicht. Er bestellte ein Alsterwasser und musste wieder einmal feststellen, dass in diesem Teil Deutschlands ein Alsterwasser nicht dasselbe wie in Niedersachsen war. Er hätte einen Radler bestellen sollen. Er nahm sich vor, sich das nun und endgültig zu merken. Er beobachtete die Möwen, die dicht über der Wasseroberfläche dahinsegelten. Am Rand des Stroms kämpfte eine Gruppe Enten gegen die Strömung. Er fragte sich, wo diese Tiere Plätze für ihre Nester finden, ohne dass sie von der Strömung oder von dem wechselnden Wasserstand des Flusses weggeschwemmt werden.

Ein Musiker mit seinem Akkordeon ging zwischen den Tischen und Stühlen auf und ab, spielte Wiener Kaffeemusik und bat mit traurigen Augen um milde Gaben. Manche Besucher gaben ihm etwas Kleingeld, die meisten ignorierten ihn, sie fühlten sich mehr belästigt als unterhalten. Radfahrer in Freizeitkleidung, davon einige in aufwendig bunten Rennoutfits, fuhren am Ufer entlang. Eigentlich war hier eine Fußgängerzone, aber das kümmerte die Radler wenig. Marder streckte seine Beine aus und schenkte der Welt um sich herum nicht länger Beachtung. Er dachte, wie so oft, über das Land am Rhein nach. Seine erste Erkenntnis war, dass am Fluss hier unten im Tal und im Gegensatz dazu in den Feldern und Wäldern nur hundertfünfzig Meter höher, wo er noch vor einer halben Stunde gewesen war, zwei unterschiedliche Welten existierten.

Seine zweite Erkenntnis betraf sein eigenes Leben. Alles in allem, dachte er, sind das Rheinland und die Menschen, die hier leben, keine schlechte Wahl für die Zeit vor meinem Ruhestand und erst recht nicht für die Zeit danach. Was ich kaum zu hoffen gewagt habe, ist eingetroffen. Meine letzten Dienstjahre werden, wenn alles gut geht, friedlich und harmonisch ohne Mord und Totschlag verlaufen. Mit Benjamin Hofrichter werde ich mich arrangieren. Ein typischer Rheinländer, aber ich denke, er ist lernfähig. Bis zu meinem Abgang als Pensionär werde ich ihm genug beigebracht haben, um ihn mit gutem Gewissen als meinen Nachfolger vorschlagen zu können.

Marder wusste nicht, wie weit er von der Realität der nächsten Zukunft entfernt war und wie zerbrechlich die Welt seiner Naivität war.

Wo war der Mann geblieben? Er hatte gesehen, wie er zwischen die Büsche verschwunden war. Er konnte sich nicht in Luft aufgelöst haben. Etwas ging da vor. Er würde gern wissen, was es war.

Langsam öffnete er die Tür seines Autos. Den Schlüssel ließ er im Zündschloss stecken. Man konnte ja nicht wissen, ob man schnell abhauen musste. Stehlen würde den Wagen in den nächsten Minuten bestimmt niemand. Er wartete einige Sekunden, dann stieg er aus. Leise drückte er die Autotür zu. Bloß kein unnötiger Lärm. Er blieb stehen und erschrak, ein Schatten huschte über den Boden. Eine Ratte oder eine Maus. Der Mond warf für Sekunden ein diffuses Licht über den Hof, dann verkroch er sich wieder hinter einer Wolke. Er lauschte. Nichts ist zu hören. Der Mann, er war sicher, dass es ein Mann war, könnte jederzeit aus den Büschen wieder hervorkommen. Er wartete einige Atemzüge, dann bewegte er sich vorsichtig auf das Gebüsch zu. Das Licht der Taschenlampe des Mannes war nirgends zu sehen. Alles war ruhig. Ihm wurde unheimlich, seine Neugier war jedoch größer als seine Angst. Er ging zwischen die Büsche, wo er den Mann hatte verschwinden sehen. Ein Zweig wischte ihm übers Gesicht, traf ihn im Auge. Er schob ihn unwirsch zur Seite. Er wollte fluchen, traute es sich aber nicht. Beim nächsten Schritt stieß er an die Felswand. Es musste irgendwo weitergehen. Er war unsicher, was er tun sollte.

Er nahm sein Taschenmesser aus der Jacke und klappte es auf. Es war stabil und etwas größer, als ein Taschenmesser unbedingt sein müsste. Er hatte es immer bei sich. Aus Sicherheitsgründen. Sicherheit wovor? Konnte er nicht sagen, spielte keine

Rolle, einfach so, wegen der Sicherheit eben. Er tastete sich an der Wand entlang. Nach links, es war ihm vorgekommen, als hätte es dort zuletzt Bewegung in den Sträuchern gegeben. Seine Hände ertasteten die Felswand. Sie war rau und feucht. Plötzlich, er griff ins Leere. Er blieb stehen. Atmete tief ein. Ganz ruhig bleiben, sagte er sich. Er ging einen Schritt weiter. In der Wand war eine Öffnung. Er konnte sie nicht sehen, nur spüren. Die Luft war anders, frischer, er fühlte einen Luftzug. Er streckte beide Hände aus, fand links und rechts Halt und machte zögernd einen Schritt in die Öffnung hinein. Der Luftzug wurde deutlicher. Er spürte es in seinem Gesicht. Es musste einen Gang in den Berg hinein geben. Vorsichtig ging er weiter. Nach drei Schritten blieb er stehen und lauschte. Ein Wassertropfen traf seine Stirn. Wie feucht es hier war. Er hielt den Atem an. Er glaubte, ein kratzendes Geräusch zu hören. Da musste jemand sein. Die Geräusche mussten von dem Mann verursacht werden, der zwischen den Büschen verschwunden war. Wieder machte er vorsichtige Schritte. Er sah einen schwachen Lichtschein nur wenige Meter vor sich. Das musste die Taschenlampe sein, die der Mann bei sich gehabt hatte. Er blieb stehen und überlegte, ob es nicht besser wäre, umzukehren. Nein, er musste herausfinden, was hier vor sich ging. Er griff sein Taschenmesser fester. Er hatte immer geahnt, dass er einmal in eine Situation geraten würde, in der er es brauchte. Vielleicht war das jetzt der Fall.

Maximilian war neun, Torsten elf. Sie waren Brüder und sich meistens einig, was sie gegen den Willen ihrer Eltern tun wollten. Am liebsten spielten sie im Wald, der nur wenige Schritte von ihrem Haus begann. Die Schule lag für heute hinter ihnen, die Eltern waren nicht zuhause. Der Vater arbeitete als Krankenpfleger im Schlaflabor im Remagener Krankenhaus, wo er es täglich mit unausgeschlafenen und schlecht gelaunten Leuten zu tun hatte. Er selbst schlief manchmal auch nicht gut, und wurde in solchen Nächten dazu noch von wirren, manchmal auch grausamen Träumen gepeinigt. Er wachte dann am Morgen erschöpft auf, schimpfte erst auf seine Träume und danach mit den Kindern, die nicht wussten, womit sie das verdient hatten. Seine Frau riet ihm an solchen Morgen, sich selbst einmal im Schlaflabor behandeln zu lassen.

»Als ob das was hilft, die meisten Kollegen leiden selbst unter Schlafschwierigkeiten. Wenn die sich alle im Schlaflabor behandeln lassen würden, hätten wir keine Betten mehr für Patienten frei. Auf jeden Fall helfen uns eigene Schlafprobleme, unsere Patienten besser zu verstehen.« Frau und Kinder versuchten an solchen Tagen, ihm so wenig wie möglich in die Quere zu kommen. Die Mutter von Maximilian und Torsten war in der Verwaltung des Arp-Museums in Rolandseck angestellt. Sie liebte ihre Arbeit, hatte aber oft ein schlechtes Gewissen, denn als Mutter von zwei Jungen sollte sie ihnen eigentlich mehr Zeit widmen können. Hin und wieder musste sie geschäftlich verreisen, das ließ sich nicht vermeiden, wenn man einen Arbeitsplatz mit Verantwortung hatte. Wenn sie von diesen Reisen nach Hause kam, war sie erleichtert, wenn sie ihre Kinder munter und gesund antraf. Meistens passte während ihrer Abwesenheit jemand aus der Verwandtschaft auf die Jungen auf. Doch wenn sich das nicht arrangieren ließ, hatten Maximilian und Torsten große Freiräume, Dinge zu unternehmen, die den Eltern nicht recht wären, wenn sie davon Kenntnis hätten.

Heute war so ein Tag, an dem sie den Nachmittag unbeaufsichtigt für sich hatten, und Maximilian und Torsten wollten etwas erleben. Im Wald. Zu Stellen gehen, wo Kinder eigentlich nichts verloren hatten.

»Ich weiß was«, sagte Torsten, als sie überlegten, was sie unternehmen wollten.

»Was denn?«

»Wir gehen zu der Ruine von dem alten Haus oben im Wald, das früher mal ein Hotel oder so was war. Wo die Leute immer Ausflüge hin gemacht haben und auf den Rhein runtergeguckt haben.«

»Du meinst das Haus, wo es so gruselig ist. Mama und Papa wollen nicht, dass wir da alleine hingehen. Sie sagen immer, da ist es gefährlich, weil im Boden Löcher sind, wo früher Treppen in den Keller gegangen sind. Außerdem soll es da giftige Schlangen geben.«

»Das sagen die nur, um uns Angst zu machen, und auf die Löcher im Fußboden passen wir einfach auf. Und wir brauchen ihnen ja nicht zu sagen, dass wir da waren. Haben wir das letzte Mal ja auch nicht.«

»Und was sollen wir da?«

»Einfach drin herumstöbern. Mal schauen, was es da noch so gibt. Was sich da verändert hat seit dem letzten Mal. Da soll sogar ein Schatz versteckt sein.«

Torsten wusste natürlich, dass in der Ruine im Wald kein Schatz versteckt war, aber er wollte seinem kleinem Bruder das Abenteuer schmackhaft machen. Sie gingen die Straße hinauf, ihr Ziel war von ihrem Elternhaus nur eine gute Viertelstunde entfernt und dann noch ein paar Meter in den Wald. Sie kamen an den Parkplatz, der von Spaziergängern benutzt wurde, wenn sie in den Wald oder über die Felder gehen wollten. Dort begann auch ein Waldlehrpfad, der an dem alten jüdischen Friedhof vorbeiführte, der sie nicht besonders interessierte. Sie bogen auf einen kleinen unscheinbaren Weg zwischen den Bäumen ab, den man leicht übersehen konnte. Nach wenigen Metern kamen sie an einem Ameisenhügel vorbei. Maximilian hob einen Stock vom Waldboden auf und stocherte darin herum. Panik brach bei den Tieren aus, sie rasten aufgeregt auf der Oberfläche ihres Zuhauses in alle Richtungen hin und her. Maximilian fand das total spannend.

»Lass das«, rief Torsten. »Du weißt ganz genau, dass man das nicht soll! Das ist für die Ameisen so, wie wenn es in unserem Haus ein Erdbeben gibt.« Das hatte er letzte Woche im Biologie-Unterricht gelernt.

»Ich finde es toll, wenn die Ameisen so wild herumrennen. Das kann ihnen bestimmt nicht schaden, das hält sie fit. Mama sagt doch auch immer, wir sollen viel herumlaufen, dann bleiben wir gesund.«

»Ich sag noch mal, lass das. Jetzt komm endlich weiter!«

Maximilian schlug bockig mit dem Stock noch einmal auf den Ameisenhügel und schleuderte ihn dann in den Wald. Sie gingen weiter und kamen zu einem kleinen Tümpel, eigentlich nur eine große Pfütze, die vom letzten Regen übriggeblieben war. Torsten ging nahe an das Wasser heran. Es machte platsch, ein Frosch sprang ins Wasser und tauchte weg. Er trat noch einmal mit dem Fuß auf den Waldboden, ein zweiter Frosch sprang seinem Kollegen hinterher und verschwand ebenfalls in der schlammigen Brühe.

»Du bist blöd«, sagte Maximilian. »Mir hast du gerade gesagt, ich soll die Ameisen in Ruhe lassen, und jetzt machst du dasselbe mit den Fröschen. Das soll man bestimmt auch nicht tun, vielleicht brüten die gerade.«

»Du spinnst ja wohl, Frösche brüten doch nicht. Die freuen sich, wenn sie mal zu ihren Weibchen ins Wasser springen können. Aber davon verstehst du nichts. Dafür bist du zu jung.«

Sie erreichten endlich das Gelände, auf dem ein ehemals stattliches Gebäude am Verwittern ist. Das Anwesen hatte sein Verfallsdatum deutlich überschritten. Es war die Ruine einer Gastwirtschaft. Früher war sie ein beliebtes Wanderziel gewesen, die Besucher genossen den Ausblick ins Rheintal und auf das Siebengebirge bei Kaffee und Kuchen. Davon war heute jedoch nichts mehr zu erkennen, Bäume und Büsche waren unkontrolliert gewuchert, wo bis vor ein paar Jahrzehnten freie Sicht gewesen war. Es gab immer wieder Pläne, das Gebäude wiederzubeleben, aber alle guten Absichten hatten sich durch finanzielle oder andere widrige Umstände nicht realisieren lassen. Als jemand die schöne Idee hatte, hier ein Sanatorium oder eine Kurklinik einzurichten, hatte ihm die Gesundheitsreform einen Strich durch die Rechnung gemacht, weil sich nicht mehr viele Leute eine Kur leisten konnten.

Bäume und Sträucher hatten die Überreste der Gemäuer, die die Jahre überlebt hatten, mit Wurzeln und Ästen umzingelt. Im Inneren des Gebäudes wucherte die Pflanzenwelt planlos, aber fantasiereich. Moose und Farne hatten sich über verrottete Holzdielen ausgebreitet, ein Paradies für Insekten und kleine Kriechtiere. Wo einst Türen oder Fenster gewesen waren, klafften jetzt Lücken in den Wänden. Die Dächer hatten sich durch Wind, Regen und Frost in Nichts aufgelöst. Nur ein zentraler Turm aus Holz hatte die Zeiten überdauert, machte jedoch den Endruck, als warte er darauf, sich auch zu den Trümmern und Steinhaufen auf den Boden werfen zu dürfen. Obwohl heute die Sonne schien, war hier nur Schatten. Die Blätter der Bäume ließen in dieser Jahreszeit kaum Sonnenlicht ins Innere. Es war feucht und das alte Holz roch vermodert.

Torsten und Maximilian gingen durch die Öffnung, die einmal die Eingangstür gewesen sein musste. Sie kannten sich aus, sie waren schon einige Mal hier oben gewesen, hatten ihren Eltern aber nie von ihren Abenteuern erzählt. Vor ihnen lag der größte Raum des Gebäudes, das musste das Zimmer gewesen sein, wo früher Gäste bewirtet wurden. Sie schauten sich um. Seit ihrem letzten Besuch schien sich nichts verändert zu haben.

Dann bekamen sie einen Schreck: In einer Ecke lag ein Mann, er bewegte sich nicht. Vielleicht war er eingeschlafen. Torsten, der etwas neugieriger und mutiger als sein kleiner Bruder war, ging nahe an den Mann heran.

»Komm, wir gehen schnell wieder, bevor er aufwacht«, flüsterte Maximilian.

»Der wacht nicht wieder auf, ich glaube, der ist tot«, antwortete Torsten, während er sich über den Körper beugte. Dabei stieß er mit seinem Fuß an das Bein der Person auf dem Boden. Immer noch keine Bewegung, jetzt war er sich ganz sicher, dass der Mann tot war.

»Lass uns abhauen und Mama und Papa erzählen, dass hier oben einer tot herumliegt«, sagte Maximilian zu seinem Bruder. Ihm war unheimlich zumute, er wünschte sich, er wäre zuhause geblieben oder sie hätten im Garten gespielt. Da fanden sie zwar manchmal tote Mäuse, aber keine toten Leute.

»Ich weiß nicht, dann schimpfen sie nur wieder mit uns, weil wir hier waren. Dann wird die Mama sagen: Ich habe euch schon hundertmal gesagt, ihr sollt nicht zu der alten Ruine im Wald gehen.

Und der Papa wird sagen: Ich habe euch schon hundert Mal gesagt, ihr sollt tun, was die Mama sagt. Und der Mann ist sowieso schon tot«, schloss Torsten diesen Punkt ab. Er schubste mit dem Fuß den Ärmel des Toten zur Seite, weil er etwas entdeckt hatte, das ihm gefiel.

»Guck mal, hier liegt ein tolles Taschenmesser, so eins wollte ich immer schon.« Torsten bückte sich und steckte das Messer in die Tasche.

»Also abgemacht, kein Wort zu Mama und Papa. Ich will, dass du das schwörst.«

Maximilian fühlte sich nicht wohl dabei, aber er war seinem älteren Bruder ausgeliefert.

»Ich schwöre.«

Er hatte sich in den letzten beiden Tagen mit Straftaten beschäftigt, die zwischen Routine für den Kommissar, aber Aufregung für die Betroffenen angesiedelt waren. Die meiste Zeit hatte er auf zwei Einbrüche in Einfamilienhäusern verwendet. Die Diebe hatten keine Fingerabdrücke hinterlassen, also musste es sich um Profis handeln. Es wies alles darauf hin, dass für beide Delikte die gleichen Einbrecher verantwortlich waren, vermutlich zwei Männer, von denen einer Schmiere stand, während der andere im Haus nach Wertsachen suchte. Aus Erfahrung wusste Marder, dass man diesen Gaunern kaum auf die Spur kommt, es sei denn durch Zufall. Zum Glück hatten sie keine größeren Werte entwenden können, denn die hatten die Bewohner aus kluger Voraussicht in den Tresoren der Sparkasse eingelagert. Die entstandenen Sachschäden würden die Versicherungen regeln.

In einem Juweliergeschäft war beinahe ein goldenes Armband gestohlen worden. Der Dieb, offensichtlich ein Anfänger, hatte sich dabei ungeschickt verhalten. Er wurde von einer Angestellten beobachtet und, nachdem sie Alarm geschlagen hatte, von einem Kollegen und einem anderen Kunden im Geschäft festgehalten, bis die Polizei kam.

An einer Tankstelle hatte jemand getankt, ohne bezahlen zu wollen. Dieser Mann war ebenfalls kein Profi, denn er wusste offenbar nicht, dass Tankstellen von Kameras überwacht wurden. Nach ihm war gezielt gefahndet worden, denn man hatte seinen Namen und Adresse durch das Nummernschild an dem Auto identifizieren können. Marder hatte vermutet, dass es sich um einen gestohlenen Wagen handelte, was jedoch nicht der Fall war. Der Mann war nur schrecklich naiv und traute der Polizei nicht zu, ihn ausfindig zu machen. Unter seiner Adresse hatte man ihn bisher allerdings noch nicht angetroffen. Sollte er dort auftauchen, würde die Polizei zuschlagen und ihn aufs Revier bitten.

Daneben gab es noch eine Anzeige gegen Unbekannt eines wutentbrannten Wirtes in der Innenstadt. Bei ihm hatte sich ein junges Paar einen Teil der Grundausstattung für ihr Haushaltsgeschirr besorgt. Die beiden hatten eine große Einkaufstasche zwischen sich unter dem Tisch abgestellt und je ein Kännchen Kaffee geordert. Sie tranken den Kaffee mit Genuss und lächelten der Bedienung freundlich zu, aber als diese für einen kurzen Moment die Terrasse verlassen hatte, waren die beiden verschwunden. Ohne ihre Rechnung beglichen zu haben, hatten sie Kännchen, Tassen, Untertassen, sogar die Kaffeelöffel in der Tasche mitgehen lassen. Dazu die Salz- und Pfefferstreuer. Marder hatte überschlägig berechnet, dass der Gesamtverlust für den Gastwirt zwischen dreißig und vierzig Euro lag, und Benjamin Hofrichter gebeten, dem Mann zu erklären, dass man wegen dieser Summe keine Straßensperren errichten oder Flughäfen überwachen würde.

Abgesehen von Betrügereien und Diebstählen hatten sich die Leute in der Stadt seit seinem Dienstantritt daran gehalten, auf brutale Gewaltverbrechen zu verzichten und würden es hoffentlich bis zum Beginn seines Ruhestands weiterhin tun. Sie saßen offensichtlich lieber in der Sonne oder im Schatten an der Rhein-Promenade, tranken ihren Kaffee, Latte Macchiato oder Cappuccino und beobachteten die vorbeifahrenden Schiffe und, wenn es keine Schiffe gab, die Radfahrer. Sie dachten dabei an nichts Schlimmes und taten es zum Glück auch nicht. Nur die Radfahrer bewegten sich am Rande des Verbrechens, sie fuhren gern entlang des Ufers durch einen Bereich, der für Fußgänger reserviert war. Das fiel jedoch nicht in sein Ressort als Kriminalkommissar, zumal er es gelegentlich selbst auch tat.

Er kam ins Grübeln. Seit er seinen Arbeitsplatz an den Rhein verlegt hatte, hatte er mehr Zeit, als er sich wünschte, um über seine neue Heimat und die hier lebenden Menschen nachzudenken. Er war zu der Erkenntnis gekommen, dass sich das Leben in dieser Gegend von dem im Norden erheblich unterschied. Der größte Unterschied war der Rhein selbst.

Der Rhein war ein Fluss, der aus dem Süden kam, und anders als Elbe oder Weser, Wasser von den Gletschern der Alpen mitbrachte. Aber der Rhein war mehr als ein Strom von Süd nach Nord, er war auch die Grenze zwischen der rechtsrheinischen und der linksrheinischen Welt. Das hatte sowohl mit Geographie als auch mit Geschichte zu tun und vor allem mit Vorurteilen. Marders Eindruck war, dass die Menschen, die auf einer Seite des Flusses lebten, große Schwierigkeiten hatten, die Menschen auf der anderen Seite ernst zu nehmen.

Schon in der Antike hatte man versucht, Brücken über den Rhein zu bauen. Verglichen mit den kühnen Konstruktionen der Neuzeit waren sie primitive Bauwerke gewesen. Die Römer hatten, aus ihrer Heimat kommend, die Alpen überquert, waren linksrheinisch nach Norden gezogen und hatten den Stämmen, die hier lebten, ihre Kultur aufgezwungen. Nachdem ihnen das weitgehend gelungen war, hatten sie vor, den Segen der römischen Zivilisation auch den germanischen Stämmen auf dem rechten Ufer des Stromes zu bringen. Die Germanen wollten sich jedoch nicht zivilisieren lassen, und die Brücken, die verbinden sollten, fielen im gegenseitigen Einverständnis nach geraumer Zeit wieder ins Wasser.

In späteren Jahrhunderten hatte sich daran wenig geändert. Links vom Rhein regierten lange die Franzosen, rechts meistens die Preußen. Einen größeren Unterschied in den Vorstellungen von einem lebenswerten Leben konnte man sich schwer vorstellen. Die Kriege, die über viele Jahre entlang dieser Grenze ausgetragen worden waren, gaben davon ein trauriges Zeugnis.

Dieser Vergangenheit musste man sich bewusst sein, wenn man aus dem Land an der Unterelbe kam, sonst konnte man die Grundregeln für das Leben am Rhein nicht verstehen. Marder hatte das lernen müssen. Er hatte links und rechts des Stromes mit Leuten gesprochen, die nicht gern zugaben, dass sie gelegentlich aus dienstlichen oder privaten Gründen auf die andere Rheinseite übersetzen mussten. Und wenn sie es taten, sprachen sie mit Freunden auf ihrer Seite nicht gern darüber. Er konnte nicht immer erkennen, ob es ernst gemeint war oder freundlich ironisch, wenn man über die Menschen ›da drüben‹ lästerte.

Ein Kollege hatte einmal gesagt, dass am östlichen Ufer, also rechtsrheinisch, das Land der Heiden und Barbaren anfange, dort sei das Leben weniger lebenswert. Das war vermutlich nur ein Scherz gewesen, aber vielleicht war es die richtige Entscheidung, beruhigte sich Marder, dass meine Frau und ich auf der linken Seite des Flusses ...

Das Telefon riss ihn aus seinen profunden Gedanken.

Wahrscheinlich ist es meine Frau, war sein erster Gedanke, mit einem Auftrag, auf Weg nach Hause etwas aus dem Supermarkt mitzubringen.

Ein Irrtum.

Ein Kollege war am Apparat. Zwei Jungen hatten im Wald eine Leiche gefunden, die offensichtlich durch Gewalteinwirkung zu Tode gekommen war. Oben auf den Hügeln, in der

Ruine einer verlassenen Gastwirtschaft. Ganz in der Nähe der Bank, auf der er noch vor kurzem gesessen hatte und auf den Rhein und die Stadt Remagen herabgeschaut hatte. Sein Traum von einer friedlichen, beschaulichen Restarbeitszeit war in Sekunden zerborsten.

Am nächsten Tag wollte sich Marder so schnell wie möglich mit den beiden Jungen unterhalten, die den grausamen Leichenfund gemacht hatten, und er hatte sich bei der Familie Paulmann angemeldet. Die Namen der beiden Jungen waren Torsten und Maximilian. Er wollte sich mit ihnen in der Wohnung der Familie unterhalten, nicht auf dem Kommissariat. Zuhause würden sie sich sicherlich weniger gehemmt fühlen als im Büro der Kriminalpolizei, denn Polizeibüros vermittelten unbescholtenen Bürgern unterschwellig eine Atmosphäre von Kriminalität und Verbrechen. Noch mehr den Kindern von ihnen. Das Gespräch sollte schließlich kein Verhör werden, sondern nur ein Gespräch, um so viele Informationen wie möglich zu sammeln. Er war bereits am Tag zuvor, nachdem der Fund der Leiche gemeldet worden war, sofort zu der Ruine im Wald gefahren. Vielleicht hatte er dort etwas übersehen. Auf dem Weg zu den Paulmanns wollte er sich noch einmal in der Ruine im Wald umschauen, um sich ein zweites Bild von dem Fundort zu machen.

Der Anblick der Leiche war hässlich gewesen. Doch so unappetitlich und erschütternd er auch war, schien er sich mit dem trostlosen Zustand des Gebäudes, in dem der Tote gefunden worden war, in Einklang zu befinden. Der Körper hatte nach Marders Einschätzung bereits mehrere Tage an diesem Ort gelegen. Die Spurensicherung war bereits dort, als er eintraf, und hatte ihre Arbeit professionell und gewissenhaft erledigt. Der Gerichtsmediziner würde erklären, wie lange die Person bereits tot war und was die exakte Todesursache gewesen war. Wahrscheinlich würde er ebenfalls ziemlich genau sagen können, wie lange der Tote in der Ruine gelegen hatte.

Marder vermutete, dass der Mann nicht an dieser Stelle umgebracht worden war, sondern von dem Täter oder den Tätern hier nach dem Mord abgelegt worden war. Nach seiner Einschätzung war es aber eher die Tat eines Einzeltäters, zumindest, was die Entsorgung der Leiche im Wald betraf.

Der Kommissar hatte sich überzeugt, dass er an Ort und Stelle auf den ersten und auch auf den zweiten Blick nichts finden würde, das ihm schnelle Antworten auf die Frage nach dem Täter geben konnte. Nachdem die Spurensicherung mit ihrer Arbeit fertig gewesen war, hatte er den Abtransport der Leiche veranlasst. An der toten Person hatte man keine Papiere gefunden, deshalb ließ sich ihre Identität erst einmal nicht feststellen. Das war bedauerlich, aber nicht ungewöhnlich, Mordopfer, die man nach der Tat an einen anderen Ort beförderte, hatten nur selten noch Dokumente oder Bargeld in ihren Taschen. Das ließ eine schwierige und langwierige Ermittlung vermuten. Dass bei Tötungsdelikten schnelle Erkenntnisse die wichtigsten waren, war zwar eine Binsenweisheit, aber Marder wusste, dass sie fast immer stimmte. Die Zeit für schnelle Erkenntnisse war hier längst überschritten.

Was für ein Schock musste es für die Jungen gewesen sein, als sie den Toten bei ihren Streifzügen durch den Wald entdeckt hatten. Marder wollte sie nun fragen, ob sie etwas beobachtet hatten. Etwas, das ihm bei der Suche nach dem Täter helfen konnte. Das war zwar nicht sehr wahrscheinlich, aber es wäre eine Unterlassung, es nicht zu tun, denn oft brachten noch so kleine Hinweise Informationen, die sich später als wertvoll herausstellten.

Die Spurensicherung hatte Marder heute Morgen bestätigt, dass der Mord nicht an diesem einsamen Ort im Wald stattgefunden hatte. Der Täter hatte hier lediglich die Leiche entsorgt. Warum er das getan hatte, war noch sein Geheimnis.

Der Bericht der Kollegen lag auf Marders Schreibtisch, er war wenige Minuten, bevor er sich auf den Weg zur Familie Paulmann aufgemacht hatte, eingetroffen. Der Kommissar hatte ihn nur schnell überflogen, später würde er ihn gründlich lesen. Nachdem er den Fundort noch einmal in Augenschein genommen und mit den Jungen gesprochen hätte, wollte er seine Erkenntnisse daraus mit denen der professionellen Spurensucher vergleichen.

Er hatte sein Auto auf dem Parkplatz am Ende der Straße abgestellt, die den Hügel hinaufführte, dort kreuzten sich mehrere Wanderwege. Er war in einen kleinen Waldweg eingebogen, der ihn nach wenigen hundert Metern zu dem alten Gebäude bringen würde. Der Waldboden war vom Regen der letzten Tage aufgeweicht. Beiderseits des Pfades erkannte er zwischen den Bäumen kleine Kuhlen in unregelmäßigen Abständen. Diese Kuhlen waren zweifellos ein Vermächtnis der Bomben des Zweiten Weltkrieges. Seine Gedanken gingen zurück zu der Zeit, als hier nicht nur Wassertropfen vom Himmel fielen.

Die Amerikaner hatten im Winter 1945 die Hoffnung aufgegeben, die Eisenbahnbrücke bei Remagen unzerstört erobern zu können, da die Deutsche Wehrmacht alles dem Erdboden gleich machte, was dem Vorankommen der alliierten Truppen dienen konnte. Als die amerikanischen Soldaten von den Hügeln der Eifel auf den Rhein hinunterschauten, stand die Brücke aber zu ihrer Überraschung noch. Die Deutschen begannen nun, die amerikanischen Truppen westlich des Flusses zu bombardieren, in der Hoffnung, sie von ihren vorgerückten Positionen wieder zu vertreiben. Als ihnen das nicht gelang, beabsichtigten sie, zumindest die Brücke zu zerstören, bevor die Alliierten sie nutzen konnten. Die Zerstörung der Brücke misslang, und die alliierten Soldaten bereiteten die Überquerung des Rheins vor. Die Wehrmacht unternahm einen letzten verzweifelten Versuch, die Brücke zu sprengen, der allerdings ebenfalls scheiterte. Sie schwebte nach der Explosion des Sprengstoffes kurz über ihren Fundamenten und ließ sich wieder auf ihnen nieder, wo sie gegen alle Erwartungen stehen blieb. Als Marder dies zum ersten Mal gelesen hatte, konnte er es kaum glauben. Wie kann eine Brücke durch eine Sprengung in die Luft gehoben werden und sich danach wieder auf ihrem angestammten Platz einfinden? Aber es musste wohl stimmen, so stand es jedenfalls in den Büchern. Sie stürzte erst Tage später in den Fluss, als die Alliierten ihre Positionen bereits auf dem rechtem Rheinufer etabliert hatten.

Der Kommissar war bei den Gedanken an diese dramatischen Ereignisse während der letzten Kriegswochen stehen geblieben und blickte auf die unscheinbare Wasserfläche eines Tümpels, um den sich über die Jahre eine Vielfalt von Pflanzen angesiedelt hatte. Zu seinen Füßen gab es eine Bewegung, danach ein planschendes Geräusch. Ein Frosch hatte sich ins Wasser gerettet. Marder trat mit dem Fuß auf den Waldboden, und ein zweiter Frosch sprang seinem Artgenossen nach.

Er ging weiter. Nach zwei Biegungen des Pfades hatte er die Ruine erreicht, deren Terrasse früher zum Blick über das Rheintal auf das Siebengebirge eingeladen hatte. Dieser imposante Ausblick war nur noch zu erahnen, die Natur hatte ihn mit Büschen und Bäumen versperrt. Durch eine Lücke im Laub konnte Marder am östlichen Ufer die Brückenpfeiler der eingestürzten Eisenbahnbrücke zwischen Remagen und Erpel erkennen. Etwa hier mussten die Soldaten der Alliierten gestanden haben, als sie zum ersten Mal die Brücke in Sicht bekamen, in dem Moment konnten sie noch nicht wissen, wie die Schlacht um den Rhein ausgehen würde.

Das Bauwerk der ehemaligen Gastwirtschaft war fast völlig verfallen. Das war bei einem Gebäude aus Holz im Wald nicht anders zu erwarten, wenn man es lange genug ignorierte und der Natur überließ. Wind, Wetter und die Zeit hatten daran genagt. Es gab nur Reste von Wänden und Mauern, aus denen man mit einem bisschen Fantasie die frühere Aufteilung der Räume erkennen konnte. In einem zentralen Raum hing ein Teil der Decke herab, hatte sich schon auf einer Seite von seinen Verankerungen gelöst. Er würde ohne Zweifel bald auf den Fußboden krachen. Dies war der einzige Raum, in dem es noch trockene Stellen auf der Erde gab. Hier hatte die Leiche gelegen. Die Kollegen der Spurensicherung hatten kleine Fähnchen in die Erde gesteckt und den Bereich mit weißroten Bändern abgesperrt. Marder konnte eine Reihe von frischen Fußspuren erkennen, er vermutete, dass sie von der Spurensicherung stammten, vielleicht auch von den beiden Jungen. Er war sicher, dass die Kollegen hier alles von Bedeutung sorgfältig fotografiert, registriert, und wenn nötig in kleine Glasfläschchen oder Plastiktüten gesteckt hatten. Vielleicht war etwas darunter, das Hinweise auf den Mörder geben konnte. Er schaute sich aufmerksam um, vielleicht hatte die Spurensicherung im restlichen Gebäude ja etwas von Bedeutung übersehen.

Aus dem Unrat, der in den anderen Räumen auf dem Boden lag, ließ sich ableiten, dass die Ruine ab und zu als Unterschlupf von Obdachlosen genutzt wurde. So trostlos diese Mischung aus Plastik, Blechdosen und Papierresten auch war, war sie doch das einzige Zeichen von Menschlichkeit in dem Gebäude.

Der Kommissar konnte nichts entdecken, das ihn dem Täter näher brachte. Das hatte er auch nicht ernsthaft erwartet. Aber er hatte jetzt das Gefühl, dass dieser Mord *sein* Fall war, nicht länger ein anonymes Verbrechen, das irgendwo und irgendwann geschehen war. Es würde seine Aufgabe sein, den Schuldigen zu finden und vor Gericht zu bringen.

Johanna und Werner Paulmann waren ein gebildetes Ehepaar. Sie liebten Kultur und Feste. Unter Kultur und Festen verstanden sie nicht zuletzt den Karneval. Im Karneval hatten sie sich kennengelernt, das war vor fünfzehn Jahren. Als sie sich zum ersten Mal küssten, trugen beide schmucke Uniformen, es war Liebe auf den ziemlich ersten Blick gewesen. Ein Jahr später waren sie verlobt, im Jahr danach verheiratet. Für sie war der Rosenmontag ein wichtiger Feiertag, wenn sie ehrlich waren, fast wichtiger als Weihnachten.

Bei aller Liebe zum Karneval hörte Kultur bei ihnen jedoch nicht beim närrischen Treiben auf. Sie gingen regelmäßig ins Theater, zu Konzerten und natürlich in Museen. Das war bei Johannas Beruf unvermeidlich. Nach ihrem Abitur hatte sie einige Semester Pädagogik und Kunstgeschichte studiert. Die Zeit zu einem akademischen Abschluss zog sich länger hin, als sie es geplant hatte, und sie brach ihr Studium ab, bevor sie es zu einem Diplom gebracht hatte. Während ihrer Zeit an der Uni hatte ihr Kunstgeschichte mehr Freude gemacht als Pädagogik, deshalb hatte sie sich im Arp-Museum in Rolandseck um ein Praktikum beworben. Man hatte sie gewarnt, dass ohne ein abgeschlossenes Studium die Chancen dafür gering seien. Doch zu ihrer Freude und Überraschung wurde es ihr gewährt, und als sie im Anschluss daran ein Angebot für eine feste Anstellung bekam, war sie sehr stolz und fühlte sich ein bisschen auserwählt.

Sie arbeitete nun in der PR-Abteilung des Museums und war dort unter anderem für Pressearbeit zuständig. Außerdem schrieb sie Texte für anstehende neue Ausstellungen, die über das Internet abgerufen werden konnten. Besonders freute sie sich, wenn sie eingeteilt wurde, eine Führung für Kinder durch das Museum als Expertin zu begleiten. Sie genoss es, den Kindern Wissen über Kunst und die Freude daran zu vermitteln. Zuhause sprach sie allerdings mit ihren beiden Jungen selten über dieses Thema. Warum das so war, konnte sie nicht sagen, in ihrem Leben gab es eben zwei Welten, das Museum erstens und die Familie zweitens. Oder umgekehrt, sie hatte gelegentlich Schwierigkeiten, sich zu entscheiden.

Werner wäre gern Arzt oder Psychologe geworden, aber irgendwie hatte es dafür nicht gereicht. Vielleicht lag es auch an seinen Eltern, die wegen misslungener Spekulationen des Vaters an der Börse ständig unter Geldnot litten. Nach dem Abitur ließen sie ihren Sohn wissen, dass sie es gut fänden, wenn er bald auf eigenen Füßen stünde. Er hatte sich gegen dieses Anliegen der Eltern nicht wehren können und sich für die kürzere Ausbildung als Krankenpfleger entschieden. Diese Entscheidung hatte er nie bereut und war als Krankenpfleger im Schlaflabor im Remagener Krankenhaus nicht unglücklich, nur gelegentlich etwas frustriert. Er sah in jedem Patienten, der seiner Pflege anvertraut war, ein Objekt für seine psychologischen Betrachtungen. Das Wissen in diesem Bereich hatte er sich durch Fachlektüre angeeignet. Manchmal dachte er sogar, er wäre fähiger, den einen oder anderen Patienten zu behandeln, als die Ärzte auf der Station.

Die Paulmanns hatten sich auf den Besuch des Kommissars vorbereitet. Die Jungen waren adrett gekleidet und merklich aufgeregt. Weder sie noch ihre Eltern hatten damit gerechnet, jemals als Zeugen zu der Aufklärung eines Mordes beitragen zu können. Allein die Idee, dass in ihrer unmittelbaren Nähe ein Opfer eines abscheulichen Verbrechens gefunden würde, hatten sie nie für möglich gehalten. Dass die Kinder dazu noch die Finder der Leiche waren, machte die Sache nur noch unglaublicher.

Nachdem Kommissar Marder bei der Familie eingetroffen war, nahmen die Eltern an den Seiten eines Tisches Platz und die Kinder auf dem Sofa dahinter. Marder hatte so alle im Blick.

Auf dem Tisch lag eine Fernsehzeitschrift, daneben standen Gläser und zwei Flaschen Mineralwasser einer bekannten Marke aus dem Brohltal südlich von Bad Breisig. Die Tür zur Küche stand offen, ein leichter Geruch der letzten Mahlzeit lag in der Luft. Es musste etwas Gebratenes gewesen sein, Schnitzel, Hamburger oder Ähnliches. Vielleicht auch nur Bratkartoffeln. Auf dem Boden lag ein Teppich in skandinavischem Design, der schon viele Jahre seinen Dienst geleistet hatte und entsprechend betreten aussah. Marder und seine Frau hatten bei ihrem kürzlichen Besuch bei Ikea einen identischen Teppich begutachtet und sich überlegt, ob er nicht eine Bereicherung für ihre Wohnung wäre, sich jedoch nicht entschließen können, ihn zu kaufen. Bevor Marder den Teppich betrat, hatte er angeboten, seine Schuhe auszuziehen. Die Paulmanns hatten ihn geradezu erschreckt angeschaut und sein Angebot entschieden abgelehnt, ein Kommissar in Socken passte nicht in ihr Weltbild.

»Sie können natürlich auch ein Bier oder ein Glas Wein haben, Herr Kommissar.«

»Danke, im Moment brauche ich nichts. Wenn es Ihnen recht ist, fangen wir gleich an.«

Marder schaute die beiden Brüder aufmunternd an.

»Ihr wart also gestern bei dem alten Haus im Wald.«

»Ja. Eigentlich gehen wir da sonst nicht hin.«

Der Vater mischte sich ein. »Ach, wissen Sie, Herr Kommissar, man kann Kinder nicht die ganze Zeit kontrollieren.

Als Eltern muss man auch mal loslassen können. Das werden Sie sicherlich mit Ihren Kindern genauso gemacht haben.«

Das hatte er, aber darüber zu sprechen, war jetzt nicht wichtig.

»Und was habt ihr in der Ruine gemacht?«

Torsten schaute seinen Vater fragend an, als wolle er sich die Erlaubnis holen, die Frage zu beantworten. Der nickte seinem Sohn aufmunternd zu.

»Nichts Besonderes«, sagte Torsten leicht verunsichert.

Die Mutter mischte sich ein. »Wie halt Kinder so sind, Herr Kommissar. Sie wollen die Welt um sich herum erforschen und gehen überall hin. Natürlich sind wir nicht immer mit allem einverstanden, was sie so machen, aber man kann Kindern nicht vierundzwanzig Stunden hinterherlaufen. Man liest doch immer in modernen Erziehungsbüchern, dass Kinder ihren Freiraum brauchen.«

Das war schon gesagt worden. Marder fand es überflüssig, dass die Eltern es nötig fanden, sich zu verteidigen.

»Geht ihr oft zu der alten Ruine?«

»Nöö, nicht so oft.« Immer noch Torsten.

»Nur, wenn Torsten unbedingt will«, warf Maximilian ein.

Wieder meinte die Mutter, etwas ergänzen zu müssen: »Eigentlich sind die Jungen meistens bei meiner Schwester, wenn mein Mann und ich nicht zuhause sind. Die wohnt nur ein paar Häuser weiter. Sie arbeitet zuhause von ihrem Computer aus für eine Firma in der Kommunikations-Branche. Sie berät andere Leute, die Probleme mit ihrem Computer haben, indem sie sich direkt auf deren Computer hochlädt. Es ist unglaublich, was mit der modernen Technik heutzutage alles möglich ist. Selber hat sie ja leider keine Kinder, da freut sie sich, wenn sie sich gelegentlich um Torsten und Maximilian kümmern kann. Ihr Mann, der Randolf, sagt immer, wenn erst mal Kinder da sind, ist das eigene Leben vorbei. Deswegen will er keine. Das verstehe ich zwar nicht, aber schließlich ist jeder seines eigenen Glückes Schmied. Na ja, die beiden sind jünger als wir, vielleicht ändern sie ihre Meinung noch, vor allem, wo sie doch sehen, wie schön wir es als Familie mit Maximilian und Torsten haben.«

Marder wurde ungeduldig, wollte es nicht zeigen, konnte jedoch nicht verhindern, dass man es ihm ansah.

»Entschuldigung. Ich bin wohl etwas abgeschweift. Das interessiert Sie wahrscheinlich gar nicht. Also, was wollte ich eigentlich sagen? Ach ja, gestern hatte meine Schwester einen Arzttermin wegen ihrer schlechten Leberwerte. Wenn man bedenkt, wie bei denen der Speiseplan aussieht, ist das auch kein Wunder, wenn Sie wissen, was ich meine. Lauter so ein ungesundes Zeug. Auf jeden Fall war sie deswegen gestern beim ihrem Hausarzt, auf den lässt sie nichts kommen, da geht sie regelmäßig hin. Dann sind Torsten und Maximilian schon mal alleine zuhause. Aber die beiden wissen ganz genau, was sie tun dürfen und was nicht.« Frau Paulmann brach ihren Wortschwall abrupt ab und schaute ihren Mann an. »Sag doch auch mal was, Werner.«

Herr Paulmann schenkte sich ein Glas Wasser ein. Konnte es sein, dass seine Hand leicht zitterte? Das war sicherlich eine vorübergehende Nervosität, schließlich hatte man nicht jeden Tag die Kriminalpolizei im Haus. Marder bat ebenfalls um ein Glas Wasser. Die Hand des Vaters hatte sich inzwischen beruhigt.

»Was habt ihr gesehen, als ihr bei der Ruine wart?«

»Nicht viel. Nur den toten Mann. Das war total gruselig«, sagte Torsten.

»Sie können sich bestimmt vorstellen, was das für ein Schock für die beiden war.« Die Mutter übernahm wieder das Wort. »Kein Wunder, dass sie nicht wussten, was sie tun sollten. Irgendwie kamen sie mir komisch und verstört vor, als ich nach Hause gekommen bin. Ich habe deswegen aber nicht so energisch nachgehakt, wie es mein Mann später gemacht hat. Vielleicht hat er von Berufs wegen ein besseres Gefühl dafür, wenn mal mit jemandem etwas nicht stimmt. Die Patienten im Krankenhaus sagen oft, dass er ein besonders einfühlsamer Krankenpfleger ist, vor dem man nichts verheimlichen kann.«

»Zuerst wollten sie uns das mit der Leiche nicht erzählen«, meldete sich nun der Vater. »Aber als ich abends nach Hause kam, habe ich sofort gemerkt, dass etwas mit ihnen nicht stimmte. Als Eltern hat man eben ein Gefühl dafür, wenn mit den Kindern etwas nicht in Ordnung ist. Da habe ich so lange nachgefragt, bis sie gesagt haben, dass sie eine Leiche gesehen haben. Das habe zuerst nicht glauben wollen, ich dachte, die Kinder wollten mich verarsch... äh, Entschuldigung ... wollten mich veräppeln. Das tun Kinder ja gern mal, selbst wenn es die eigenen Eltern trifft. Das kann man in jedem Buch über die Psychologie von Kindern nachlesen. Solche Situationen haben Sie doch früher bestimmt auch mit Ihren Kindern erlebt, Herr Kommissar.«

Warum wollen die meine Kinder immer in die Sache einbeziehen, so als müssten sie alles, was sie tun, damit rechtfertigen, dass ich es auch getan habe?, fragte sich der Kommissar irritiert.

»Und was habt ihr gemacht, nachdem ihr die Leiche entdeckt hattet?«

»Nichts weiter. Wir waren ja total geschockt. Wir sind nach Hause gegangen.« Wieder Torsten.

»Ist euch etwas aufgefallen oder habt ihr irgendetwas berührt, das in der Nähe von dem toten Mann lag?«

»Nö, eigentlich nicht.« Diesmal war es Maximilian.

»Das kann ich mir auch nicht vorstellen, Herr Kommissar. Manchmal sehen die Kinder *Tatort* mit uns, also natürlich nur, wenn es nicht zu spät wird und nicht zu viele grausame Szenen darin vorkommen. Es gibt in den Fernseh-Krimis in der letzten Zeit immer mehr und mehr Tote und auch sonst so Brutalität und andere abscheuliche Dinge. Da fragt man sich, ob die Leute das wirklich sehen wollen. Deswegen schauen wir uns mit den Kindern auch lieber Wiederholungen von alten *Tatorten* an, die wir schon kennen und von denen wir wissen, was darin gezeigt wird. Die Kinder wissen jedenfalls genau, dass man von einem Tatort nichts wegnehmen darf, weil es das für den Kommissar schwierig macht, den Mörder zu finden. Nicht wahr, Maximilian?«

Maximilian druckste. »Na, ja, schon ... aber ...«

Der Vater mischte sich ein. »Ich bin überzeugt, Herr Kommissar, dass die Kinder ...«

Der Kommissar unterbrach ihn: »Ich glaube, da war etwas, das ihr gesehen oder genommen habt. Du kannst mir das ruhig sagen, Maximilian, du weißt doch bestimmt aus den *Tatorten,* dass auch der kleinste Hinweis für die Polizei total wichtig sein kann, um einen Fall zu lösen.«

Maximilian. »Na, ja da war dieses Taschenmesser, das der ...«

Torsten brauste auf. »Du alte Petze, du hattest doch geschworen, dass wir niemandem was davon erzählen wollen.«

Habe ich wirklich ›total wichtig‹ gesagt? Der Kommissar wunderte sich über sich selbst, denn dieser Ausdruck gehörte eigentlich nicht zu seinem Vokabular.

Gut, dass dem Kleinen der Patzer mit dem Taschenmesser passiert ist. Auch wenn das nicht die Mordwaffe sein sollte, kann es unter Umständen helfen, das Mordopfer zu identifizieren. Der Kommissar saß im Seitenschiff von St. Peter und Paul und wartete auf den Beginn der Messe, seine Frau neben ihm. Andacht wollte sich bei ihm nicht einstellen, so erging es ihm in der letzten Zeit oft, wenn er in der Kirche war. Trotz seiner Zweifel an der katholischen Lehre war er seiner Gewohnheit treu geblieben, am Sonntag zum Gottesdienst zu gehen. Das gab ihm eine Stunde Zeit, ohne Hast über das Leben und das Erlebte während der letzten Woche nachzudenken, auch darüber, warum er eigentlich noch in die Kirche ging.

Seine Frau schaute zum Altar und lächelte innig, offensichtlich war sie ganz bei der Sache. Ihm brachten Predigten nur noch selten neue Erkenntnisse. Das empfand er nicht als Kritik an denen, die predigen. Er hatte nur eben alles schon mehr als einmal gehört und hatte, wenn er ehrlich war, keine Lust mehr, immer wieder über die gleichen Weisheiten und Erkenntnisse nachzudenken. Das hat wenig mit Altersweisheit zu tun, kam ihm in den Sinn, sondern ist womöglich ein Zeichen von Altersignoranz.

Als der Priester an den Altar trat, musste der daher erst einmal ohne Marders Aufmerksamkeit zurechtkommen. Der Kommissar konnte sich nicht dagegen wehren, dass ihn die Ermittlungen um den Toten im Wald selbst in der Kirche mehr bewegten als seine religiösen Überzeugungen oder Bedenken.

Marder hatte nicht erkennen können, ob die Kinder der Paulmanns ihm absichtlich Informationen verschweigen wollten. Vielleicht waren sie von den Eltern instruiert worden, nichts preiszugeben, was dem Eindruck eines harmonischen Familienlebens schaden konnte. Oder sie waren durch ihn, den Mann von der Kriminalpolizei, so eingeschüchtert, dass sie sich nicht trauten, zu sagen, was ihnen in den Sinn kam? Er hatte mehrmals Fragen wiederholt, die sie ausweichend beantwortet hatten. Dass sich die Eltern in die Unterhaltung einmischten, hatte er nicht verhindern können. So hatte er erfahren, was Herr und Frau Paulmann über Kindererziehung im Allgemeinen und von der ihrer Zöglinge im Besonderen dachten. Das war für seine Untersuchungen nicht relevant, aber es wäre schlimmer gewesen, wenn sie die Aussagen der Kinder ganz unterbunden hätten.

Erst, nachdem die Sache mit dem Taschenmesser herausgekommen war, war das Gespräch produktiver geworden. Die Jungen erzählten, dass sie gelegentlich einen schrägen Typen in der Ruine gesehen hätten. Sie sagten, sie hätten den Mann ein- oder zweimal in der Nähe des verfallenen Gebäudes beobachtet. Sie wären dann jedes Mal sofort umgedreht und nach Hause gegangen. Leider waren sie nicht in der Lage, den Mann zu beschreiben, er wäre ihnen irgendwie unheimlich vorgekommen, einfach nur so, ohne genau sagen zu können, warum.

»Fällt euch gar nichts zu seinem Aussehen ein?«, hatte der Kommissar wissen wollen.

»Ich glaube, er hat einen Bart«, meinte Maximilian.

»Nee, eher so eine Art Kapuze«, widersprach Torsten.

Ob es ein alter Mann gewesen sei, hatte Marder nachgefragt.

»Ich glaube nicht«, antwortete Torsten, »er sah nur so aus. Auf jeden Fall war er nicht so alt wie Opa.«

»Ich glaube, nicht mal so alt wie Papa«, verbesserte ihn Maximilian.

»Wahrscheinlich ein Drogenabhängiger oder ein Obdachloser. Sie wissen ja, Herr Kommissar, solche Leute gibt es heutzutage in jeder Stadt. Wenn wir gewusst hätten, dass sich da oben so einer herumtreibt, hätten wir gar nicht erst erlaubt, dass Torsten und Maximilian dort hingehen«, hatte Herr Paulmann versichert, während er seine beiden Söhne streng und seine Frau um Zustimmung heischend anblickte.

»Ja, das hätten wir ganz bestimmt nicht«, schob die Mutter nach. »Wir achten immer darauf, dass unsere Kinder keinen Umgang mit Personen haben, die einen zweifelhaften Lebenswandel führen. Wir wollen schließlich, dass sie die richtigen Werte für ihr Leben mitbekommen. Es ist ja bekannt, dass die frühesten Jahre bei der Erziehung der Kinder die wichtigsten sind. Wie sagt man doch: Was Hänschen nicht lernt, lernt Hans nimmer mehr. Sie werden uns sicher zustimmen, Herr Kommissar, dass sich Kinder schnell von falschen Vorbildern beeindrucken lassen.«

Marder ignorierte die Frage. Er hatte sich das Taschenmesser aushändigen und es noch am gleichen Abend ins Labor der Kriminalpolizei bringen lassen. Er erwartete nicht, dass die Untersuchung daran wesentliche Informationen bringen würde. Wahrscheinlich würde man die Fingerabdrücke des Toten finden und auf jeden Fall die der beiden Jungen. Ob das Messer als Tatwerkzeug in Frage kam? Eher nicht. Der Täter würde nicht so dumm sein, die Tatwaffe bei seinem Opfer liegen zu lassen. Erste Antworten würde er morgen früh bekommen, vielleicht erst übermorgen. Ob morgen oder übermorgen, dem Toten werden wir nicht mehr ins Leben zurückhelfen können, schob der Kommissar in Gedanken nach.

Die Orgel auf der Empore stimmte das Kyrie Eleison an.

Das zaghafte Singen der Gemeinde drang kaum in sein Bewusstsein. Seine Frau sang nach kurzem Zögern herzhaft mit und schaute ihn verstohlen an. Ihr Ellbogen fuhr leicht in seine Seite. Sie hatte offensichtlich bemerkt, dass er mit seinen Gedanken weder bei ihr noch beim lieben Gott war. Er entschloss sich, die Leiche in der Ruine für eine Weile zu vergessen. Lieber wollte er nun über seine Beziehung zur katholischen Kirche und ihre Lehren nachdenken, wie es in der Kirche angebracht war. Dieses Thema beschäftigte und beunruhigte ihn seit geraumer Zeit, vor allem seit seinem Umzug an den Rhein.

Als Katholik im Norden war er von Protestanten umgeben gewesen. Im Rheinland gehörte er nun zum ersten Mal in seinem Leben zur religiösen Mehrheit der Bevölkerung. Er war nun einer von den vielen, die dem ›wahren Glauben‹ angehörten und jeden Sonntag zur Messe gingen. So weit die Theorie. Die Realität sah anders aus, in seiner neuen Gemeinde blieben sonntags in der Kirche viele Plätze frei. Das hatte ihn am Anfang überrascht, denn das hatte er im erzkatholischen Rheinland nicht erwartet.

Warum war das so? Was war das Problem, wenn es denn eins gab? Er suchte nach Antworten.

Über die Jahrhunderte hatte sich die Anzahl der Gotteshäuser kaum verändert, allein in Remagen und den dazugehörenden Ortsteilen gab es mindestens zehn Kirchen, Kapellen und Klöster, wo am Wochenende Messen gelesen wurden. Über die letzten Jahrzehnte hatte sich die Zahl der Kirchengänger allerdings deutlich verringert. Das war, wenn er die halbleeren Kirchenbänke um sich herum betrachtete, hier im Rheinland offensichtlicher als im Norden des Landes. Was aber war der Grund dafür, dass immer weniger Gläubige am Sonntag die Gottesdienste besuchten?

Was war im Norden anders? Marder kramte in seinen Erinnerungen.

Die katholischen Gemeinden in der Diaspora umfassen dort oft mehrere Ortschaften, für die es nur ein zentrales Gotteshaus gab. Die Katholiken lebten verstreut und hatten daher außer ihrem Glauben nur wenig Gemeinsamkeiten in ihrem Alltag. Der Gottesdienst am Sonntag stellte die einzige Gelegenheit dar, an der man zusammenkam. Deshalb erlebte man ihn bewusster und er war der Höhepunkt des Gemeindelebens. So hatte Marder es jedenfalls in seiner früheren Pfarrei empfunden.

Natürlich spielte die Kirche auch heute im Rheinland noch eine wichtige Rolle im Leben der Menschen, vor allem, solange sie jung waren. Neugeborene wurden getauft, gingen später zur Ersten Kommunion und ein paar Jahre danach zur Firmung. Jenseits dieser Rituale sah man Jugendliche allerdings nur selten in der Kirche. Als Erwachsene fühlten sich viele von ihnen offensichtlich nicht mehr als Teil der Gemeinde.

Lag das an den Menschen? An der heutigen Zeit? Oder an der Kirche? Waren die Geistlichen von dem, was sie predigten, immer selbst überzeugt? Viele Gläubige schienen das in Frage zu stellen. Die Menschen waren kritischer geworden, sie waren verunsichert, sie würden gern glauben, aber konnten es oft nicht. Auch Marder fiel es immer schwerer, an den Gott seiner Kindheit zu glauben.

Vielleicht missverstehe ich Dinge, grübelte der Kommissar, auch wenn ich sie zu verstehen glaube.

Er nahm sich vor, seine Zweifel für den Moment zur Seite zu schieben. Er würde sich hier und jetzt um Andacht bemühen. Hier und jetzt verdiente Gott seine volle Aufmerksamkeit. In seinem Innersten war er nach wie vor überzeugt, dass es ihn gab, nur eben nicht in der Art, wie er ihn als Kind erklärt bekommen hatte.

An den Toten im Wald, an die Paulmanns und ihre Meinung über Kindererziehung, an Benjamin Hofrichter und an alles andere, das ihn ablenken könnte, wollte er in der nächsten halben Stunde nicht mehr denken.

Er schlug das Gebetbuch auf und suchte die Nummer des Liedes, das als nächstes auf der elektronischen Anzeigetafel angekündigt und von der Orgel angestimmt wurde. Bevor er in das Lied einfiel, nahm er sich außerdem vor, seine Frau nach der Messe zum Mittagessen beim Italiener am Marktplatz einzuladen. Darüber würde sie sich bestimmt freuen, oder mit ihm schimpfen, weil ihre Vorbereitungen für ein leckeres Sonntagsessen umsonst gewesen wären.

Er stand vor dem Fenster seines Büros und blickte auf den Rhein. Nicht, weil er sich langweilte, sondern weil er aus Gewohnheit aus dem Fenster schaute, wenn er nicht sicher war, wie es in einem Fall weitergehen würde.

Ihm gefiel, was er sah. Hinter einer Reihe von Einfamilienhäusern hatte er Sicht auf den Fluss und die Schiffe, die darauf fuhren. Er mochte Schiffe. Schiffe waren Erinnerungen, denn er hatte seine Kindheit an den Ufern eines großen Stromes verbracht. Dort waren Schiffe immer ein Thema. Meistens waren es Schiffe, die in den Hamburger Hafen an ihren Anlegeplatz geleitet wurden, oder Schiffe, die, nachdem sie Fracht geladen hatten, in ferne Länder fuhren. Im Gegensatz zu manchen seiner Klassenkameraden hatte er nie davon geträumt, als Kapitän um die Welt zu segeln, da er sich als Kind bereits unwiderruflich entschieden hatte, Polizist zu werden. Sein Leben würde sich darum drehen, Verbrecher zu jagen. Nicht, übers Meer zu fahren und fremde Lande zu sehen, *wenn die bunten Fahnen wehen.* Trotzdem sang er dieses in seiner Jugend beliebte Volkslied mit Hingabe mit seinen Freunden am Lagerfeuer.

Im Laufe des Nachmittags würden sie etwas über die Fingerabdrücke auf dem Taschenmesser sagen können, hatten ihm die Kollegen von der Spurensicherung zugesichert. Wenn sie außer denen der beiden Jungen und des Toten weitere Abdrücke darauf fänden, würden sie versuchen herauszufinden, wem sie gehörten, was einfach war, wenn die Abdrücke in den Archiven der Behörden gespeichert waren. Zu viele *Wenns* und *Vielleichts* für Marder, aber das konnte er im Moment nicht ändern. Er musste sich in Geduld üben und die Zeit mit dem Betrachten der Schiffe auf dem Rhein überbrücken.

Bevor er an den Rhein gezogen war, hatte Marder sich nicht vorstellen können, wie viele Schiffe auf diesem Fluss tagein, tagaus fuhren und wie unterschiedlich sie waren. Schiffe, die an einem Tag leichtfüßig flussabwärts glitten und sich ein paar Tage später gegen die Strömung wieder hinauf quälten.

Das Telefon klingelte. Der Kollege Winter von der Spurensicherung wollte ihn sprechen. Er sagte, er habe eine schlechte Nachricht. Sie hätten keine anderen Fingerabdrücke als die der Paulmann-Kinder an dem Messer gefunden, allerdings sei man mit der Untersuchung noch nicht am Ende. Er habe nur einen Zwischenbescheid geben wollen, weil er wisse, dass der Kommissar ungeduldig auf einen Rückruf warte. Danke. Marder legte auf.

Der Kommissar setzte sich an seinen Schreibtisch. Wie würde sich der Fall um den Toten in der Ruine im Wald entwickeln? Bisher wusste er nicht viel, eigentlich nichts. Nicht einmal, wer das Opfer war, wie es hieß, wo es wohnte. Vermutlich ein Mann aus der Nähe, vielleicht aus Remagen. Denn wer würde einen Menschen umbringen, ihn danach durch die Gegend transportieren, um ihn in einer abgelegenen Ruine im Wald über einer kleinen Stadt am Rhein zu entsorgen? Der Täter musste diesen Ort gekannt haben und ihn mit Absicht gewählt haben. Das waren jedoch nur Spekulationen, wie sie am Anfang der meisten Ermittlung standen, wenn man zwar einen Ermordeten hatte, aber nicht wusste, wer er war, und erst recht nicht, wer schuld an seinem Tod war.

Er hoffte, der Fall würde sich nicht so hinziehen wie der um den Toten im Alten Land südlich von Stade, der ihn lange beschäftigt hatte. Man hatte damals eine Leiche auf einem

Rastplatz für Wanderer gefunden, die nie identifiziert werden konnte. Der Mann wurde offensichtlich von niemandem im weiteren Umkreis vermisst. Man konnte mit Sicherheit nur sagen, dass er das Opfer eines Mordes war, da er Stichwunden an Hals und Oberkörper aufwies, ohne dass man ein Tatwerkzeug finden konnte. Die Vermutung lag nahe, dass der Mord in großer Entfernung, vielleicht im Ausland stattgefunden hatte. Man hatte nämlich in seiner Hosentasche eine zerknüllte Verpackung eines Kaugummis gefunden, den es in Deutschland nicht zu kaufen gab. Vermutlich hatten der oder die Täter das Opfer in die Nähe von Stade befördert, um die Suche nach ihm oder ihnen so schwierig wie möglich zu machen. Auch die Kleidung, die der Tote getragen hatte, schien darauf hinzuweisen.

Bei seiner Versetzung ins Rheinland hatte Marder den Fall nach drei Jahren erfolglosen Ermittlungen an einen Kollegen übergeben, der nun wahrscheinlich ebenso erfolglos daran arbeitete. Wenn etwas Entscheidendes passiert wäre, hätte er es ihn bestimmt wissen lassen. Der Kommissar dachte über mögliche Gemeinsamkeiten zwischen dem Fall im Alten Land und dem im alten Gebäude im Wald über Remagen nach, die ihm eventuell Hinweise bei der Suche nach dem Mörder geben konnten, fand aber keine.

Wieder das Telefon.

»Hier noch einmal Winter. Dieses Mal habe ich gute und schlechte Nachrichten für Sie. Womit soll ich anfangen?«

Warum bloß musste der Mann immer versuchen, etwas Lustiges zu sagen? Marder war dem Kollegen nur einmal persönlich begegnet und fand ihn ein bisschen peinlich mit seinem erzwungenen Humor. Er hatte sich entschlossen, ihn nicht zu seiner Abschiedsparty einzuladen, wenn es an der Zeit war, in den Ruhestand zu gehen.

»Mit der guten, natürlich. Schießen Sie los. Was haben Sie herausgefunden?«, gab er sich ungezwungen.

»Schießen dürfen wir nicht, das dürfen nur Leute wie Sie im Außendienst. Also, nach unseren Erkenntnissen handelt es sich bei dem Toten um einen Olaf Bergmeister aus Remagen. Das sagt jedenfalls unser Computer nach Auswertung seiner Fingerabdrücke.«

»Können Sie etwas über den Mann sagen, Vorstrafen oder so was? Irgendwelche Beziehungen zur Unterwelt?«

»Nein, nach unseren Erkenntnissen hat der Mann ohne bedeutende kriminelle Auffälligkeiten gelebt. Obwohl, Olaf Bergmeister war vor einiger Zeit nur knapp am Rande des Gesetzes vorbeigeschrammt. Es hatte sich um eine Schlägerei in einem Supermarkt gehandelt. Es ging dabei wohl um eine Auseinandersetzung wegen des Preises einer Flasche Aquavit oder etwas ähnlich Hochprozentigem. Der Bergmeister hatte darauf bestanden, dass der Schnaps als Sonderangebot ausgezeichnet war, während die Kassiererin behauptet hat, dass er Preisschilder absichtlich ausgetauscht hätte. Der Streit im Supermarkt hatte sich zu Handgreiflichkeiten gesteigert und der Geschäftsführer hatte am Ende die Polizei gerufen. Aber das ist fast zwei Jahre her und hat wohl kaum etwas damit zu tun, dass er jetzt tot aufgefunden wurde. Unsere Kollegen hatten damals die Fingerabdrücke der Beteiligten aufgenommen, um sie dann im Archiv zu verstecken. Dort haben sie bis zu dem Mord an ihrem Inhaber geschlummert. Wir wissen darüber hinaus nur, wie alt Olaf Bergmeister war, wo er gewohnt hat und dass er katholisch war.«

»Das ist ja schon eine Menge. So, das war wohl die gute Nachricht. Und was ist nun die schlechte?«

»Das Taschenmesser, das bei der Leiche gefunden wurde, wird Ihnen kaum helfen, den Täter zu finden.«

»Und warum nicht?«

»Wegen der Verkrustungsverdichtung.«

»Wegen der was?«

»Wegen der Verkrustungsverdichtung.«

»Was darf ich mir darunter vorstellen?«

»Ich versuche einmal, das für einen Laien verständlich zu erklären.«

Einen Kommissar als Laien zu bezeichnen ..., der Mann wurde Marder immer unsympathischer.

»Es ist in diesem Fall die Verdichtung der Schmutzkruste an dem Taschenmesser. Der Schmutz, den wir daran gefunden haben, entspricht genau dem auf dem Boden, wo der Körper lag. Und die Verdichtung sagt uns, dass dieser Schmutz schon fast einen Monat, an dem Messer geklebt haben muss. Also viel länger als die Leiche dort gelegen hat. Definitiv nein, mit diesem Messer wurde Herr Bergmeister nicht erstochen. Wahrscheinlich hat es einer von den Männern verloren, die dort mangels einer besseren Schlafgelegenheit gelegentlich herumlungern und übernachten. Es ist schließlich der einzige Platz, der einigermaßen trocken in der Ruine ist.«

»Dann wird uns dieses Messer offensichtlich nicht weiterbringen. Also müssen wir mit den Ermittlungen woanders beginnen.«

»Das müssen Sie wohl. Ich schicke Ihnen alle Unterlagen zu. Viel Vergnügen und viel Erfolg.«

»Danke. Bei Bedarf komme ich auf Sie zurück.«

Verkrustungsverdichtung. Diesem Ausdruck war Marder in all den Jahren seiner Karriere noch nie begegnet. Er entschloss sich widerwillig, ihn in seinen Wortschatz aufzunehmen.

Marder ging zurück ans Fenster. Sein Blick erfasste das Heck eines Hotelschiffes, das gegen die Strömung den Rhein hinauffuhr. Er liebte diese Schiffe in Weiß, vor allem wenn sie bei hohem Wasserstand in voller Pracht über der Uferböschung sichtbar waren. Schwimmende Luxusinseln, besiedelt von Leuten aus dem Ruhrgebiet oder Amerikanern und Engländern. Die Gardinen der Kabinen über der Wasserlinie waren fast immer zugezogen. Die Ausschweifungen dahinter ließen sich nur erahnen.

Der erste Schritt ist getan, dachte er, jetzt wissen wir wenigstens, wer das Opfer ist. Schwieriger würde es sein, den Mörder zu finden. Aber die Suche nach dem Täter fing stets bei dem Opfer an. Jetzt konnte er mit seiner Arbeit zielbezogen beginnen, weil er wusste, wessen Mörder er suchte.

Das Hotelschiff war aus seinem Blickfeld verschwunden. Die Silhouette des Rheins wurde nun von einem Containerschiff dominiert, das sich, wie es schien, mühelos auf dem Fluss abwärts treiben ließ. Diese Frachtschiffe waren längst nicht so romantisch wie ihre weißen Brüder mit den fröhlichen Menschen an Bord. Sie waren die schwimmenden Arbeitspferde der Neuzeit und meistens in einem Hafen der Niederlande beheimatet. Flussaufwärts kam ein Kohletransporter in Sicht und trug seine schwarze Fracht mit laut stöhnendem Motor zu den Elektrizitätswerken im Süden. Dem Schiff sah man an, dass es dreckige Jahre hinter sich hatte. Marder wandte sich vom Fenster ab und den Papieren auf seinem Schreibtisch zu.

Olaf Bergmeister war sechsunddreißig Jahre alt, als er sterben musste. Das war die erste wichtige Erkenntnis in den Ermittlungen.

Er war den Unterlagen nach unverheiratet gewesen. Ob er plante, diesen Zustand zu ändern, würde Marder gern wissen. Dann könnte ein Eifersuchtsdrama an seinem plötzlichen Tod schuld gewesen sein, und Morde aus Eifersucht ließen sich nicht lange geheim halten. Man brauchte lediglich das Umfeld des Opfers unter die Lupe zu nehmen, meistens fielen einem die Tatmotive und der Täter dann wie von selbst in den Schoß. Marder hoffte, Hinweise auf intime Beziehungen bei der Durchsuchung der Wohnung zu finden.

Olaf Bergmeister lebte in einer Gasse in der Innenstadt von Remagen. Es war eine der kleinen Straßen, die vom Marktplatz und der Fußgängerzone zur Promenade am Rheinufer hinunterführten. Die Wohnung befand sich in einem schmucklosen älteren Haus, nur wenige Meter über der Hochwasserlinie aus dem Jahr 1993. Das war der höchste Wasserstand des Rheins seit Menschengedenken gewesen und seitdem nicht wieder erreicht worden. Marders ältere Kollegen sprachen gelegentlich noch über ihre damaligen Einsätze, als sie gemeinsam mit der Feuerwehr behinderte oder leichtsinnige Mitbürger aus ihren Häusern oder Wohnungen gerettet hatten. Eine Geburtstagsfeier in einem Hotel an der Promenade hatten sie mit Gewalt auflösen müssen, da die Gäste sich ihre gute Laune nicht hatten verderben lassen wollen und bereits zu angeheitert waren, um die Gefahr, die sie bedrohte, ernst zu nehmen.

Der Kommissar betrat das Haus über einen kleinen Hof, der einen schmuddeligen Eindruck machte. Leere Blumenkübel standen in einer Ecke, es waren keine Pflanzen darin, nur Reste von vertrockneter Blumenerde. Ein altes Fahrrad lehnte an der Rückwand, es war offensichtlich seit längerer Zeit außer Betrieb, denn die Reifen waren platt und der Rahmen war mit einer Staubschicht und Rostflecken überzogen. Die Wohnung bestand aus drei Räumen: einem Wohnzimmer mit offener Küche, dem Schlafzimmer mit Doppelbett und Kleiderschrank, dazu ein Bad, außerdem einem Arbeitszimmer mit einem alten Schreibtisch in einer Ecke und einem altmodischen Büroschrank an der gegenüberliegenden Wand. In der Mitte des Raumes war ein Bügelbrett aufgeklappt, auf dem Wäschestücke lagen, die zwar gewaschen, aber noch nicht gebügelt waren. In einer anderen Ecke stand ein offener Wäschekorb, zur Hälfte gefüllt mit schmutzigen Hemden und Unterwäsche. Marder hob die Wäschestücke aus dem Korb und ließ sie einzeln wieder fallen. Sie rochen unangenehm nach Schweiß, aber er konnte nichts Verdächtiges daran finden.

Es war unübersehbar, dass Olaf Bergmeister in dieser Wohnung dem Dasein eines Junggesellen frönte. Lediglich eine Hälfte des Doppelbettes war in gebrauchtem Zustand, was Marder aus einem zerknitterten Bettlaken und eingedrückten Kopfkissen schloss. Das Bettlaken war offensichtlich lange nicht gewaschen worden, davon zeugten gleichmäßig verteilte und verhärtete Flecken. Auf der anderen, glatten Seite des Bettes befand sich ein leicht zerknittertes Kopfkissen, vielleicht hatte Olaf Bergmeister die Kissen in gewissen Abständen getauscht. Nichts im Schlafzimmer oder in dem Bett ließ auf regelmäßigen nächtlichen Damen- oder Herrenbesuch schließen. Auf dem Nachttisch lagen Ausgaben eines Sportjournals und einige zerfledderte Porno-Zeitschriften. Daneben stand eine Tasse mit einem Rest schwarzem Kaffee, alt, abgestanden, unappetitlich. Gelüftet worden war dieser Raum lange nicht mehr, der Kommissar wandte sich ab mit Grauen. Wie kann ein Mensch in solcher Trostlosigkeit wohnen und schlafen?

Marder begann, die Zimmer abzusuchen. Er wusste nicht, was er zu finden erwartete. Aber seine Erfahrung sagte ihm, dass bei einem Menschen, der umgebracht worden war, mit einiger Wahrscheinlichkeit vorher etwas passiert war, das Spuren hinterlassen hatte. Die Frage war nur, ob es in seiner Wohnung stattgefunden hatte. Wenn das der Fall war, musste man sensibel oder erfahren genug sein, um es zu entdecken. Das traute der Kommissar sich zu. Es gab jedoch auch Morde, bei denen das Opfer aus Zufall, Versehen oder wegen eines unglücklichen Umstands sterben musste, zum Beispiel wegen seiner Anwesenheit zur falschen Zeit am falschen Platz. Dann hatten der oder die Täter kaum Gelegenheit, Spuren in der Wohnung ihres Opfers zu hinterlassen. Diese Verbrechen gaben den Ermittlern oft große Rätsel auf und blieben nicht selten unaufgeklärt. Oder sie wurden irgendwann ebenso zufällig aufgeklärt, wie sie geschehen waren. Doch dazu gehörte der Tod von Olaf Bergmeister nicht, hoffte der Kommissar.

Im Wohnzimmer hatte Marder nichts finden können, das auf ein mögliches Verbrechen hinwies. Auch hier lagen Zeitschriften verstreut auf dem Boden und auf der Fensterbank, es waren alte Ausgaben der gleichen Sport-Illustrierten wie im Schlafzimmer. Auf dem Tisch vor dem Sofa stapelten sich Broschüren mit Sonderangeboten der lokalen Supermärkte und regionalen Reiseanbieter. An den Wänden hingen Null-acht-fünfzehn-Fotos von Landschaften aus aller Welt: Strände, Wüsten, Berge, Wälder. Im Schrank fand der Kommissar nichts, das anders war, als es in einer Wohnung eines Junggesellen zu erwarten war. Eine Ansammlung von Wasser-, Bier- und Weingläsern in Flohmarktqualität, außerdem ein halbes Dutzend Flaschen mit Restbeständen alkoholischer Getränke, vor allem klarer Schnäpse, die man im Supermarkt preiswert kaufen konnte. Hinter den Gläsern eine zufällige Ansammlung von Bierdeckeln. Wegen der zum Teil erheblichen Restbestände in den Flaschen vermutete Marder, dass Olaf Bergmeister vielleicht ein wahlloser, aber kein hemmungsloser Trinker gewesen war.

Auch die Küche gab nichts Überraschendes preis. Es war offensichtlich, dass Olaf keine Ansprüche als Feinschmecker stellte. Seine Vorräte deuteten darauf hin, dass er nicht viel Zeit mit Kochen verschwendete. Der Kühlschrank enthielt nur das Notwendigste, halbvolle Marmeladengläser, eine Butterdose mit einem Klumpen ranziger Butter, Käsescheiben mit beginnendem Schimmel, Reste verschiedener Wurstsorten, daneben Plastikbehälter mit Joghurt und Saurer Sahne und eine unverschlossene Dose bittere Orangenmarmelade, zwei Eier und einen halbleeren Milchkarton, dessen Mindesthaltbarkeitsdatum großzügig überschritten war. Im untersten Fach lagen zwei Flaschen Mineralwasser, drei Flaschen Bier und eine geöffnete Schachtel Likör-Pralinen einer Billigmarke. Die Spülmaschine neben dem Herd war zur Hälfte mit benutztem Geschirr gefüllt und verströmte einen widerlichen Geruch.

Der Kommissar ging noch einmal ins Schlafzimmer. Wie er bereits festgestellt hatte, schien hier letztlich nichts vorhanden zu sein, das auf einen Partner oder eine Partnerin hinwies. Auch nicht im Badezimmer; Waschbecken, Dusche und Klo waren überraschend geruchsfrei. Alles, was er darin sah, würde vermutlich auch in seinem Badezimmer herumstehen, wenn er Junggeselle wäre, nur ein bisschen ordentlicher aufgereiht.

Nichts hatte er gefunden, das ihm weiterhalf. Hatte er etwas Wichtiges übersehen? Er würde auf jeden Fall die Kollegen von der Spurensuche beauftragen, die Wohnung auf Fingerabdrücke zu untersuchen.

Marder hoffte auf das Arbeitszimmer. Zuerst der Schrank. Der diente vor allem als Aufbewahrungsort für leere Schachteln und billige abgegriffene Bücher, wahrscheinlich von einem Stand auf einem Stadtfest erworben. Nichts, um ihn auf die Spur eines Mörders zu bringen.

Zu guter Letzt wandte er sich dem Schreibtisch zu. In Schreibtischen bewahrten viele Leute ihre Geheimnisse auf. Warum nicht auch Olaf Bergmeister? Marder zog die Schubladen auf, erst die in der Mitte, dann die an den Seiten. Um nichts zu übersehen, nahm er alle Papiere heraus, die er darin fand, und legte sie auf die Schreibtischplatte. Er beabsichtigte, sich die Papiere im Einzelnen anzuschauen, um sie dann Stück für Stück wieder wegzulegen. Bevor er damit in Gang kam, fiel sein Blick auf ein vergilbtes Schriftstück in einer Plastikhülle, die ganz oben auf einem Stapel lag. Das Material des Papiers war grau und grob, wie Papier wird, wenn es lange gelegen hat. Er schätzte, dass es mindestens fünfzig Jahre alt sein musste, vielleicht noch älter. An den Rändern hatte es kleine Einrisse. Es handelte sich um ein Schriftstück, das in altmodischer, verwackelter Schreibschrift geschrieben war, als hätte der Autor große Mühe gehabt, den Text zu verfassen. Die Worte waren schwer lesbar. Dass es sich um etwas Wichtiges handelte, ließ sich daraus vermuten, dass *Wichtige Notiz* in Druckschrift darüber stand.

Er drehte die Plastikhülle um und stellte fest, dass der Zettel auf beiden Seiten beschrieben war. Er begann, ihn mühsam zu entziffern, zögernd, langsam, aber am Ende mit Erfolg. Nachdem er fertig war, wusste er, dass er etwas Entscheidendes gefunden hatte. Vielleicht war dies der Schlüssel zum gewaltsamen Tod von Olaf Bergmeister. Nein, nicht vielleicht, sondern ganz sicher. Er las das Schriftstück zum zweiten Mal, noch langsamer, Wort für Wort. Er konnte kaum glauben, was er gelesen hatte.

Wichtige Notiz

Ich, Engelbert Bergmeister, möchte Folgendes kundtun: Mit zwei Kameraden, deren Namen hier keine Rolle spielen, wurde ich von Oberstleutnant Fritz Schnellberger ausgewählt, im Winter 1944 und Frühjahr 1945 im Raum Erpel, Unkel, Linz, Sinzig und Remagen eine Aktion durchzuführen, die von der Obersten Heeresleitung angeordnet worden war. Es sollten Wertgegenstände in den Haushalten der Umgebung der Ludendorff-Brücke konfisziert werden, mit dem Ziel, die Wehrkraft der deutschen Wehrmacht in der entscheidenden Phase des Krieges zu stärken.

Wir haben diesen Auftrag gewissenhaft ausgeführt. Die beschlagnahmten Gegenstände wurden im Tunneleingang auf der östlichen Seite der Brücke eingelagert. Auf Befehl des Oberstleutnants sollte sichergestellt werden, dass keiner von den anderen Kameraden an diesem Standort in die Aktion eingeweiht wurde. Warum er diese Anordnung gegeben hat, wurde uns nicht mitgeteilt. Wir mussten sie akzeptieren, da bedingungsloser Gehorsam die Grundlage jeder militärischen Ordnung darstellt.

Da wir nicht ausschließen konnten, bei den Kämpfen um die Brücke vorübergehend in Kriegsgefangenschaft zu geraten, wollten wir verhindern, dass die Wertgegenstände in die Hand des Feindes gerieten. Deshalb haben wir uns entschlossen, sie im hinteren Bereich des Tunneleingangs zu vergraben. Wir haben diese Stelle nur für uns erkennbar gekennzeichnet. Uns wurde von den vorgesetzten Offizieren versichert, dass unabhängig vom Ausgang des Kampfes um die Ludendorff-Brücke, der Endsieg der deutschen Streitkräfte nicht in Frage stehe. Es war daher unsere Absicht, die Wertgegenstände nach dem Rückzug der Feinde ihrem beabsichtigten Zweck zuzuführen. Soweit wir informiert wurden, war es ursprünglich geplant, die Wertgegenstände einem Abgesandten der Obersten Heeresleitung Ende März 1945 zu übergeben. Dazu ist es nicht gekommen, da die Brücke gegen die Erwartung der deutschen Wehrmacht Anfang März von den Alliierten eingenommen wurde und der Krieg kurze Zeit später mit der bedingungslosen Kapitulation Deutschlands zu Ende ging.

Nach dem Krieg wurde ich in dem Gefangenenlager auf den Wiesen am Rhein zwischen Remagen und Sinzig interniert. Dort habe ich mir wegen der herrschenden unmenschlichen Zustände eine schwere Lungenentzündung zugezogen. Diese Krankheit habe ich bis heute nicht völlig überwunden und leide nach wie vor an ihren Auswirkungen. Nach meiner Entlassung aus dem Lager im Sommer 1945 habe ich versucht, mit den ehemaligen Kameraden, die an der Aktion um die Wertegenstände beteiligt waren, Kontakt aufzunehmen. Leider hat außer mir keiner von ihnen den Krieg überlebt. Ich habe mich deshalb im November 1945 allein in den Tunneleingang auf der rechtsrheinischen Seite der Brücke begeben. Dort habe ich die vergrabenen Gegenstände unberührt wiedergefunden.

Zur Zeit kann ich nicht voraussehen, wie es mit mir und dem deutschen Volk weitergehen wird. Daher habe ich mich entschlossen, die Gegenstände an einem sicheren Aufbewahrungsort in Remagen unterzubringen. Da ich die Gegenstände nicht in meinem Haus aufbewahren will, habe ich dafür einen verdeckten Stollen in der Felswand rechts neben der alten Maristenschule ausgewählt. Diesen kenne ich aus meiner Kindheit, denn ich habe dort manchmal mit meinen Freunden gespielt, und ich bin sicher, dass dieser Stollen nur ganz wenigen Einheimischen bekannt ist. Die Stelle, wo ich die Wertsachen eingegraben habe,

habe ich nicht gekennzeichnet. Sie liegt kurz vor dem Ende des Tunnels auf der rechten Seite unter einem hervorspringenden Stein aus der Wand. Es ist meine Absicht, zu gegebener Zeit dafür Sorge zu tragen, dass die Wertgegenstände an das Deutsche Volk zurückgeführt werden.

Sollte ich sterben, bevor ich diese Angelegenheit zu einem Ende gebracht habe, ist es mein Wunsch, dass meine Nachkommen nach eigenem Gutdünken, aber zum Wohl des Deutschen Volkes über die Verwendung der Wertgegenstände entscheiden.

Engelbert Bergmeister, Januar 1946

Wenn er in seiner Wohnung auf dem Balkon stand, sah er auf der anderen Seite des Rheins den Drachenfels, auf halber Höhe darunter das Schloss Drachenburg. Dahinter den Petersberg und, wenn er ganz scharf nach links schaute, auf dieser Seite des Flusses den Rolandsbogen. Ein sagenhaftes Land. Das wurde ihm immer wieder bewusst, wenn er die Landschaft an beiden Seiten des Stroms flussauf und flussab betrachtete. Er wohnte an einem Ort, von dem andere ein Leben lang nur träumten. Einige der beliebtesten Ausflugsziele am Rhein lagen in seiner unmittelbaren Nähe.

Er machte sich auf den Weg zum Fluss, um in Ruhe seinen Gedanken ihren Lauf zu lassen, und saß nun auf einer Bank und schaute auf das Wasser, das träge, aber unaufhaltsam an ihm vorbeizog. Direkt gegenüber ragte die Erpeler Ley in die Höhe, ein Felsen, bekannt wegen seiner schroffen Fassade und seines großartigen Ausblicks über das Tal. Direkt hinter dem Kommissar befanden sich die stehen gebliebenen westlichen Pfeiler der Brücke von Remagen. Ein Mahnmal an den Zweiten Weltkrieg, das von vielen Einwohnern des Ortes eher ignoriert wurde. Es kam ihm vor, als hätten sie eine gemeinsame schlechte Erinnerung an die Endzeit dieses furchtbaren Krieges, über die sie nicht gern sprachen. Vielleicht tat er ihnen aber Unrecht, denn alles, was diese Brücke berüchtigt gemacht hatte, war zwei Generationen her. Auch das Friedensmuseum, das in den schwarzen Gemäuern der Brückenpfeiler eingerichtet wurde, schien die Menschen in der Stadt unberührt zu lassen. Wann immer er daran vorbeikam sah er kaum Besucher, die hinein gingen oder heraus kamen. Den Kommissar überfiel ein schlechtes Gewissen, weil auch er noch nicht in dem Museum gewesen war, und er nahm sich vor, es bald nachzuholen.

Er hatte den Film *Die Brücke von Remagen* nicht nur vor Jahren im Kino gesehen, sondern später noch zweimal im Fernsehen. Da konnte er noch nicht ahnen, dass er einmal in dieser Stadt wohnen würde. Ein alter Schulfreund, der inzwischen in New York lebte, hatte ihm bei ihrem letzten Telefongespräch erzählt, dass dieser Film im amerikanischen Fernsehen immer noch regelmäßig im Nachtprogramm gezeigt wurde. Jedes Mal eroberten die Alliierten erneut die Brücke, überquerten den Rhein und machten sich auf den Weg nach Berlin, und jedes Mal brach die Brücke kurze Zeit danach zusammen. Niemand schien Anstoß daran zu nehmen, dass die Aufnahmen um dieses Kriegsgeschehen nicht am Rhein, sondern an einem Fluss in Osteuropa gedreht worden waren. Das war auch ihm nicht aufgefallen, erst, seitdem er die Szenerie im Original kannte, war er sich dessen bewusst. Immer neue Generationen von Amerikanern wurden durch diesen Film zu einer Kreuzfahrt auf dem Rhein beflügelt. Bei Remagen hatten sie von den Kreuzschiffen den Blick auf die schwarzen Türme auf beiden Seiten des Stromes, wo einmal diese Brücke gestanden hatte, über die dem amerikanischen Heer der kriegswichtige Schritt über den Rhein gelang. Die Brücke, die erst berühmt wurde, nachdem sie zusammengebrochen war.

Er hätte sich nie träumen lassen, dass dieses Bauwerk jemals eine Rolle in einem Mordfall spielen würde, den er zu lösen hatte. Er war überzeugt, dass die Geschehnisse darum in den letzten Wochen des zweiten Weltkrieges der Ausgangspunkt für den Mord an Olaf Bergmeister waren. Der Nachkomme des Engelbert Bergmeister entdeckte die Notiz über das Versteck der unlauter erworbenen Schmuckstücke und grub nach ihnen. Wann exakt Olaf Bergmeister diese Notiz gefunden hatte, wusste Marder nicht. Wie lange er gewartet hatte, bis er sich auf die Suche nach dem Schatz begeben hatte, konnte er auch nicht sagen. Aber dass er dabei umgebracht wurde, stand für ihn mit großer Wahrscheinlichkeit fest.

Marder hatte sich auf die Suche nach dem Ort gemacht, wo der Schatz, wie in der Notiz beschreiben, ein zweites Mal vergraben worden war. Sicherheitshalber hatte er dazu Benjamin Hofrichter mitgenommen. Bei der Durchsuchung der Wohnung hatte er allein sein wollen, aber bei der Erkundung dieses Stollens wollte er gern Rückendeckung haben.

Sie hatten auf dem Grundstück des alten Schulegebäudes alles so vorgefunden, wie es von Engelbert Bergmeister beschrieben worden war, allerdings keinen Schatz. Nur eine Stelle in dem Tunnel, an der vor nicht allzu langer Zeit gegraben worden war, und zwar dort, wo sich der Schatz entsprechend der *Wichtigen Notiz* befunden haben sollte. Olaf Bergmeister hatte ihn wahrscheinlich gefunden und deswegen sterben müssen. Ob er das Graben selbst zu Ende gebracht hatte, oder ob sein Mörder es getan hatte, war eines der ungelösten Geheimnisse dieses Falles. Marder vermutete, dass es der Täter gewesen war, denn die Spuren bei der Stelle der Ausgrabung ließen keinen Zweifel daran, dass das Leben von Olaf Bergmeister hier sein Ende gefunden hatte. Der Täter hatte nach dem Mord den Erdhaufen neben der Stelle, wo er geschehen war, offensichtlich gründlich durchgearbeitet. Er wollte sichergehen, dass er nichts Wertvolles übersehen hatte. Das war ihm wohl gelungen, denn Marder und sein Assistent hatten keine Gegenstände gefunden, die auf einen Schatz hinwiesen.

Der Kommissar ließ sich nun auf seiner Bank alles, was bisher bekannt war, noch einmal durch den Kopf gehen: Das Opfer hieß Olaf Bergmeister, gebürtig in Remagen und bis zu seinem Tod in dieser Stadt wohnhaft. Mitte dreißig. Unverheiratet. Katholisch. Allein lebend. Der Fundort der Leiche war eine Ruine in den Hügeln über der Stadt, die seit Jahren verlassen lag und im Verfall begriffen war. Sollte es bei der Leiche Spuren gegeben haben, die Hinweise auf den Täter geben konnten, hatten sie die Jungen, als sie die Leiche gefunden hatten, wahrscheinlich verwischt oder sogar zerstört.

Die Todesursache waren Messerstiche in den Rücken und in den Hals. Die einzelnen Stiche waren nicht besonders tief, aber in ihrer Gesamtheit tödlich gewesen. Sie konnten von einem Taschenmesser verursacht worden sein. Aber offensichtlich, nach den Erkenntnissen der Spurensicherung nicht von dem, das die beiden Jungen neben der Leiche gefunden hatten. Nach allem, was bisher bekannt war, ging er jede Wette ein, dass es einen unmittelbaren Zusammenhang zwischen dem vergrabenen Schatz und dem Mord gab. Für ein anderes Tatmotiv gab es nicht den geringsten Hinweis.

Er hatte keine Ahnung, wo der Schatz nach dem Mord hingebracht worden war. Im Haus von Olaf Bergmeister hatte er davon keine Spur entdeckt. Der Kommissar ging davon aus, dass der Mörder ihn irgendwo versteckt hielt, um ihn zu gegebener Zeit in Bares umzusetzen. Schließlich hatte er, aller Wahrscheinlichkeit nach, ja nur deswegen Olaf Bergmeister umgebracht. Wenn man den Schatz fände, würde der vermutlich den Weg zu dem Täter weisen. Umgekehrt, wenn Marder den Mörder fände, würde der ihn zu dem Schatz führen. Aber wo und wie mit der Suche beginnen?

Warum hatte der Mörder die Leiche in die Ruine gebracht? Warum hatte er sie nicht im Stollen bei der alten Klosterschule liegen gelassen? Dort hätte man sie wahrscheinlich erst später gefunden, vielleicht nach Wochen oder Monaten, nachdem sie völlig verwest wäre.

Gab es eine Beziehung zwischen Olaf Bergmeister und seinem Mörder? Waren sie befreundet oder zumindest miteinander bekannt gewesen? Gehörte einer von ihnen womöglich der Drogenszene an? Oder beide? Wohl eher nicht, denn auf Drogen hatte Marder keine Hinweise in der Wohnung von Olaf Bergmeister gefunden. Welche Bedeutung hatte die Ruine im Wald? War sie nur ein zufälliger Abladeplatz für die Leiche? Oder hatte der Täter eine besondere Beziehung zu diesem Ort? Oder das Opfer, oder beide?

Der Kommissar wurde aus seinen Gedanken gerissen. Ein Trupp Radfahrer hielt vor der Bank an, auf der er saß. Vermutlich eine Familie. Großeltern, Eltern, Enkel. Sie unterhielten sich laut und lachten. Es war eine freudige Horde, definitiv nicht aus der näheren Umgebung. An ihrem Dialekt erkannte er, dass sie aus dem Norden kamen, vielleicht aus Ostfriesland, auf jeden Fall von der Nähe der Küste. Nicht aus der Gegend um Stade, das konnte er hören. Trotzdem wurde ihm heimatlich zumute. Das Großelternpaar benutzte Elektro-Räder, die wie neu aussahen, vielleicht wirkten die beiden Alten deswegen weniger erschöpft als der Rest der Truppe. Es gab sie also noch, die Touristen, denen die Romantik des Rheins eine Reise wert war.

Marder wollte sich eigentlich weiter mit dem Mord an Olaf Bergmeister befassen, aber nun wurden seine Gedanken abgelenkt. Er wusste, dass sich die Hotels in der Stadt über einen Rückgang an Übernachtungen beklagten. Mit dem Tourismus lief es nicht so wie früher. Ganz zu schweigen von der Zeit am Ende des neunzehnten und zu Beginn des zwanzigsten Jahrhunderts. In der Stadt gab es heutzutage keine Hotels mehr, deren Glanz und Charme sich mit ihren Vorgängern in der Blütezeit der Rheinromantik vergleichen ließ. Wo sich früher prachtvolle romantische Herbergen aneinandergereiht hatten, schauten die Gebäude heute einer ungewissen Zukunft entgegen. Ihre einst fröhlichen Farben blätterten vor sich hin, ein trauriges Bild. Als er sich von den Kollegen in Stade verabschiedet hatte, hatten sie ihm zum Eingewöhnen in seine neue Heimat ein Hochglanzbuch mit Fotos aus der Zeit der Rheinromantik geschenkt. Darin waren auch Fotos aus Remagen um die Jahrhundertwende, von der damaligen Pracht war heute nicht mehr viel zu sehen.

Wenn Menschen im Norden früher in den sonnigen Süden wollten, war ihnen das Rheintal Süden und Sonne genug gewesen. Heute fing der Süden erst an den Stränden oder auf den Inseln des Mittelmeers an. Flugzeuge beförderten Urlauber schneller dort hin, als einst die Menschen mit der Dampfeisenbahn ins Rheintal gekommen waren. Wer heute mit dem Zug durch das Rheintal fuhr, saß meistens in einem ICE auf dem Weg zum Frankfurter, Düsseldorfer oder Kölner Flughafen. Marder war sich bewusst, dass er und seine Frau ebenfalls zu diesen Leuten gehörten. Sie hatten eine Ferienwohnung an der Küste Portugals in ihr Herz geschlossen und verbrachten dort seit Jahren zwei Wochen jedes Winters.

Die Radfahrer hatten die Gedenktafeln am Fuße des Brückenturmes eines schnellen Blickes gewürdigt, »aha« und »sehr interessant« gesagt, einen Schluck Wasser oder Saft aus ihren Flaschen genommen und Fotos von sich selbst gemacht. Das Museum hatten sie ignoriert und waren weitergezogen. Es war nicht zu erkennen, ob sie sich der geschichtlichen Bedeutung dieses Ortes bewusst geworden waren.

Was sollte er als Nächstes in dem Fall um Olaf Bergmeister tun? Er blickte auf den Brückenturm auf der anderen Seite des Flusses. Ob dort tatsächlich der Schmuck vergraben gewesen war, wie Engelbert Bergmeister es geschrieben hatte? Das war lange her, aber in einem verlassenen Stollen, wo sich seit Jahren nicht viel getan hatte, ließen sich vielleicht noch Spuren von Grabungen entdecken. Man hatte den vordersten Teil des Tunnels zu einem Theater umfunktioniert, wo seit einigen Jahren im Sommer ein Drama aufgeführt wurde, das von den Ereignissen während der Einnahme der Brücke durch die alliierten Soldaten erzählte. Marder vermutete, dass das Versteck weiter hinten gelegen war, denn wenn dem Schreiben von Engelbert Bergmeister zu trauen war, waren die Wertgegenstände außer Sichtweite der anderen Soldaten vergraben worden. Niemand außer den Beteiligten hatte mitbekommen dürfen, was dort vor sich ging. Eine erfolgreiche Suche nach dieser Stelle würde die endgültige Bestätigung sein, dass die Geschichte um den vergrabenen Schatz kein Hirngespinst war.

Das war ein passender Auftrag für seinen Assistenten, Benjamin Hofrichter. Dabei konnte er beweisen, dass er zu mehr nutze war, als im Büro Akten zu bearbeiten.

Der Kommissar stand auf und brachte seine Beine in Bewegung, die durch das lange Sitzen auf der Bank steif geworden waren, zumindest wehrten sie sich gegen die ersten Schritte. Auf dem Weg entlang des Rheinufers in die Stadt nahm er sich vor, sich über die örtliche Drogenszene zu informieren. Dass es die gab, war wohl unvermeidbar, aber welche Bedeutung sie hatte, konnte er nur raten. In seiner bisherigen Dienstzeit vor Ort hatte er jedenfalls noch keine Berührung mit ihr gehabt. Außerdem wollte er sich mit den Obdachlosen des Ortes befassen. Die gab es mit Sicherheit, er begegnete ihnen regelmäßig, wenn er durch die Fußgängerzone ging.

Benjamin Hofrichter war es über die Jahre klar geworden, dass er zu große Erwartungen an das Leben gestellt hatte. Als kleiner Junge hatte er Priester werden wollen, mit der Absicht, allen Menschen Gutes zu tun. Daraus wurde nichts, weil seine Eltern aufgrund mangelnder religiöser Überzeugung ihre Zustimmung zu dieser Berufswahl verweigerten und damit auch die notwendige materielle Unterstützung. Er stürzte sich also zögernd in ein profanes Leben ohne je an dem Gott zu zweifeln, für den er sich in seiner Kindheit wegen dessen Güte und Liebe begeistert hatte. Dass Gott so war, war ihm im Kindergarten und in der Schule glaubhaft versichert worden. Als er achtzehn Jahre alt war, hatte er sich zum ersten Mal in ein Mädchen verliebt, mit allen physischen Konsequenzen. Er hatte sich vorher nicht vorstellen können, wie viel Freude das brachte, und machte sich Vorwürfe, so lange damit gewartet zu haben.

Er gestand in einem schwachen Moment seiner damaligen Freundin Lilly seinen Kindheitstraum vom Priestertum, den er aber inzwischen aufgegeben habe, er habe sich für ein Leben als Familienvater entschieden. Das war zwar nicht die ganze Wahrheit, aber die ging Lilly nun wirklich nichts an. Die meinte, die Sache mit dem Zölibat sei für ihn sowieso gelaufen, das lasse sich zwar verheimlichen, aber nicht rückgängig machen. Sie war drei Jahre älter und weiser als Benjamin, vielleicht hielt deshalb die Liebe zwischen ihnen nicht lange. Als Lilly sich wenige Monate danach einem zweiunddreißigjährigen Mann zuwandte war ein weiterer Grundpfeiler in Benjamins Glauben an das Gute im Menschen zerborsten. Er brauchte fast ein ganzes Jahr, bevor er sich mit einem anderen

Mädchen einließ. Das war Cora gewesen. Sie war in Benjamins Augen das schönste Mädchen im Rheintal, bis er eines Tages Angelique kennenlernte. Die war ebenfalls ein sehr schönes Mädchen, dazu intelligent, zärtlich und katholisch. Benjamin war überzeugt, dass sie seine ganz große Liebe war. Mit ihr war er heute noch zusammen, ohne ihr jedoch von seinem vorherigen Liebesleben, von Lilly und Cora, erzählt zu haben.

Seine kindliche Liebe zur Katholischen Kirche hatte er sich nie ganz nehmen lassen. Die war aus unerfindlichen Gründen tief in ihm gewachsen und geblieben, vielleicht aus Trotz seinen Eltern gegenüber, und bestimmte weitgehend sein Leben als Jugendlicher, bis die Sache mit Lilly ihn überholt hatte. In seiner Kindheit und frühen Jugend diente er der Gemeinde als Messdiener. Wenn er in der Kirche St. Peter in Sinzig vor dem Passionsaltar stand, fühlte er sich über die Sünden der Welt erhaben. Er gehörte der Katholischen Jugend an und fuhr jeden Sommer mit seinen Freunden in ein Jugendheim der Kirche auf einer ostfriesischen Insel. Als er zum Messdienen zu alt wurde, trat er in den Kirchenchor ein. Seine Stimme war nicht so rein und hell, wie man es von einem guten Sänger erwarten durfte, und er traf selten beim Beginn eines Liedes den richtigen Ton. Das wurde allerdings durch exzellente Tenöre im Chor mehr als ausgeglichen. Beim Aufstellen des Chors achtete Benjamin darauf, sich neben einen dieser Sänger zu postieren. Er fiel beim zweiten Ton in den Gesang ein und konnte danach bis zum Ende des Lieds problemlos mitsingen. Niemand nahm ihm seinen Mangel an Talent übel, er füllte mit seiner Stimme das Volumen des Ensembles. Solche Sänger brauchte und schätzte jeder Chor, solange er nicht in der Staatsoper auftrat.

Nach dem Abitur hatte Benjamin sich bei der Polizei beworben, um im Rahmen seiner Möglichkeiten das Kriminelle in der Welt zu bekämpfen. In Sinzig, dem Nachbarort von

Remagen, wo er aufgewachsen war, war die Welt noch ziemlich in Ordnung. So waren die Leerstände in der Einkaufsstraße hier nicht größer als in anderen Orten der Umgebung und bei Stadtfesten kam es nur selten zu ernsthaften Zwischenfällen. Die Polizisten im Ort fühlten sich zu recht als »Dein Freund und Helfer«, denn die Leute in der Stadt hielten sich meistens an die Gesetze, abgesehen von kleinen Vergehen wie geschönte Steuererklärungen, Falschparken oder gelegentliche Nichteinhaltung der nächtlichen Ruhezeiten.

Benjamins Anstellung bei der Polizei ließ sich gut an. Als er während seiner Ausbildung mit bösartigen Verbrechen konfrontiert wurde, die er kaum für möglich gehalten hatte, beschlich ihn jedoch ein leichtes Gefühl von Misstrauen seinen Mitmenschen gegenüber. Am Ende seiner Ausbildung wurde ihm eine Anstellung bei der Dienststelle der Polizei im Sinziger Nachbarort Remagen angeboten, die er annahm. Hier arbeitete er nun seit einigen Jahren, hatte Streifendienst geschoben und nebenbei Fortbildungskurse und Seminare besucht, die anstehenden Prüfungen bestanden und hatte um Versetzung zur Kriminalpolizei angesucht. Das war ihm gewährt worden und alles in allem waren die Menschen hier ebenso gesetzestreu wie in seinem Heimatsort.

Nun jedoch war in Remagen etwas passiert, womit er nicht gerechnet hatte. Es hatte ein brutales Verbrechen gegeben. Völlig unerwartet steckte er plötzlich mitten in den Ermittlungen zu einem grausamen Mord. Zu seiner Verblüffung fand er das nicht so erschreckend und unerträglich, wie er befürchtet hatte. Er fand es nicht nur aufregend, sondern sogar anregend.

Sein Chef, Kommissar Marder, war im Laufe seiner langen Karriere bei der Kriminalpolizei schon des Öfteren mit Fällen wie diesem konfrontiert worden und, Benjamins Meinung nach, entsprechend souverän bei dessen Bearbeitung. Benjamin war froh, sich an Marder halten zu können und von ihm zu lernen, und so freute er sich umso mehr, als der Kommissar ihm eine eigene Aufgabe zuwies. »Herr Hofrichter, ich habe einen Auftrag für Sie«, begann Marder.

»Ja?!«

»Ich möchte, dass Sie in dem Tunnel bei der Brücke die Stelle suchen, wo nach der Notiz von Engelbert Bergmeister der Schmuck und andere Wertgegenstände am Ende des Krieges vergraben waren.«

»Das haben wir doch schon gemacht.«

»Nein, wir haben nur in dem Schacht bei dem alten Gebäude auf dieser Seite vom Rhein nachgesehen, wo der Schatz angeblich zuletzt gelegen hat.«

»Und jetzt der Tunnel auf der anderen Seite? Warum?«

»Um absolut sicher zu gehen, dass es diesen ominösen Schatz wirklich gegeben hat.«

»Und wie wollen wir das machen?«

»Nicht wir, sondern Sie.«

Marder blickte Benjamin Hofrichter aufmunternd an, der offensichtlich nicht ganz von der Nützlichkeit dieses Auftrages überzeugt war.

»Nach so vielen Jahren, wie soll man da noch etwas finden?«

»Um das zu beantworten, sollen Sie ja suchen. Wenn Sie die Stelle finden, gäbe es nicht mehr den geringsten Zweifel daran, dass die Notiz von Engelbert Bergmeister und der Tod von seinem Enkel Olaf Bergmeister zusammenhängen.«

»Aber inzwischen hat man den Tunnel bei Erpel zu einem Theater umgebaut. Da wird seit ein paar Jahren im Sommer das Drama um die Brücke von Remagen während des Krieges nachgespielt.«

»Ja, aber nur in dem Bereich ganz vorne. Ich denke, dass das Versteck weiter hinten gewesen sein muss. Da niemand wissen konnte, dass da einmal ein Schatz vergraben war, hat niemand nach dieser Stelle gesucht. Und wenn Sie nichts finden, haben wir auch nichts verloren.«

»Wenn ein Mord nicht grundsätzlich eine tragische Angelegenheit wäre, könnte man das Ganze als ein Abenteuer mit Schatzsuche ansehen. Ich kann mir nur schwer vorstellen, dass jemand wegen ein paar Schmuckstücken einen anderen Menschen umbringt. Dagegen sträubt sich alles in mir.«

»Ich weiß Ihre Gefühle zu schätzen, aber das hätten Sie sich klar machen müssen, bevor Sie Polizist wurden. Wenn Sie es in diesem Beruf zu etwas bringen wollen, dürfen Sie nicht alles so persönlich nehmen. Dies hier ist schlicht und einfach ein dienstlicher Auftrag, den Sie zu erledigen haben.«

»Ist mir schon klar, Chef. Ich bin nicht so naiv, wie Sie vielleicht manchmal denken. Ich muss mir nur überlegen, wie ich in den Tunnel hineinkomme. Da ist doch alles verschlossen.«

»Sie gehen einfach zur Stadtverwaltung von Erpel, die ist dafür bestimmt zuständig, und lassen sich den Schlüssel geben. Sollten die Ihnen Schwierigkeiten machen, zeigen Sie Ihren Dienstausweis.«

»Ja natürlich ... tut mir leid, dass ich manchmal so blöde Fragen stelle. Übrigens ... ich wollte Ihnen noch was anderes erzählen.«

»Ja, bitte?«

»Woran ich denken muss, hat zwar nicht direkt etwas mit dem Mord an Olaf Bergmeister zu tun, ich bin aber durch diese Notiz von seinem Großvater daran erinnert worden.«

»Okay. Erzählen Sie mal, worum es geht.«

»Also ... Sie wissen ja, dass ich in Sinzig wohne. Da lebt meine Familie schon seit Generationen. Also was ich sagen will ... meine Großeltern hatten dort ein Haus direkt am Stadtrand auf dem halben Weg zum Rhein. Ihr Grundstück grenzte unmittelbar an das Kriegsgefangenenlager, das die Alliierten nach der deutschen Kapitulation dort eingerichtet hatten. Da haben die alles mitbekommen, was sich in dem Lager abgespielt hat. Das Leben muss für die Gefangenen schrecklich gewesen sein, mit all dem Schlamm und Dreck, und es gab kaum feste Unterkünfte und fast keine medizinische Betreuung. Die Gefangenen waren da zwar nur ein paar Monate eingesperrt, aber trotzdem sind viele von ihnen krank geworden und auch gestorben.«

»Ja, es muss die Hölle gewesen sein. Das habe ich auch gelesen. Es muss für Leute, die ganz in der Nähe gelebt haben und die Mitleid mit den Gefangenen hatten, schwer zu ertragen gewesen sein. Als gläubige Christen fühlten sie sich sicherlich der Nächstenliebe verpflichtet, mussten hier aber miterleben, wie Menschen unsäglich litten, ohne dass sie ihnen helfen konnten. Das hat Ihren Großeltern bestimmt schwer zugesetzt.«

»Manche Leute sind fast daran verzweifelt. Ich weiß ja nicht, ob ich das sagen sollte ... mein Großvater war vor dem Krieg ein gläubiger Katholik gewesen, aber nachdem er im Krieg viel Grausames erlebt und dann dieses Lager gesehen hatte, war er nie mehr in die Kirche gegangen. Er hat darüber nie gesprochen, aber ich bin überzeugt, dass sein Verhältnis zur Kirche und zu Gott dadurch einen irreparablen Schaden genommen hat. Soweit ich es beurteilen kann, hat er auch meine Mutter beeinflusst, dass auch sie nicht mehr an Gott glauben konnte. Und mein Vater kam sowieso aus einer Familie, wo Religion keine Rolle gespielt hat. Habe ich Ihnen eigentlich schon mal erzählt, dass ich als Kind gerne Priester geworden wäre, aber meine Eltern mir das schlichtweg verboten haben? Das habe ich damals nur schwer verstehen können.«

»Nein, das ist mir neu. Und Ihrer Freundin wäre es doch bestimmt auch nicht recht gewesen.«

»Ja, die ist ein ganz tolles Mädchen. Wegen ihr bin ich meinen Eltern heute fast dankbar, dass sie mir nicht erlaubt haben, Priester zu werden.«

»Die Abneigung Ihrer Eltern gegen die Kirche hat zum Glück nicht auf Sie abgefärbt. Sie gehen jeden Sonntag in die Messe, haben Sie mir mal erzählt. Meine Frau und ich tun das übrigens auch, meistens jedenfalls. Manchmal fällt es mir trotzdem schwer, alles ernst zu nehmen, was da gepredigt wird.«

»Na, ja, auch ich versuche, jeden Sonntag zur Messe zu gehen. Ich weiß, ehrlich gesagt, auch nicht, warum ich ein so treuer Katholik geworden bin. Das hat möglicherweise etwas mit irgendeinem Kindheitserlebnis zu tun, das ich längst vergessen habe. Vielleicht gibt es den Heiligen Geist ja wirklich, und der ist vielleicht in der Wiege über mich gekommen. Aber heute bin ich tolerant genug, um zu wissen, dass jede Generation und jeder Mensch seinen eigenen Glauben finden muss. Das alles zu begreifen ist manchmal schwer.«

»Ich glaube, die Stadtverwaltung in Erpel wartet auf Ihren Anruf.«

Johanna und Werner Paulmann waren sich einig, dass sie in der Erziehung ihrer Söhne fast alles richtig machten. Sie waren sich ihrer Aufgabe als Eltern bewusst und redeten oft über die Verantwortung, die sie hatten. Wenn sie glaubten, etwas falsch gemacht zu haben, überlegten sie, wie sie es besser machen könnten. Zu ihren Erziehungsmaßnahmen gehörte, sich die Zeit zu nehmen, mit den Kindern zu spielen. Heute spielten sie *Phase 10*, ein Spiel, das sie vor einem Jahr entdeckt hatten und ihr Lieblingsspiel geworden war. Es war nicht besonders fordernd und ließ den Eltern genügend Muße, um den Kindern im Gespräch Werte fürs Leben zu vermitteln.

Maximilian hatte heute Glück. Er war als Einziger bei Stufe neun angekommen und würde das Spiel wahrscheinlich gewinnen. Grund genug für Werner, ihn zu ermahnen, nicht übermütig zu werden, schließlich sei *Phase 10* ein Spiel, das eher durch Glück als durch Intelligenz entschieden werde. Maximilian sah das ein, aber bevor er das kundtun konnte, klingelte es an der Wohnungstür.

Es war Marder. Der Kommissar hatte seinen Besuch dieses Mal nicht angemeldet. Er wollte vermeiden, dass die Eltern ihren Kindern vorher Anweisungen gaben, wie sie sich zu verhalten hatten und was sie sagen sollten. Marder setzte sich nach einer freundlichen Aufforderung an den Tisch, auf dem die Spielkarten und der dazu gehörende bunte Karton lagen. Es herrschte eine familiäre Wohlfühl-Stimmung, nur Maximilians Gesicht glühte vor Vorfreude auf den sicheren Sieg.

»Ach, *Phase 10*, das spiele ich mit meinen Enkeln gelegentlich auch. Meistens verliere ich. Wenn sie gewinnen, sage ich ihnen immer, sie sollen sich nicht zu viel darauf einbilden, schließlich ist es ein Spiel, bei dem meistens der Glücklichere und nicht der Klügere gewinnt.« Er zwinkerte Maximilian zu.

Johanna und Werner nickten zustimmend.

Marder sagte nicht, dass er früher, als seine Kinder und später die Enkel noch im Vorkindergartenalter gewesen waren, sich stets bemüht hatte, sie nicht immer verlieren zu lassen. Heute musste er sich anstrengen, um sie gelegentlich zu schlagen. Bei den Spielen der neuesten Generation auf elektronischer Basis haben die Kinder inzwischen aufgegeben, sie einem, in ihren Augen, altem Mann erklären zu wollen. Natürlich war er in seinen eigenen Augen noch kein alter Mann, auch wenn er sich eingestehen musste, dass ihm vor zwanzig Jahren vieles leichter gefallen war und er die elektronischen Spiele von heute nicht so ganz verstehen konnte.

»Was bringt Sie zu uns? Bestimmt nicht, um sich mit uns über *Phase 10* zu unterhalten. Sie haben sicherlich noch Fragen wegen des Toten im Wald. Es ist wirklich im höchsten Grad bedauerlich, dass gerade unsere Jungen die Leiche entdecken mussten«, sagte Werner Paulmann rasch.

»Es tut mir leid, dass ich Sie noch einmal wegen dieser Sache belästigen muss, aber ich habe tatsächlich noch Fragen an Ihre Jungen.«

Die Paulmanns blickten den Kommissar verständnisvoll und ihre Kinder aufmunternd an.

»Ich würde gern von den Jungen hören, was es mit dem Mann auf sich hat, der sich gelegentlich bei der Ruine im Wald aufhält, und den sie als schrägen Typen bezeichnet haben.«

»Ja, den sollte man in einer Anstalt unterbringen, vielleicht kann man ihn dort resozialisieren. Wir haben gerade vorhin über diesen Drogenabhängigen oder Obdachlosen gesprochen.« Dies schien Werner ein passender Kommentar zu sein, um seinen Eindruck als besorgter Familienvater zu festigen. Maximilian und Torsten schauten ihre Eltern verunsichert an, sie konnten sich an ein Gespräch über Drogenabhängige oder Obdachlose nicht erinnern.

»Wegen dieser Rumtreiber kann man die Kinder kaum noch alleine vor die Tür lassen. Wer weiß, was die im Schilde führen?«

Johanna Paulmann stand ihrem Mann zur Seite.

»Könnt ihr dem Kommissar etwas sagen, das ihm helfen kann, diese Person zu finden?«

Maximilian und Torsten schauten sich fragend an. Was sollten sie sagen? Jeder von ihnen hoffte, dass der Bruder etwas sagen würde, das die Frage des Mannes von der Polizei zufriedenstellend beantwortete und die Eltern nicht verärgerte.

So genau hatten sie sich den Mann nicht angeschaut. Es war halt ein Typ gewesen, der nicht wie die Freunde ihrer Eltern oder die Leute in der Nachbarschaft aussah, mit ungepflegten Haaren und dreckigen Klamotten. Etwas anderes, das sie an ihm beschreiben könnten, fiel ihnen nicht ein. Sie wussten nicht einmal, ob es immer die gleiche Person gewesen war, die sie gesehen hatten.

»Ich glaube, er hatte so eine komische rote Jacke an«, erinnerte sich Torsten nun doch.

»Einmal hatte er auch eine an, die blau war«, meinte Maximilian.

»Nee, die war eher grün.«

»Blau.«

»Grün.«

»Und wann habt ihr ihn zum letzten Mal gesehen?« Der Kommissar hatte die Befürchtung, dass dieses Gespräch ihn nicht weiterbringen würde.

»Das war vor ungefähr zwei Wochen.«

»Nee, das ist viel länger her. Mindestens im letzten Monat.«

So ging es eine Weile weiter. Marder bekam auf jede Frage zwei oder mehr unterschiedliche Antworten. Wenn er Glück hatte, ergänzten sie sich, meistens jedoch widersprachen sie sich. Die Eltern blickten irritiert vor sich hin, sie würden dem Mann von der Polizei gern helfen und ihn auf die rechte Spur in der Angelegenheit um die Leiche bringen.

Schließlich ergriff Werner Paulmann die Initiative. »Wissen Sie, Herr Kommissar, es ist Zeit für die Kinder, schlafen zu gehen. Die müssen morgen früh zeitig wegen der Schule aufstehen. Wenn ihnen in den nächsten Tagen noch etwas einfällt, werden wir Sie es wissen lassen. Sie können sich darauf verlassen, dass wir alles tun werden, um Ihnen bei der Aufklärung dieses Falles zu helfen, schon im Interesse unserer Sicherheit und vor allem der unserer Kinder.«

»Ja, die Sicherheit unser Kinder ist uns das Allerwichtigste«, pflichtete Frau Paulmann ihrem Mann bei. »Um die nicht zu gefährden, ist uns keine Mühe zu groß.«

»Nur noch eine Frage an Sie oder an die Kinder. Sagt Ihnen der Name Olaf Bergmeister etwas?«

Nein, sagten alle, den Namen hätten sie noch nie gehört. Wer solle denn das sein? Etwa einer von den Drogenabhängigen? Wohne der vielleicht sogar hier in der Nähe?

Marder verabschiedete sich, er konnte sich nicht vorstellen, dass den Jungen noch etwas einfallen würde, das ihm bei seiner Suche nach einem Mörder helfen könnte.

Benjamin Hofrichter war heute im Erpeler Tunneleingang unterwegs auf der Suche nach dem ursprünglichen Versteck des Beuteschatzes aus den letzten Kriegstagen. Marder hatte im Büro Papierkram zu erledigen. Das war nicht seine Lieblingstätigkeit, aber in seiner Position unvermeidbar. Der Bericht über seine Tätigkeiten in den letzten Wochen, an dem er fast eine Stunde gearbeitet hatte, sollte seine vorgesetzte Dienststelle überzeugen, dass seine Versetzung nach Remagen mehr als berechtigt war. Dem Toten in der Ruine im Wald hatte er dabei die meiste Aufmerksamkeit gewidmet. Leider musste er eingestehen, dass er in der Suche nach dessen Mörder nicht viel weitergekommen war. Es gebe jedoch eine Reihe verheißungsvoller Hinweise, denen er nachgehe. Auch an den Einbrüchen in die Einfamilienhäuser arbeite er mit Hochdruck und eine baldige Aufklärung stehe bevor. Man hatte Ähnlichkeiten mit anderen Einbrüchen im Kreis Ahrweiler festgestellt, und man gehe vielversprechenden Hinweisen auf Täter nach. Außerdem sei der Mann von der Tankstelle, der keine Lust oder kein Geld hatte, das Benzin zu bezahlen, am Tag zuvor gefasst und verhört worden. Er habe gesagt, er hätte seinen Geldbeutel an dem Tag vergessen, als er kostenfrei tankte, und hätte geplant, den Betrag beim nächstem Tanken mitzubezahlen. Niemand glaubte ihm das.

Neu dazugekommen war ein Taschendieb, der sich auf Diebstähle bei Veranstaltungen spezialisierte. Bei Konzerten in der Rheinhalle und bei Aufführungen in der Kulturwerkstatt waren Zuschauern wiederholt Geldbörsen abhanden gekommen. Marder kannte beide Kulturstätten, er hatte sie im Rahmen von Veranstaltungen mehrmals besucht. Das tat er seiner Frau zuliebe, die darauf bestand, dass er sich nicht ausschließlich mit den negativen, verbrecherischen Seiten der Menschheit befasste. Es sei wichtig, auch Positives wahrzunehmen und zu genießen. Damit meinte sie kulturelle Veranstaltungen, von denen es in Remagen mehr gab, als man in einer Stadt dieser Größe erwarten durfte. Aufführungen von Tourneetheatern, Kabarett, Konzerte, oft mit überregional bekannten Künstlern fanden regelmäßig in den kleinen oder größeren Sälen des Ortes statt. Und wenn es hier nichts gab, konnte man in die Nachbargemeinden ausweichen.

In der Rheinhalle, dem größten Veranstaltungssaal der Stadt, hatten die Marders ein klassisches Konzert mit dem wichtigsten Orchester aus Bonn besucht. Der Raum fasste mehrere hundert Zuschauer und war bis auf den letzten Platz gefüllt gewesen. Bei Beginn der Veranstaltung und in der Pause war es an der Bar im Foyer zu Gedränge gekommen, worin ein geschickter Dieb ohne Probleme Opfer finden konnte. Die gleiche Situation ergab sich auch bei Veranstaltungen in der Kulturwerkstatt in einem alten Gebäude in der Nähe des Marktplatzes. Hier traten meist lokale Musikgruppen oder Kabarettisten aus der Region auf. Kabarettisten waren Marders Lieblingskünstler. Er konnte sich köstlich amüsieren, vor allem wenn sie gut waren. Wenn nicht, was vorkam, langweilten sie ihn und er konnte nicht immer ein Gähnen unterdrücken. Das tat er heimlich, damit seine Frau es nicht mitbekam, sie war zu höflich und rücksichtsvoll, um einen Künstler merken zu lassen, wie banal sein Vortrag war. Menschen im Allgemeinen und Anwesende im Speziellen auf die Schippe zu nehmen, war eine Kunst, die nicht jeder gleich gut beherrschte. Sich über eine aussichtslose Lage gekonnt lustig zu machen, war Marders Meinung nach die beste Art, sie zu bewältigen.

Es hatte ihn anfangs überrascht, zu welch niedrigen Preisen Kultur von hohem Niveau hier in Remagen angeboten wurde. Natürlich mit Ausnahmen. Wenn ein internationaler, zumindest aber national bekannter Künstler auftrat, konnte es teuer werden. Ein großer Name kostete eben einige Euro extra, auch wenn er nicht immer sein Geld wert war.

Er hatte auch lernen müssen, dass nicht jedes kulturelle Angebot gleichermaßen von den Zuschauern geschätzt wurde. Einmal hatte er mit seiner Frau eine Veranstaltung besucht, zu der nur vier weitere Besucher erschienen waren. Zwei davon waren Bekannte, die seine Frau überredet hatte, mitzugehen. Die beiden anderen waren Vertreter der lokalen Presse, die, wie die Marders, das öffentliche Interesse an dieser Veranstaltung total überschätzt hatten. Und *so* schlecht war der Tierstimmenimitator eigentlich nicht gewesen, fand der Kommissar.

Der Auftritt dieses Künstlers mit nur einer knappen Handvoll Besucher wäre eine schlechte Wahl für den Taschendieb gewesen. Kein Geschiebe am Eingang des Saals, kein Gedränge an der Theke, dazu ein Kriminalkommissar unter den sechs Zuschauern. Marder machte sich dennoch keine Illusionen; einem gewieften Taschendieb wäre er in einer Menschenmenge ebenso ausgeliefert wie alle anderen. Ihm war inzwischen klar geworden, dass er wenig tun konnte, um den Veranstaltungsdieb, der in Remagen sein Unwesen trieb, zu entlarven. Da half nur, die Leute aufzuklären, dass in gewissen Situationen jeder selbst auf seine Geldbörse und Kreditkarten aufpassen musste.

Den Mörder des Toten aus der Ruine zu finden, war allerdings eine professionelle Herausforderung, der er sich nicht entziehen konnte. Er war vielmehr entschlossen, diese anzunehmen und den Fall unbedingt und schnell zu lösen.

Was würde die Suche von Benjamin Hofrichter im Tunneleingang der ehemaligen Ludendorff-Brücke auf der anderen Rheinseite ergeben? Würde sie ihn weiterbringen oder würde er am Ende doch kapitulieren müssen? Mit diesem brutalen Mord kurz, nachdem er seinen Dienst in Remagen aufgenommen hatte, hatte Marder nicht rechnen können. Sich mit einem kapitalen Verbrechen befassen zu müssen, das seinen Ausgangspunkt in den letzten Wochen des Zweiten Weltkriegs vor mehr als sechzig Jahren hatte, wäre ihm nie in den Sinn gekommen. Ihm wurde schmerzlich bewusst, dass seine unmittelbare Zukunft nicht so betulich verlaufen würde, wie er sich den Sonnenuntergang seines Arbeitslebens vorgestellt hatte. Er würde sich nicht damit begnügen können, nur Vergehen wie Einbrüche in Wohnungen und Diebstähle in Supermärkten und an Tankstellen aufzuklären. Es war zwar ein kleiner Trost, zu wissen, dass zwischen dem letzten und dem vorletzten Mord in Remagen eine ganze Reihe von Jahren vergangen waren, aber das war keine Garantie dafür, dass das in Zukunft so bleiben würde.

Marder schloss die Augen. Durch seine linke Hand lief ein leichtes Zittern, doch er versuchte, es zu ignorieren. Dann spürte er, wie ihn eine ungewohnte Müdigkeit überfiel, und ihm war nicht wohl. Marder wurde unruhig, weil er sich nicht erklären konnte, warum er sich plötzlich so unwohl fühlte. Er hatte Angst, in eine depressive Stimmung zu verfallen, das war in letzter Zeit gelegentlich geschehen, aber er hatte es nicht ernst genommen. Depressionen passten nicht zu einem Mann wie ihm. Er entschloss sich, etwas für seine Stimmung zu tun, am besten mit einer Tafel Zartbitter-Schokolade mit Nuss. Eine ganze Tafel, Stück für Stück. Leider hatte er die letzte Schokolade aus dem Vorrat in seinem Schreibtisch vor ein paar Tagen verspeist und nicht daran gedacht, sie zu ersetzen.

Also Plan B, eine Tasse Kaffee. Er setzte die Kaffeemaschine auf der Fensterbank in Gang und stellte den frischen, heißen Kaffee vor sich auf den Schreibtisch. Nun war er bereit, das weitere Vorgehen in den Ermittlungen um den Toten im Wald zu planen. Was musste oder konnte er als Nächstes tun? Er versuchte, sich zu konzentrieren, aber seine Gedanken wollten ihm nicht gehorchen.

Das dumpfe Geräusch der aufschlagenden Kaffeetasse weckte ihn. Er war eingeschlafen und hatte mit einer unkontrollierten Bewegung dabei die Tasse umgestoßen. Die braune Flüssigkeit hatte sich über den Schreibtisch ausgebreitet und war dabei, auf seine Hose zu tropfen. Durch ein schnelles Rückwärts-Manöver mit seinem Stuhl konnte er das Schlimmste verhindern. Er verbrauchte eine Packung Papiertaschentücher, um den Kaffee von der Tischplatte und dem Fußboden aufzuwischen. Wenigstens hatte er die Ordnung um sich herum wieder hergestellt, bevor jemand mitbekam, was passiert war …

»Was ist denn hier passiert?«

Benjamin Hofrichter war in den Raum gekommen, ohne dass Marder es bemerkt hatte. Er war leicht zerzaust und sah etwas mitgenommen aus. An seinen Händen hafteten Spuren von Erde, ebenso an den Hosenbeinen. Die Krawatte, die er im Dienst gewöhnlich trug, war verschwunden. Das schien ihn nicht zu stören, vielmehr wirkte er zufriedener, als er es normalerweise war.

»Nichts weiter. Nur ein bisschen Kaffee verschüttet. Es gibt Schlimmeres.«

»Gut, dass mir das nicht passiert ist. Dann hätten Sie mit Genugtuung über meine Ungeschicklichkeit gelästert.«

»Hätte ich das? Wie kommen Sie darauf? Ist ja auch egal. Was haben Sie im Tunnel bei Erpel gefunden?«

»Erst hatte ich Schwierigkeiten, überhaupt in den Tunnel zu kommen.«

»Wieso denn das? Ich dachte, Sie hätten gestern wegen dem Schlüssel mit dem Bürgermeister gesprochen.«

»Nicht mit dem Bürgermeister persönlich. Mit einer Dame im Rathaus, die mir gesagt hatte, dass es mit dem Schlüssel kein Problem sei. Sie wisse, wo der liege.«

»Dann war ja wohl alles in Ordnung.«

»Eben nicht. Diese Frau war heute nicht im Büro. Sie sei angeblich krank, hat mich eine ihrer Kolleginnen wissen lassen. Das klang aber eher so, als ob sie nicht wirklich an diese Krankheit glaubte. Niemand sonst wusste wegen des Schlüssels Bescheid.«

»Das interessiert mich alles nicht. Irgendwie haben Sie es wohl doch geschafft, in den Tunnel zu kommen. Das sieht man an Ihren Händen und der Hose. Die sind ja wohl nicht umsonst so verdreckt. Nun sagen Sie schon, was Sie dort gefunden haben.«

»Ja, aber so leicht, wie Sie es sich vorstellen, in den Tunnel zu kommen, war das alles nicht. Erst habe ich tatsächlich mit meinem Dienstausweis die Verwaltung aufscheuchen und den Bürokraten klarmachen müssen, dass ich im Rahmen von Ermittlungen um ein schweres Verbrechen unbedingt in den Tunnel muss. Ich habe ihnen damit gedroht, dass es für sie unangenehme Folgen haben könnte, wenn sie mir dabei Steine in den Weg legen.«

»Ist ja gut. Hören Sie endlich auf, um die Sache herumzureden. Kommen Sie zum Wesentlichen. Was haben Sie gefunden?«

»Das mit dem schweren Verbrechen und den unangenehmen Folgen hat die Leute aufgeschreckt. Nach einer Weile hat jemand den Bürgermeister auf seinem Handy angerufen, der wegen einer goldenen Hochzeit unterwegs war. Der hat ihnen dann gesagt, wo der Schlüssel liegt. Aber vorher musste der noch die kranke Mitarbeiterin zuhause anrufen, die mit Grippe oder was immer im Bett lag, weil er selber auch nicht sicher war, wo der Schlüssel lag.«

»Sie treiben mich zum Wahnsinn. Was haben Sie im Tunnel gefunden?«

»Nachdem wir den Sicherungskasten für die Lichtanlage entdeckt hatten, konnte ich endlich mit der Suche anfangen. Nicht, dass alles problemlos gelaufen wäre.«

»Was ist nicht problemlos gelaufen? Und was haben Sie gefunden? Wenn Sie nicht endlich zur Sache kommen, kann das für Sie ebenfalls unangenehme Folgen haben. Und dafür brauche ich Ihnen nicht einmal meinen Dienstausweis zu zeigen!«

»Nun ja, zwei Stunden habe ich schon gebraucht. Ich wusste nicht, wo genau ich suchen musste. Ich habe an vier verschiedenen Stellen gegraben und wenn ich nicht so hartnäckig gewesen wäre, stünde ich jetzt wahrscheinlich mit leeren Händen hier. Eigentlich wollte ich fast aufgeben, da habe ich ziemlich weit hinten, gerade bevor der Tunnel eine Kurve nach links macht, eine Stelle entdeckt, wo es mir vorkam, als hätte hier vor längerer Zeit mal jemand gegraben. Da habe ich gründlich die Erde durchgewühlt. Es hat sich gelohnt.«

»Was meinen Sie mit ›es hat sich gelohnt‹?«

»Die Erde war nicht viel lockerer als die drumherum, aber ein bisschen eben doch. Irgendwann hatte da tatsächlich mal jemand gegraben. Da habe ich ein bisschen auf dem Boden gewühlt und in einem Erdloch habe ich ihn gefunden. Den hat der Olaf... nee, Entschuldigung, das muss ja der Engelbert Bergmeister gewesen sein, wohl übersehen.«

»Was hat der Engelbert Bergmeister übersehen?«

Benjamin Hofrichter griff in seine Jackentasche und ließ mit einem triumphierenden Lächeln ein Schmuckstück auf den Schreibtisch fallen.

»Es ist, glaube ich, ein Ohrring oder ähnliches, und wenn mich nicht alles täuscht, ist er aus Gold.«

In der Nacht schlief Marder schlecht. Er hatte unsinniges Zeug geträumt, war drei Mal aufgestanden, um zu pinkeln, vielleicht waren es auch vier Mal. In Anbetracht des immensen Drucks auf der Blase war das Ergebnis jedes Mal enttäuschend. Seine Frau war bei seinem dritten Gang ins Badezimmer aufgewacht, was ungewöhnlich war. Normalerweise schlief sie durch, bis es Zeit zum Aufstehen war. Sie hatte sich kurz aufgesetzt und ihn gefragt, ob es ihm gut ginge.

»Mach dir keine Sorgen, Schatz. Es ist alles in Ordnung. Ich glaube, ich habe mir nur die Blase ein bisschen erkältet«, hatte er geantwortet, ohne es wirklich zu glauben.

Als er sich beim Frühstück einen Kaffee einschenken wollte, ging ein Teil davon neben die Tasse. Seine Frau stand dabei und machte sich Sorgen.

»Schenke mir doch bitte auch einen Kaffee ein«, forderte sie ihn auf. Auch das klappte nicht. Ihr war klar, dass es Zeit war, ins Krankenhaus zu fahren.

So wie es aussah, hatte er seinen zweiten Schlaganfall gehabt. Es war ein trüber Tag, aber während der Fahrt ins Krankenhaus nach Bad Neuenahr brach die Sonne durch die Wolken und lächelte ihn an, als sei nichts geschehen. Marder betrachtete das als ein gutes Omen.

»Alles wird gut, Schatz«, sagte er zu seiner Frau. »Ich spüre es, es ist noch nicht zu Ende. Du wirst sehen, dass ich recht habe.«

Seine Frau war nicht beeindruckt. Sie gab Gas und fuhr deutlich schneller als erlaubt, in der Hoffnung, dass die Polizei sie anhalten würde, um sie mit Blaulicht und heulender Sirene ins Krankenhaus zu begleiten.

In der Notaufnahme ging dieses Mal alles schnell. Er wurde sofort an die Ärzte weitergeleitet, die zu derselben Diagnose kamen wie die Ärzte in Stade bei seinem früheren Schlaganfall. Wiederum mit der Erkenntnis, dass es zu spät war, das vermutete Blutgerinnsel im Gehirn aufzulösen. Der Ablauf danach war so, wie er ihn schon vorher durchgemacht hatte, Apparaturen und Schläuche, an die er für Untersuchungen angeschlossen und von denen er nach einer Weile wieder befreit wurde. Danach ein Bett in einem Krankenzimmer. Marder nahm, was man mit ihm tat, gelassen hin, er wusste, alles würde gut werden, die Sonne hatte es ihm gesagt. Er fühlte keinen Schmerz, nirgendwo im Körper zwickte oder ächzte es, nur müde war er, zu müde, um sich aufzuregen. Das dauerte zwei Tage, am dritten Tag war die Müdigkeit vorbei, sein Körper und seine Sinne fühlten sich wieder normal an. Die Koordinationsprobleme zwischen Augen und Händen waren so gut wie verflogen. Trotzdem durfte er nicht nach Hause.

Die Ärzte waren besorgt. Sie meinten, er hätte eigentlich keinen weiteren Schlaganfall haben dürfen, schließlich nehme er ein gerinnungshemmendes Medikament, das genau das verhindern solle. Was man tun könne und solle, sei, ihn auf ein neues, moderneres Medikament umzustellen und das bedürfe eines weiteren Aufenthaltes von einigen Tagen im Krankenhaus.

Bei seiner Ankunft in der Klinik hatte ihn niemand gefragt, ob er ein Einzelzimmer wünsche, man hatte ihn in einem Dreibett-Zimmer untergebracht. Solange er müde gewesen war, nahm er seine Zimmergenossen kaum wahr. Als er allerdings zu sich kam, war er erst einmal verstimmt, dass man ihn nicht gefragt hatte, ob er ein Einzelzimmer vorziehen würde, den Aufpreis hätte er gern bezahlt. Nach einer Weile war er jedoch dankbar, dass man es nicht getan hatte. Er hatte zwei Zimmergenossen, die nicht schnarchten und im Wachzustand angenehme Gesprächspartner waren.

Natürlich besuchte ihn seine Frau jeden Tag. Wenn sie nicht da war, hörte er den Gesprächen der beiden Männer mit ihren Frauen oder Besuchern zu und lernte dabei viel über deren Familienleben. Vor allem der junge türkische Mann im Nebenbett hatte stets Leute um sich, die versuchten, ihn aufzumuntern. Marder kannte bald alle Familienmitglieder bei ihren Namen und ließ sich von ihnen gleich mit aufheitern und mit Süßigkeiten versorgen.

Am vierten Tag kam Benjamin Hofrichter ins Krankenhaus. Nach der üblichen Konversation über den Verlauf des Schlaganfalls, die Meinung und Maßnahmen der Ärzte sowie über den jetzigen Zustand des Patienten fragte Marder seinen Assistenten, wie er in der Ermittlung um den Toten aus der Ruine weiterkomme, ob es etwas Neues gebe. Hofrichter bestand darauf, dass er zu einem Krankenbesuch gekommen sei und nicht zu einem dienstlichen Gespräch. Das müsse warten, bis der Kommissar gesund und wieder arbeitsfähig sei.

Als sein Assistent nach Hause gegangen war, gestand Marder sich ein, dass er sich nur aus Pflichtgefühl nach dem Fortgang der Ermittlungen erkundigt hatte. Im Grunde interessierte es ihn nicht, wenn er ehrlich war, war er dankbar, dass sein Assistent auf stur geschaltet hatte. Er hoffte, dass ihn Benjamin Hofrichter nicht noch einmal besuchen würde, nicht, weil er etwas gegen seine Anwesenheit hatte, sondern, weil er im Moment nicht an seinen Beruf und ungelöste Fälle denken wollte.

Seine Söhne und Schwiegertöchter kamen vorbei und umarmten ihn mit fürsorglicher Inbrunst. Die Enkel hatten sie zuhause gelassen, und er war ihnen nicht böse deswegen.

Sie brachten ihm Zartbitter-Schokoladen mit Nüssen mit, wofür er sehr dankbar war, und sie blieben nicht länger, als ihm angenehm war. Und zum Abschied waren sie beruhigt, als er ihnen sagte, dass er mit seiner baldigen Entlassung rechne.

So war es dann auch. Eine der Krankenschwestern meinte, so schnell wie er hätte selten ein Patient nach einem Schlaganfall das Krankenhaus wieder verlassen. Es war erstaunlich, er hatte innerhalb von achtzehn Monaten zwei Schlaganfälle hinter sich gebracht, und abgesehen von gelegentlicher Müdigkeit fühlte er sich weder krank, verbraucht oder abgenutzt. Die Ärzte meinten, er solle sich nicht von seinen Gefühlen täuschen lassen, natürlich sei er noch nicht wieder voll hergestellt, er dürfe mindestens drei weitere Wochen nicht zur Arbeit gehen. In dieser Zeit müsse er sich gründlich erholen und rehabilitieren. Außerdem seien sie wie ihre Kollegen in Niedersachsen der Ansicht, dass seine Schlaganfälle mit einer Blockade in seiner Halsschlagader und einem dort angesiedelten Gerinnsel zusammenhängen. Allerdings könnten sie das nicht hundertprozentig beschwören, der menschliche Körper gebe immer wieder Rätsel auf. Nach der Umstellung auf ein neues, effektiveres gerinnungshemmendes Präparat sollte von diesem Unglücksherd zwar keine unmittelbare Gefährdung mehr ausgehen, aber mittel- oder langfristig sei es eine Überlegung wert, sich die Blockade aus der Halsschlagader operativ entfernen zu lassen. Marder versprach, sich damit zu befassen und ließ sich von seiner Frau nach Hause fahren.

Sein Interesse an seinem Beruf war in den Tagen nach der Entlassung aus dem Krankenhaus noch nicht wieder erwacht. Er war dankbar dafür, dass er nach zwei, wenn auch leichten Schlaganfällen seinen Körper und Verstand weiterhin unter Kontrolle hatte. Das würde er nicht aufs Spiel setzen. Er entschloss sich, die Operation an der Halsschlagader tatsächlich anzugehen. Die Ärzte hatten ihm empfohlen, damit mindestens drei Monate zu warten, bis der Körper sich von dem zweiten Schlaganfall erholt hatte. Darüber würde er mit seinem Hausarzt sprechen und danach einen OP-Termin in der Klinik vereinbaren.

Als Sofortmaßnahme ging er mehrmals in der Woche zur Rehabilitations-Gymnastik in den Fitnessclub und machte jeden Tag einen Spaziergang hinauf in die Hügel hinter Remagen. Er wollte sich dabei nicht mit Verbrechern und ihren Taten befassen. Er dachte während dieser Spaziergänge stattdessen über Vergangenheit, Gegenwart und Zukunft nach und was der Umzug ins Rheinland an seinem Leben verändert hatte. Dabei kamen ihm, wie schon oft zuvor, Dinge in den Sinn, die am Rhein anders waren als im Norden. Zum Beispiel das Wetter: Das Wetter in Norddeutschland genoss bei den Menschen in anderen Teilen des Landes nicht unbedingt den besten Ruf. Er konnte sich jedoch daran erinnern, dass auch dort an vielen Tagen im Jahr die Sonne schien. Manchmal allerdings auch nicht. Dann lag das ganze flache Land tagelang im Schatten, während sich am Rhein die Sonnenlage je nach Tageszeit schnell änderte. Im Sommer gab es wegen der Hügel im Westen morgens viel Sonnenschein, abends viel Schatten. Anders war es auf der östlichen Seite des Flusses, in Erpel und Unkel. Dort brannte im Sommer die Sonne bis spät abends unbarmherzig auf die Hänge und Häuser. Die Marders konnten die Sonne nur in Maßen ertragen, das war ein weiterer Grund, froh zu sein, sich auf dem westlichen Ufer des Rheins angesiedelt zu haben. Bei den häufig heißen Sommertagen im Rheintal und der oft herrschenden hohen Luftfeuchtigkeit, genossen sie es, abends im Schatten zu sitzen oder spazieren zu gehen.

Im Winter dagegen machte sich die Sonne in Remagen rar. Weil sie es oft tagelang nur für kurze Zeit über die Hügel schaffte, lag der Ort von Oktober bis März viele Stunden im Schatten.

Die Hoffnung auf ein freundliches Klima war, neben der Nähe zu ihren Kindern und Enkeln, einer der Gründe gewesen, warum Marder und seine Frau sich für diese Region für ihren Ruhestand entschieden hatten. Die wärmeren Brisen aus dem Südwesten Europas, die hier das Wetter bestimmen, taten ihren Seelen gut. In der Küstenregion waren sie oft den kalten Winden vom Meer ausgeliefert gewesen, man musste dort jederzeit mit peitschendem kalten Regen ins Gesicht rechnen. Das hatten sie früher kaum wahrgenommen, aber mit zunehmendem Alter hatten sie es als negativ empfunden. Oder täuschte ihn seine Erinnerung?

Er hatte in einem Artikel in der lokalen Tageszeitung gelesen, dass der Frühling etwa zwei Wochen früher ins Rheintal komme als an Elbe und Weser. Das sei statistisch bewiesen, es würde durch die Wetteraufzeichnungen der letzten hundert Jahre belegt. Und der Sommer verabschiede sich dementsprechend später. Auf der Uferpromenade sitzen Leute noch im Sonnenschein, wenn die Elbe schon zu gefrieren drohte.

Trotzdem vermisste er im Winter gelegentlich die Tage, an denen der Schnee leise rieselte. Wie konnte man einen Winter ernst nehmen, an dem es nicht einen einzigen Tag heftig schneite? Zum Ausgleich gab es hier wunderschöne Regenbogen, die sich über den Rhein spannten, Lichtbogen, die so romantisch waren, dass sie in der Norddeutschen Tiefebene nur Erstaunen auslösen würden. Am Rhein war tatsächlich vieles anders als im Norden.

Ihm kamen Zweifel. War wirklich alles so klar und eindeutig, wie er es sich gerade zurechtgelegt hatte? Ist das Wetter am Rhein nicht genauso unergründlich wie überall in der Welt? Wurde es nicht auch hier morgen meistens anders, als der Wetterbericht es gestern vorhergesagt hatte? Lag der Reiz des Wetters nicht in seiner Unergründlichkeit?

Unergründlich wie der Mord um den Schatz bei der Brücke von Remagen. Damit war der Kommissar in Gedanken wieder bei seinem Beruf angelangt. Das überraschte ihn, das war nicht seine Absicht gewesen, er wollte lieber an etwas anderes, Schöneres denken, er war schließlich dabei, sich zu erholen, und die Ärzte hatten von drei Wochen Ruhe gesprochen, die noch nicht vorbei waren.

Der Rhein im Sonnenschein lud zu einer Tour an seinen Ufern ein. Marder hatte sein altes Fahrrad neu entdeckt, seit seiner Ankunft im Rheinland hatte es im Keller geschlummert. Er hatte es vernachlässigt, weil er mit dem Gedanken spielte, es durch ein modernes Gefährt mit Elektroantrieb zu ersetzen, dazu hatte er sich bisher aber nicht aufraffen können. Auf jeden Fall wollte er in Zukunft wieder regelmäßig Rad fahren und damit etwas Gutes für Geist und Körper tun. Auf einem elektrischen Fahrrad war das nur bedingt möglich, die moderne Technik nahm dem Fahrer einen zu großen Teil der Mühen ab. Deshalb verschob er den Gedanken an ein E-Bike immer wieder in die Zukunft.

Marder war trotz seines erneuten Schlaganfalls nicht bereit, sich einem vorzeitigen Ruhestand hinzugeben. Seine Erholungsphase war nun vorbei, das Leben und die Arbeit ließen sich nicht weiter vor sich her schieben. Beim Radfahren auf den Uferwegen am Fluss kehrten seine Überlegungen zu dem Verbrechen zurück, das ihn vor seiner Krankheit beschäftigt hatte. Der Tote aus der Ruine im Wald. Was wusste er über den Mord an Olaf Bergmeister? Wenig. Was lag noch im Dunklen? Viel.

Nach dem Ende seiner Erholungsphase, hatte er sich von Benjamin Hofrichter über den letzten Stand der Ermittlungen unterrichten lassen. Das war schnell geschehen, denn es gab kaum etwas Neues, vor allem keine Hinweise auf einen möglichen Täter. Der Mörder war nach wie vor in Freiheit, er hatte mit jedem Tag mehr Möglichkeiten, seine Spuren zu verwischen und seine Beute in Sicherheit oder an den Mann zu bringen. Der Kommissar wusste, dass er nicht ewig Zeit hatte, das zu verhindern. Zurückblickend bedauerte er, dass er durch seinen Schlaganfall und während der Kur zu sehr mit sich selbst beschäftigt gewesen war, um seinem Assistenten Hilfe und Anleitungen zu geben, was er vielleicht hätte tun können, um in dem Fall zu neuen Erkenntnissen zu kommen. Und Hofrichter hatte bewiesen, dass er tatsächlich nicht erfahren genug war, um selbst darauf zu kommen. Vielleicht auch nicht kreativ genug.

Marder radelte an Oberwinter vorbei, wo sich der Radweg wegen einer Werft, die vor allem die Fähren der Region wartete, vom Fluss entfernte. Er führte für einen Kilometer entlang der Bundesstraße mit ihrem Verkehr. Zu seiner Rechten lag ein kleines Becken, wo Segelboote und Yachten an Stegen befestigt waren. Dies war der Hafen von Oberwinter. Ihm, einem Mann von der Nordsee erschien die Bezeichnung *Hafen* für ein Gewässer dieses Ausmaßes maßlos übertrieben. Das Hafenbecken wurde zum Rhein hin von einer Mole geschützt, an deren Ende ein bunter, runder, mysteriöser Turm stand. Als Marder ihn zum ersten Mal gesehen hatte, hatte er ihn für einen eigenwilligen Leuchtturm gehalten. Inzwischen hatte er erfahren, dass es ein seltsames Kunstwerk war, das ihm nichts sagte, aber gut in die Landschaft passte.

Was waren die Fragen in dem Mordfall Olaf Bergmeister, die er als Nächstes klären musste? Sich darüber klar zu werden, war der erste Schritt, um sich wieder auf die Suche nach dem Mörder zu machen.

Woher wusste der Mörder, dass in dem Tunnel bei dem alten Gebäude am Hang in Remagen ein Schatz vergraben war? Warum hatte der Mörder Olaf Bergmeister dort aufgelauert und ihn getötet, als der dabei war, diesen Schatz auszugraben? Warum hatte er das nicht von vornherein selbst getan? Auf diese Fragen gab es bisher keine Antworten. Vielleicht, weil sie auf irrtümlichen Annahmen beruhten und deshalb nicht logisch waren. Vielleicht lief er falschen Vermutungen hinterher. Vielleicht war alles ganz anders, als es schien? Vielleicht hatte der Täter Olaf Bergmeister nur zufällig überrascht, als der dabei war, den Schatz auszugraben. Aber warum zufällig? Der Tunnel durch den Berg war schließlich kein Ort, wo man sich zufällig aufhielt. Hatte sich der Mörder dort aus einem Grund befunden, der überhaupt nichts mit dem Verbrechen zu tun hatte. Welcher konnte das sein?

Der Kommissar war ratlos. Egal, wie er den Fall drehte und wendete, es gab keine schlüssigen Antworten. Nur noch mehr Fragen. Konnte es sein, dass Täter und Opfer sich kannten und gemeinsam planten, den Schatz zu bergen? Die Spuren im Tunnel ließen keine Zweifel daran, dass der Mord an dieser Stelle geschehen war. Vielleicht wollte Olaf seinem Mörder beweisen, dass es den Schatz tatsächlich gab, indem er ihn dorthin geführt hatte. Vielleicht hielt der Mörder Olaf Bergmeister für einen Spinner, der nur von einem Schatz phantasierte, den es in Wirklichkeit nicht gab. Oder er war überzeugt, dass es den Schatz gab, ohne zu wissen, wo der versteckt war. Vielleicht hatte er im Voraus beschlossen, Olaf zu töten, wenn er erst einmal wusste, wo sich das Versteck befand.

Konnte der Mord eine Kurzschlussreaktion des Mörders gewesen sein, als er von dem Wert des vergrabenen Schatzes überrascht wurde? Aber warum sollte Olaf daran interessiert gewesen sein, jemanden in sein Wissen um diese Goldgrube einzuweihen? Warum ließ er ihn nicht stillschweigend in diesem Versteck, bis er einen Weg gefunden hatte, ihn zu seinem Vorteil zu nutzen, um ihn dann allein und heimlich auszugraben? Je länger Marder über dieses Verbrechen und die möglichen Gründe dafür nachdachte, umso größer wurden seine

Verwirrung und das Misstrauen seinen eigenen Überlegungen gegenüber.

Marder war in Rolandseck angekommen. Er stieg vom Fahrrad und betrachtete das Gebäude des ehemaligen Bahnhofs, das in das Arp-Museum integriert worden war. Als Teil des Umbaus hatte man in dem Gebäude ein Restaurant eingerichtet, von dessen Balkon man bei Kaffee und Kuchen eine unbehinderte Sicht auf den Rhein und das Siebengebirge hatte. In einem Reiseführer hatte er gelesen, dass dies eine der vier schönsten Aussichten in der Welt sei. Er fand das übertrieben, aber ein bisschen Wahrheit lag in dieser Behauptung vielleicht doch. Eine Autofähre überquerte hier den Fluss nach Bad Honnef. Direkt über dem alten Bahnhof am Fuß des dahinter aufsteigenden Hügels dominierte die imposante weiße Architektur des Museums die Landschaft. Die Finanzierung dieses Gebäudes war eine Geste der Wiedergutmachung an die Region um die Stadt Bonn gewesen, als man die Bundeshauptstadt nach Berlin verlegt hatte.

Marder entschloss sich, mit der Fähre ans östliche Rheinufer überzusetzen, und reihte sich in die wartenden Radfahrer ein. In Erpel würde er mit der Personenfähre *Nixe* wieder nach Remagen übersetzen.

Der Kommissar schaute der Fähre entgegen, die von der Rampe an der anderen Seite des Stromes abgelegt hatte. Für einen Fährmann gab es nicht die Frage, ob das Ziel oder der Weg wichtiger war, dachte er. Ihn überfielen gelegentlich solch philosophische Anwandlungen, vor allem, seit er durch die Auszeiten wegen seiner Krankheiten dafür ausreichend Zeit gehabt hatte. Für den Steuermann einer Fähre waren Ziel und Weg stets gleich, immer zu dem gleichen Punkt, hin und zurück, unendlich oft, ohne dass sich das Ziel oder der Weg änderten. Für andere war der Rhein entweder Weg oder Ziel.

Für die Besucher, die hier Ferien machen, war er das Ziel. Für Auto- oder Bahnfahrer, die an seinen Ufern entlangfuhren und in den Norden oder den Süden wollten, war das Rheintal ein Weg. Sie verursachten den endlosen Verkehr auf beiden Seiten des Flusses, für den es eigentlich nicht genug Raum gab. Sie drängten sich nebeneinander her oder aneinander vorbei. Bundesstraßen, Landstraßen, Bahngleise, Fahrradwege. Eingeklemmt zwischen Fluss und Hügel, die fast bis ans Wasser reichten. Vom Flachland an der Elbe war Marder an enge Kurven zwischen Hügeln und Fluss nicht gewöhnt.

Früher kannten auch die Menschen an den Ufern des Rheins dieses Gedränge nicht. Auf Kopfsteinpflasterwegen und Treidelpfaden zogen kräftige Pferde die Boote den Fluss hinauf. Aus den Treidelpfaden waren Fahrradwege geworden. Ein Fortschritt, dachte er. Früher war eben doch nicht alles besser.

Eins jedoch war über die Jahrhunderte gleich geblieben. Der Rhein war eine der wichtigsten Nord-Süd-Verbindungen in Deutschland und in Europa. Die Städte an den Ufern wurden im Mittelalter reich, weil sie von den Kaufleuten, die an ihnen vorbei wollten, einen Zoll einforderten. Das Tal war zum Leidwesen seiner Anwohner leider auch der bevorzugte Weg für Armeen und Truppen gewesen, die in den Krieg zogen oder geschlagen nach Hause flohen. Sie besetzten auf ihrem Weg die Städte an den Ufern, verlangten freie Unterkunft und Verpflegung. Wenn sich die Städte weigerten, wurden sie geplündert. Wenn es nicht genug zu plündern gab, brannte man die Ortschaften oft gnadenlos nieder. Ein Schauder lief dem Kommissar bei dem Gedanken über den Rücken.

Marder war am anderen Ufer angekommen und schob sein Fahrrad die Anlegerampe hinauf. Er blickte auf die Fähre zurück und sah, dass die nächste Ladung Autos bereits auf ihr

Platz gefunden hatte. Eine weitere Runde für den Steuermann, bei der Ziel und Weg nicht auseinander zu halten waren. Ihm war heiter zumute. Er freute sich, wie immer, wenn er mit der Fähre über den Rhein fahren konnte, das war wie zehn Minuten Urlaub.

Wo war er in seinen Überlegungen um den Mord an Olaf Bergmeister stehen geblieben? Er musste sich zwingen, seine Gedanken neu zu sortieren, er schweifte immer wieder ab. Der Mord war mit größter Wahrscheinlichkeit während oder unmittelbar nach dem Ausgraben des Schmucks geschehen. Warum hatte der Mörder die Leiche in die Ruine auf dem Hügel gebracht? Warum nicht im Tunnel liegen gelassen? Das hätte ihm Mühe und das Risiko erspart, bei dem Transport entdeckt zu werden. Er brauchte es nicht eilig zu haben. Es hätte lange dauern können, bis man den Toten gefunden hätte. Vielleicht Monate oder sogar Jahre. Wo befand sich der Schmuck jetzt? Wo hatte der Mörder ihn hingebracht, nachdem er Olaf Bergmeister ermordet hatte? Wo immer das war, es war fraglich, ob er jetzt noch dort war. Wahrscheinlicher war, dass er längst außer Landes geschafft oder in andere Hände übergegangen war. Oder er lag in seinem dritten Versteck, an einem Platz, wo niemand ihn vermutete.

Nur über einen Aspekt brauchte Marder nicht mehr zu spekulieren. Nachdem Benjamin Hofrichter das Schmuckstück, das vermutlich ein Ohrring war, auf der anderen Seite der ehemaligen Brücke gefunden hatte, stand für ihn fest, dass es diesen Schatz tatsächlich gab, und dass er seinen Ausgangspunkt in den letzten Kriegswochen genommen hatte. Die kriminaltechnische Untersuchung des Schmuckes hatte nichts gebracht, was in den Ermittlungen weiterhelfen konnte. Er hatte eine unendliche lange Zeit in der Erde geschlummert, die alle Fingerabdrücke oder sonstige Hinweise auf ihren ehemaligen Besitzer verwischt hatte. Aber Marder war sich im Klaren, das selbst Kenntnisse über den Eigentümer, dem die Soldaten den Ohrring vor mehr als sechzig Jahren abgenommen hatten, keine Hinweise auf den Mord an Olaf Bergmeister geben würden.

Die Geschichte von dem Offizier und seinen Kumpanen, die den Schmuck eingesammelt hatten, entsprach höchstwahrscheinlich der Realität, zumindest der Schatz selbst existierte tatsächlich. Wie weit ihm dieses Wissen in der Suche nach dem Mörder helfen würde, ließ sich nicht vorhersagen. Vielleicht gar nicht. Auf jeden Fall lag dieses Schmuckstück, wenn es denn tatsächlich ein Ohrring war, nun gut und sicher in einer Schachtel bei der Kriminalpolizei.

Olaf Bergmeisters Großvater Engelbert hatte in seiner Notiz behauptet, er wolle den geraubten Schmuck an das deutsche Volk zurückgeben. War das die Wahrheit? Wollte er das wirklich? Wenn das seine Absicht war, warum hatte er es nicht getan, nachdem er aus der Kriegsgefangenschaft entlassen worden war? Warum hatte er in einer mühseligen Aktion den Schatz bei Nacht und Nebel ausgegraben, über den Rhein gebracht und erneut versteckt? Nein, je länger der Kommissar darüber grübelte, umso mehr war er überzeugt, dass es immer Engelbert Bergmeisters Absicht gewesen war, den Schatz zu seinem eigenen Nutzen zu verwenden, bestenfalls, ihn seinen Nachkommen zukommen zu lassen. Deswegen hatte Engelbert Bergmeister diese ominöse Notiz verfasst, von der er angenommen hatte, dass sein Sohn sie finden würde, falls er sterben sollte. Vielleicht war sein Tod dann sehr schnell und auch für ihn überraschend gekommen, vermutlich als Folge der Krankheit, die er sich in dem Lager am Rhein zugezogen hatte, und über die er sich in seinem Schreiben beklagt hatte. Ihm wurde offensichtlich keine Zeit vergönnt, diese Notiz an einer Stelle zu hinterlegen, von der er sicher sein konnte, dass seine Nachkommen sie nicht übersehen würden.

Je länger Marder seinen Gedanken nachging, umso stärker wurde seine Gewissheit, dass die Fragen nach dem Ursprung des Schatzes so viele Jahre nach den Ereignissen am Ende des Krieges rein akademischer Natur waren. Niemand würde sie beantworten können, sie spielten in der Suche nach dem Mörder von Olaf Bergmeister auch kaum eine Rolle, befand er.

Als Marder am Vormittag in nördlicher Richtung von Remagen aus losgefahren war, hatte es sich wie ein windstiller Tag angefühlt. Auf dem Rückweg stellte er fest, dass er sich geirrt hatte. Den Wind hatte er nur deswegen nicht wahrgenommen, weil er ihn im Rücken gehabt hatte. Jetzt musste er sich gegen ihn abmühen, es fühlte sich an, als ob er stetig leicht bergauf radelte. Vielleicht hätte er für seinen ersten Fahrradausflug nach der Erholungsphase eine kürzere Strecke wählen sollen. Auch die Vorstellung, in Zukunft mit einem E-Bike unterwegs zu sein, fand er jetzt richtig gut. Seine Beine waren schwer geworden, als er nach wenigen Kilometern in Unkel ankam. Der Radweg führte hier nicht direkt am Fluss entlang, sondern bog kurz vor dem Ort in eine Wohnstraße ab. Es waren kaum Leute zu sehen, aber die Straße mit ihren freundlichen Einfamilienhäusern und schönen Blumengärten machte den Eindruck, als ob die Menschen die hier lebten, es gern taten. Er fuhr durch die Mitte des Ortes, die wegen der Fachwerkhäuser, die sich hier aneinander anlehnten, der Stadt einen Flair von Rheinromantik verliehen. Am Ende des Ortes kam er auf die Rheinpromenade zurück. Die Spaziergänger, die auf den Bänken in der Sonne Platz genommen hatten und auf den Fluss schauten, lächelten freundlich zurück, wenn er sie grüßte. Es waren zumeist Rentner und er konnte sich nicht entscheiden, ob er sie bedauern oder beneiden sollte.

Unkel war ein romantisches Städtchen mit vielen engen Gassen und Hinterhöfen, in denen Blumen und Kräuter, manchmal auch Unkraut, gediehen. Hinter dem Ort begannen die Hügel des Siebengebirges. Marder stieg vom Rad und setzte sich beim Anlegesteg für die Rheinschifffahrt auf eine Bank. Er kaufte sich an einem Kiosk ein Eis am Stiel und lächelte seinerseits den Radfahrern zu, die an ihm vorbeifuhren. Der Ort war nicht nur für Touristen von heute eine Sehenswürdigkeit, er hatte vor allem auch eine politische Vergangenheit. Konrad Adenauer, der erste Bundeskanzler der Bundesrepublik Deutschland nach dem Zweiten Weltkrieg, hatte hier in einem Heim einer katholischen Vereinigung Unterschlupf gefunden, nachdem ihm die Nazis im Jahr 1935 aus dem Regierungsbezirk Köln verbannt hatten. Einer seiner Nachfolger, Willi Brandt, hatte hier für mehr als ein Jahrzehnt bis zu seinem Tod gelebt, nachdem er von seinem Amt als Bundeskanzler zurückgetreten war. Das Willi-Brandt-Haus im Ort stand seit geraumer Zeit auf Marders Ausflugsagenda.

Auf der anderen Rheinseite konnte er die Apollinaris-Kirche sehen, die über Remagen auf einem Hang thronte. Nicht weit davon, etwas tiefer, schimmerte das oberste Stockwerk des Hauses durch die Baumkronen, auf dessen Grundstück Olaf Bergmeister sein unerfreuliches Ende gefunden hatte.

Es waren nur noch wenige Kilometer bis zur Fähre in Erpel. Er nahm einen großen Schluck aus seiner Wasserflasche, stärkte sich mit einem Schokoriegel, setzte seine Sonnenbrille auf, erhob sich und fuhr weiter.

Gut, dass es noch ein halbes Jahr hin ist, bis es wieder los geht.«

»Dass was ein halbes Jahr hin ist, bis was los geht?« Benjamin Hofrichter blickte seinen Chef fragend an.

»Bis der Karneval wieder zuschlägt. Wenn hier alle verrückt spielen.«

Früher, als er noch nicht am Rhein gelebt hatte, hatte Marder den Karneval schöner gefunden. Am Rosenmontag schauten er und seine Frau für ein paar Stunden dem Kölner Umzug im Fernsehen zu, ließen eine oder zwei Büttenreden und einige Stimmungslieder über sich ergehen, und wenn sie genug von dem närrischen Treiben hatten, schalteten sie auf den NDR zurück, der sie über die Ereignisse an der Küste informierte.

Im Rheinland war der Karneval während der tollen Tage allgegenwärtig, er duldete keine anderen Themen neben sich. Die Menschen gaben sich ihm widerstandslos hin und ignorierten den Rest der Welt und seine Probleme. Marder stand als Neuling am Rande dieser heiteren, surrealen Welt und versuchte zu begreifen, was um ihn herum abging.

Benjamin Hofrichter seufzte. Er wusste, dass man mit seinem Chef nicht wie mit einem erwachsenen Menschen über den Karneval reden konnte. Jeder Versuch, ihm den Sinn und die Schönheit des Karnevals zu erklären, war von vornherein zum Scheitern verurteilt. Wie sollte man jemandem, der noch nie eine prächtige Uniform getragen hatte, der noch nie am Straßenrand während eines Umzugs den Festwagen zugejubelt hatte und sich nach Kamellen gestreckt hatte, der sich noch nie bei einer Sitzung vor Lachen den Bauch halten musste, kurzum einer, der sich noch nie richtig amüsiert hatte, wie sollte man so einem Menschen beibringen, wie viel Freude mit dem Karneval verbunden war? Karneval und seine Traditionen konnte man einem, der neu in dieser Region und nicht guten Willens war, kaum verständlich machen.

»Herr Marder, verrückt ist wegen Karneval hier niemand. Es sind die Freude am Leben und das Feiern mit Familie und Freunden, die die Menschen daran begeistern. Der Karneval hat sowohl einen politischen als auch einen religiösen Hintergrund. Er ist genauso berechtigt und wichtig wie die Fastenzeit im Anschluss daran.«

»Politik? Damit meinen Sie wohl die Sache mit der Verulkung des französischen und preußischen Militärs und seiner Uniformen. Deswegen braucht man ja wohl keine lustigen Liedchen zu singen und Bonbons in die Luft zu werfen. Und was soll der Karneval mit Religion zu tun haben? Ich sehe vor allem, dass die Kirchen während dieser Zeit besonders leer sind, dafür die Kneipen umso voller. Um mich auf die Fastenzeit vorzubereiten, muss ich nicht vorher tagelang dem Alkohol frönen und mich verkleiden.«

Der Kommissar gestikulierte unkoordiniert mit seinen Händen. Benjamin Hofrichter, in dessen letztem Weiterbildungsseminar die Bedeutung und Auslegung von Körpersprache eine wesentliche Rolle gespielt hatte, bemühte sich, Marders Bewegungen zu interpretieren. Es wollte ihm nicht gelingen, er hätte nicht beschwören können, ob Marders ablehnende Worte über die volkstümlichen Bräuche des Karnevals ehrlich oder doch nur vorgetäuscht waren. Marder hatte für einige Sekunden seine Hände im Schoß abgelegt, nun fuhren sie wieder in die Höhe.

»Wenn man in der Karnevalszeit an den Kneipen vorbeigeht, dröhnen immer die gleichen eintönigen Lieder aus ihrem Inneren. Von den Texten verstehe ich zwar so gut wie nichts, aber in jeder Strophe kommen die Worte *kölsch, Kölle* oder *kölsche Jungs* vor.«

Während er das sagte, schmunzelte der Kommissar gutmütig, um zu zeigen, dass er es nicht so böse meinte, wie es klang. Auch seine Unterarme und Hände hatten sich beruhigt. Er akzeptierte wohl, dass es sinnlos war, einem Rheinländer die Übertreibungen des Karnevals klarmachen zu wollen. Das brauchte man gar nicht erst zu versuchen. Das Beste war, das Thema zu wechseln.

»Leider sind Sie nicht viel weitergekommen, während ich krank war.« Die Stimme des Kommissars deutete jetzt Unmut und Ungeduld an.

»Womit? Was meinen Sie mit *nicht viel weitergekommen*?«

»In den Ermittlungen um Olaf Bergmeister, den Toten oben im Wald.«

»Ja, leider hat sich während Ihrer Abwesenheit nicht viel Neues ergeben. Ich weiß, dass Sie das nicht glauben wollen, aber ich habe während Ihrer Abwesenheit jeden Stein umgedreht, habe jedoch nichts gefunden, das uns weiterhelfen könnte. Weder bei den Obdachlosen noch in der Drogenszene habe ich Ansatzpunkte gefunden, in welchem Umfeld wir den Mörder suchen sollten. Als ich mit den Ermittlungen angefangen habe, habe ich mich gefragt, wer sich wohl in Remagen am besten in diesem Milieu auskennt. Da fiel mir sofort der Möhring ein.«

»Möhring? Der Name sagt mir zwar was, aber ich weiß im Moment nicht genau, wo ich ihn hintun soll.«

»Klaus-Günther Möhring, der war doch Ihr Vorgänger hier bei der Polizei.«

»Ja, natürlich. Klar. Wie konnte mir das nur entfallen?«

»Der kannte, solange er noch aktiv war, wirklich jeden im Ort, der von Bedeutung war, egal ob gut oder böse.«

Marder zuckte zweifelnd mit den Schultern. »Aber der kann sich doch an nichts mehr erinnern.«

»Das war mir zwar bewusst, aber ich wollte es trotzdem versuchen und habe ihn deshalb zu Hause besucht. Ich hatte gehofft, dass sich sein Erinnerungsvermögen seit Ihrem Besuch vielleicht wieder gebessert hatte.«

»Und was ist nun bei dem Besuch herausgekommen?«

Hofrichter schüttelte kaum merklich den Kopf. »Leider nichts. Er kann sich wirklich an gar nichts mehr erinnern. Dabei war er vor seinem Schlaganfall unheimlich lebensfroh und aktiv. Manchmal sprühte er nur so von guten Ideen.« In Marder kam der Verdacht auf, dass das eine versteckte Kritik an ihm war, unterließ es aber, Hofrichters Bemerkung zu kommentieren.

Der fuhr fort: »Ich glaube, es geht ihm jetzt noch schlechter als vor ein paar Monaten, als Sie ihn besucht haben. Er tat mir unendlich leid, wie er so dasaß und mich hilflos anschaute. Ich denke, er wusste nicht einmal, wer ich war. Seine Frau hat dabei gesessen und die ganze Zeit seine Hand gehalten.«

»Das hat sie auch getan, als ich ihn besucht habe. Sie hat mir damals gesagt, dass sie ihn zuhause pflegen würde, solange es irgendwie gehe. Da ihre Töchter ihr helfen würden, käme sie damit gut zurecht.«

Der Kommissar und sein Assistent seufzten tief. Ihre Betroffenheit und ihr Mitleid für den ehemaligen Kollegen ließ sie einen Moment schweigen. Aber das Leben und ihre Arbeit musste weitergehen. Benjamin Hofrichter nahm den ursprünglichen Faden ihres Gesprächs wieder auf.

»Ich kann auf jeden Fall sagen, dass Olaf Bergmeister nicht drogenabhängig war, zumindest nicht so, dass es öffentlich bekannt war. Dass er nicht obdachlos war, wussten wir ja schon.«

»Daran habe ich auch nicht ernsthaft geglaubt, ich wollte nur alle Möglichkeiten abdecken. Ein Obdachloser oder Drogenabhängiger als Mörder wäre ja auch zu einfach gewesen. Aber irgendwo muss man ja anfangen und ich wollte sicher sein, dass Sie auch die kleinen Steine umdrehen.«

Marder hatte heute nicht seinen freundlichsten Tag. Hofrichter ignorierte die schlechte Laune seines Chefs und blieb so sachlich wie möglich.

»Ja, die Obdachlosen, die es in der Stadt gibt, kommen absolut nicht für einen hinterhältigen Mord in Frage. Davon habe ich mich persönlich überzeugt. Ich habe mit allen, die als obdachlos in der Stadt bekannt sind, gesprochen. Allzu viele gibt es davon in Remagen gottlob nicht. Ich bin überzeugt, dass kein potentieller Mörder unter ihnen ist. An die Drogenszene kommt man so leicht nicht heran. Da gibt es wohl Männer oder auch Frauen, von denen man nicht einmal weiß, dass sie dazu gehören. Der einzige Weg wäre über die Ärzte, zumindest bei den Drogenabhängigen, die sich in Behandlung befinden. Ohne einen konkreten Verdacht gegen eine bestimmte Person und einen richterlichen Beschluss ist kein Arzt bereit, seine Schweigepflicht zu brechen. Aber ich glaube auch nicht, dass uns das helfen würde.«

»Das mag schon sein, trotzdem müssen wir etwas unternehmen, um in der Suche nach dem Täter weiterzukommen. Ich bin nicht bereit, klein beizugeben und vor einem hergelaufenen Mörder sang- und klanglos zu kapitulieren. Soweit ich das während meiner Reha mitbekommen habe, hat nicht nur die lokale Zeitung, sondern auch die Presse in Koblenz, Bonn und Köln über den Fall berichtet. Für Ihre berufliche Karriere wäre es sicher auch nicht gerade von Vorteil, wenn wir den Täter nicht hinter Schloss und Riegel brächten.«

Marder war sich bewusst, dass seine Worte eine Folge einer momentanen Ratlosigkeit und nicht böse gemeint waren. Er hoffte, dass sein Kollege das auch so sah. Es musste sich doch etwas finden lassen, das ihnen die Richtung für die nächsten Schritte in den Ermittlungen andeuten würde.

»Vielleicht ist es am besten, wir fangen noch einmal ganz von vorne an, Herr Hofrichter. Lassen Sie uns noch einmal durchgehen, was wir bisher wissen, auch wenn das nicht viel ist. Bringen Sie mir bitte alle Unterlagen, die sich inzwischen in diesem Fall angesammelt haben. Vielleicht haben wir ja etwas übersehen.«

»Das kann ich mir zwar kaum vorstellen, Chef, aber wenn Sie meinen, dann soll es mir recht sein.«

Marder las die Papiere, die Benjamin Hofrichter auf seinen Schreibtisch gelegt hatte, sorgfältig von vorn nach hinten, dann noch einmal von hinten nach vorn und stellte fest, dass ihn das nicht weiterbrachte. Nichts von dem, was in den Akten stand, gab den geringsten Hinweis darauf, wo man den Täter suchen musste. Er betrachtete, wie schon etliche Male zuvor, das Taschenmesser, das er bei seinem Besuch bei den Paulmanns beschlagnahmt hatte und von dem die Jungen behaupteten, sie hätten es bei der Leiche gefunden. Die forensischen Untersuchungen hatten am Ende nichts von Bedeutung ergeben, dafür hatten Maximilian und Torsten zu lange damit hantiert. Aber selbst wenn man die Abdrücke einer weiteren Person gefunden hätte, hätte sie das nicht unbedingt weitergebracht.

Der Kommissar nahm das Schmuckstück in die Hand, das vermutlich ein Teil eines Ohrringsets war. Der Ohrring. Da ... war ... etwas. Der Ohrring. Ein Blitz aus seinem Unterbewusstsein schoss durch sein Gehirn. Eine unbestimmte Erinnerung setzte sich in ihm fest, ohne sich zu definieren. Diesen

Ohrring hatte er schon einmal gesehen. Nicht diesen hier, aber einen, der genau so aussah wie dieser. Er hielt den Atem an. Er schloss die Augen. Atmete tief ein, tief aus, tief ein. Den Ohrring, ja, den kannte er. Den hatte er ohne Zweifel schon einmal gesehen. Aber wo? Wo? Wann? An wem?

Er versuchte sich zu konzentrieren. Er war mit jedem Atemzug tiefer überzeugt, dass er einen Ohrring wie diesen schon an einer Person gesehen hatte. Diese Überzeugung wurde stärker und deutlicher, aber so sehr er sein Gehirn auch zermarterte, er kam nicht darauf, bei welcher Gelegenheit das gewesen sein konnte.

Benjamin Hofrichter wurde unruhig, offensichtlich war mit dem Kommissar etwas nicht in Ordnung. Etwas stimmte nicht an dem Verhalten seines Vorgesetzten, dessen Mundwinkel nervös zuckten, während seine Hände auf den Schreibtisch hin und her rutschten. Oh nein, dachte er, nicht schon wieder ein Schlaganfall. Der arme Mann. Denn trotz aller unsinnigen Diskussionen über den Karneval und andere heikle Themen hatte Hofrichter eine vorsichtige Zuneigung zu dem verbohrten Mann aus dem Norden gefasst.

»Herr Marder, was ist –?«

»Seien Sie mal einen Moment still. Ich muss nachdenken. Ich bin gleich wieder bei Ihnen.«

Hofrichter schwieg. Marder dachte nach.

»Ich komm nicht drauf.«

»Worauf kommen Sie nicht?«

»Wo ich den Ohrring schon gesehen habe. Ich meine nicht diesen hier. Einen, der genauso aussieht. Ich glaube, das liegt an dem verdammten Schlaganfall.«

»Verstehe ich nicht. Was liegt an dem Schlaganfall?«

»Dass mein Erinnerungsvermögen nicht mehr so funktioniert wie früher. Früher wäre mir sofort eingefallen, bei welcher Gelegenheit ich diesen Ohrring schon gesehen habe.«

»Gesehen haben Sie ihn auf jeden Fall an dem Tag, als ich ihn gefunden habe und wir uns ihn angeschaut haben, bevor wir ihn zu den Akten gelegt haben.«

»Nein, nein, ich meine nicht diesen hier ... Ich bin mir hundertzwanzig Prozent sicher, dass ich ihn in Remagen gesehen habe, an einer Person, die mir irgendwo begegnet ist. Das war bestimmt eine Frau. Ein Mann trägt so was ja nicht, es sei denn, es ist Karneval.«

»Wissen Sie wenigstens ungefähr, wann das gewesen war?«

»Im Moment bin ich mir nur sicher, dass ich ihn tatsächlich gesehen habe, aber ich weiß beim besten Willen nicht, wann, und auch nicht, wo. Ich bin überzeugt, dass es war, nachdem ich aus dem Krankenhaus entlassen worden war, irgendwann, bevor ich die Arbeit wieder aufgenommen habe. Wahrscheinlich sogar erst vorletzte Woche und ganz bestimmt hier in Remagen. Da lag dieser Ohrring hier längst in dem Aktenschrank. Leider hat mein Gehirn in dem Moment nicht reagiert. Mir hätte eigentlich sofort auffallen müssen, dass der Ohrschmuck, den ich da gesehen habe, das Gegenstück zu dem Ohrring aus dem Tunnel war. Dann hätten wir den Mörder von Olaf Bergmeister vielleicht schon verhaftet ... Passen Sie bloß auf, dass Sie keinen Schlaganfall kriegen.«

»Keine Sorge. Gegen Schlaganfälle ist der Karneval die beste Vorbeugung, die es gibt.«

Es ist zum Verrücktwerden.«

Es war wirklich zum Verrücktwerden. Seit zwei Stunden zermarterte der Kommissar sich das Gehirn ohne den geringsten Fortschritt in seiner Suche nach der Person, von der er sicher war, dass sie den Ohrring getragen hatte. Benjamin Hofrichter saß ihm gegenüber und schien ebenfalls nachzudenken. Er war bei seinem Lieblingstürken in der Innenstadt zum Mittagessen gewesen und hatte nach seiner Wiederkehr eine Weile dienstlich am Computer herumgespielt. Danach hatte er zwei oder drei unwesentliche Telefongespräche geführt.

»Ich weiß, wie wir es machen«, eröffnete Hofrichter schließlich das Gespräch.

»Wie wir was machen?«

»Herausfinden, wo Sie den Ohrring gesehen haben. Ich frage Sie, wo Sie überall in der letzten Woche gewesen sind und was Sie dort gemacht haben.«

»Und was soll das bringen?«

»Vielleicht fällt Ihnen dabei ja ein, wo und an wem Sie dieses Schmuckstück gesehen haben. Sie müssen nur sagen, woran Sie sich erinnern. So oft kommt so ein Ohrring schließlich nicht vor, er ist ja ein bisschen ungewöhnlich.«

»Genau das tue ich doch, seitdem ich den Ohrring wiedererkannt habe. Was meinen Sie wohl, womit sonst ich mich in den letzten Stunden beschäftigt habe? Aber meine Erinnerung lässt mich bei der wesentlichen Frage im Stich.«

»Manchmal ist es besser, Dinge laut zu sagen als nur darüber nachzudenken. Wir können es wenigstens versuchen.«

»Wenn Sie meinen. Vielleicht ist das keine so schlechte Idee. Dann fangen Sie mal mit dem Fragen an.«

»Also, wo waren Sie in der letzten Woche?«

»In der letzten Woche war ich jeden Tag im Büro.«

»Ich meine, wo Sie waren, wenn Sie nicht im Büro waren. Was, zum Beispiel, haben Sie abends und am Wochenende gemacht?«

»Viel unternommen habe ich nicht, weil ich nach meinem Schlaganfall noch nicht wieder ganz der Alte bin. Ich gehe nach dem Dienst meistens gleich nach Hause und bewege mich für den Rest des Tages nur so viel wie unbedingt nötig. Meine Frau nervt das manchmal, aber sie erträgt es mit Geduld. Was ich in der Stadt zu erledigen habe, versuche ich in der Mittagspause zu tun.«

»Was haben Sie während der Mittagszeit im Einzelnen gemacht? Wenn darunter etwas war, was Sie Ihrer Frau nicht erzählen würden, brauchen Sie es mir auch nicht zu sagen. Obwohl, wenn ich es mir recht überlege, vielleicht könnte gerade da der Ohrring aufgetaucht sein.«

Marder schluckte. Eine derartige Frechheit hätte er dem jungen Mann nicht zugetraut. Ruhig bleiben, ermahnte er sich, er meint es ja gut.

»Ich werde Sie wohl enttäuschen müssen«, knurrte er. »Also ... einmal war ich im Supermarkt. Das Mädchen an der Kasse war hübsch und zuvorkommend. Aber Ohrring ... nee ...glaube ich jedenfalls nicht, aber sicher kann man sich eben nie sein. Vorgestern war ich in der Eisdiele an der Rheinpromenade und habe ein Eis gegessen, Stracciatella mit Sahne und Schokosauce. Erwähnen Sie das nicht meiner Frau gegenüber, die sagt immer, zu viel Eis wäre nicht gesund für mich, aber es macht mich halt glücklich. Die Bedienung trug mit absoluter Sicherheit keinen Ohrring. Nur ihr freundliches Lächeln ist mir aufgefallen. Wie mir überhaupt auffällt, dass die meisten Frauen im Gastgewerbe hier auffallend nett sind und viel lächeln. Ehrlich gesagt, die meisten sind freundlicher als ihre Kolleginnen im Norden. Aber das hilft uns im Moment nicht weiter.«

»Genau. Bitte konzentrieren Sie sich auf das Wesentliche. Was war mit den anderen Frauen? Trug vielleicht von denen eine einen Ohrring?«

»Das glaube ich nicht. Aber so genau habe ich da nicht hingeschaut. Ich konnte ja nicht wissen, dass ich nach einem Ohrring Ausschau halten musste, um mich später daran zu erinnern.«

»Weiter. Wo waren Sie sonst noch?«

»Einmal war ich im Info-Center am Bahnhof der Stadt, weil ich eine Auskunft über eine Zugverbindung haben wollte. Da saß ein älterer Mann und schaute mich wenig freundlich an, weil er sich offensichtlich in seiner Mittagspause gestört fühlte. Den Eindruck hatte ich jedenfalls. Wenn der einen Ohrring getragen hätte, wäre mir das sicher aufgefallen. Am letzten Mittwoch war ich mittags im Postamt, um Briefmarken zu kaufen. Da plaudere ich immer ein bisschen mit den Damen. Erstaunlicherweise kennen die sogar meinen Namen. Die haben beide kurze Haare, da wäre mir ein Ohrring aufgefallen. Außer den Damen und mir war sonst niemand dort.«

»Was noch?«

»An einem Freitag war ich morgens beim Arzt. Da muss ich regelmäßig für Nachuntersuchungen hin wegen dieser blöden Schlaganfälle. Ich muss zugeben, da war ich vor allem mit mir selbst beschäftigt. Mir wäre wahrscheinlich nicht aufgefallen, wenn eine der Arzthelferinnen oder eine der Patientinnen im Warteraum einen Ohrring getragen hätte. Nach dem Arztbesuch bin ich noch bei dem Weingeschäft in der Fußgängerzone vorbeigegangen. Der Verkäufer war ein Mann, natürlich ohne Ohrringe. Den halbtrockenen Spätburgunder von der

Ahr, den ich am liebsten trinke, hatte er leider nicht mehr. Allerdings im Hintergrund war eine Frau auf einer Stehleiter und räumte in den Regalen auf. Wenn die einen Ohrring getragen hätte, hätte ich das bemerkt. Vielleicht aber auch nicht, weil ich vor allem auf ihre Beine geschaut habe. Der Blick war jedenfalls keine Zeitverschwendung.«

»Na, wenigstens sind Sie ehrlich.«

Marder lehnte sich in seinem Chefsessel zurück. Seine Hände hatten sich in die Seitenlehnen des Stuhles verkrampft. Sein Innerstes spreizte sich, etwas stimmte an dieser Situation nicht. Eigentlich war er es doch, der normalerweise Leuten Fragen stellte oder sie verhörte, und jetzt stellte dieser Grünschnabel von Polizist ihm Fragen, als sei er ein Verdächtiger. Vielleicht fügte er deshalb jeder Aussage eine überflüssige Bemerkung hinzu? Der Profi in ihm sträubte sich gegen sich selbst.

»So kommen wir nicht weiter. Wie soll ich mich an etwas erinnern, von dem ich in dem Moment als es passiert ist, keine Ahnung hatte, dass ich mich später einmal daran erinnern soll?«

Benjamin Hofrichter fand, dass Marder die Sache nicht ernst genug nahm. Aber was blieb ihm übrig, als geduldig zu sein, der Mann war sein Chef. »Und an den Wochenenden?«

»Also am Samstag war ich in den letzten Wochen meistens den ganzen Tag zuhause, um mich von den Strapazen der Woche zu erholen. Das schulde ich mir nach den Schlaganfällen. Da hätte ich diesen Ohrring bestenfalls im Fernsehen sehen können. Das kann aber nicht gewesen sein, dagegen sträuben sich meine Erinnerungen mit aller Entschiedenheit.«

»Und an den Sonntagen?« Die Tonlage mit der Hofrichter diese Frage stellte, machte offensichtlich, dass er von der Antwort keine neuen Erkenntnisse erwartete.

»Sonntags gehen wir morgens in die Messe. Ich erinnere mich nicht, in der Kirche jemals einen Ohrring gesehen zu haben, zumindest nicht bei den Frauen in den Reihen vor uns und ob jemand hinter uns etwas an den Ohren hängen hatte, konnte ich nicht sehen. Nach dem Mittagessen habe ich in der letzten Zeit den Rest des Tages im Wohnzimmer gesessen und interessante Bücher über die Rheinromantik im achtzehnten und neunzehnten Jahrhundert gelesen. Wenn Sie so etwas interessiert, kann ich es Ihnen nur empfehlen.« Der Kommissar hatte jetzt genug von dem Frage- und Antwortspiel. Erst keine Mittagspause haben, und sich dann an alle Mittagspausen der letzten Woche erinnern müssen

»Ich glaube, das bringt alles nichts. Ich bin nebenher ja auch vielen Frauen in der Fußgängerzone oder sonst wo in der Stadt begegnet. Von denen hat wahrscheinlich die eine oder andere einen Ohrring getragen, ohne dass ich das bemerkt habe. Ich denke, wir müssen auf den Zufall hoffen oder dass irgendetwas Konkretes aus meinem Unterbewusstsein auftaucht. Manchmal bringt das mehr, als man denkt. Reden wir lieber über was anderes.«

»Über was zum Beispiel?«

»Über den Karneval. Damit waren wir noch nicht fertig.«

»Nein, nicht schon wieder. Was gibt es da denn noch zu sagen? Ich weiß, dass Sie keine Beziehung zum Karneval haben, obwohl man immer öfter hört, dass es in Niedersachsen in den großen Städten richtig gute Umzüge gibt, natürlich nicht zu vergleichen mit denen bei uns in der Gegend. Aber Sie sehen, nicht alle Menschen im Norden haben dem Karneval gegenüber eine so negative Einstellung wie Sie.«

»Wenn Sie schon die Umzüge erwähnen. Hier gibt es noch im kleinsten Ort einen, der in der lokalen Presse als Weltsensation gefeiert wird. Da werden Unmassen von Süßigkeiten in die Zuschauer geschleudert, als ob die Leute sich sonst keine leisten könnten. Ich frage mich, wie viele Leute am Straßenrand stehen würden, wenn es keine Kamellen gäbe. Ich weiß, diese Frage ist unstatthaft, denn die Kamellen sind wohl eine heilige Tradition.«

»Ihnen kann der Karneval überhaupt nichts recht machen. Ich frage mich nur, warum die Fernsehübertragungen der Umzüge im Rheinland in ganz Deutschland so beliebt sind.«

»Ich glaube, das hat vor allem etwas mit der Sehnsucht nach der guten alten Zeit zu tun. An die Übertragungen der Sitzungen im Radio in den sechziger und siebziger Jahren kann ich mich noch gut erinnern, die Büttenreden damals waren von ganz anderem Kaliber als heute. Da wurden Politiker gnadenlos durch den Kakao gezogen. Das scheint wegen der heutzutage so wichtigen politischen Korrektheit aus der Mode gekommen zu sein. Bei manchen Witzen muss man sich richtig anstrengen, um zu lachen. Nur jeder Witz, der die Düsseldorfer auf die Schippe nimmt, ist in Köln automatisch ein Lacherfolg und umgekehrt genauso.«

»Ich denke, Sie verstehen die rheinische Mentalität einfach nicht. Aus Prinzip reden Sie alles schlecht, was am Karneval schön ist. Damit verpassen Sie, was das Leben im Rheinland lebenswert macht. Aber ich lasse mir die Freude daran von Ihnen nicht nehmen.«

»Vielleicht haben Sie recht. Manchmal bin ich tatsächlich unbelehrbar und vielleicht auch ungerecht. Während sich um mich herum alle amüsieren, mache ich mir Gedanken, was für ein schwieriger Job es für die Stadtreinigung sein wird, die Straßen und Bürgersteige wieder sauber zu kriegen, und was das alles kostet.«

Theoretisch war es ein großer Durchbruch, dass er den Ohrring zwischen den Akten wiedererkannt hatte, praktisch war er jedoch keinen Schritt weitergekommen. Das wäre ihm vor seinen Schlaganfällen nicht passiert. Vielleicht waren sie doch nicht so klein gewesen, wie er es sich bisher eingeredet hatte. Er war einer Frau begegnet, die ihn der Lösung des Falles ganz nahe bringen konnte, hatte aber die Bedeutung dieser Begegnung nicht erkannt. War sie die Frau des Mörders, dessen Tochter, Schwester oder Freundin? Fände er diese Frau wieder, würde sie ihn zu dem Mann führen, den er suchte. Davon war er überzeugt.

Sollte der Mörder von Olaf Bergmeister ungestraft davonkommen, wäre es allein seine Schuld, wegen seines Verweigerns der Erkenntnis, dass er aufs Altenteil gehörte. War die Zeit zum Abtreten gekommen, vielleicht schon überschritten? Nein, nein und nochmals nein. Er hatte einen Ohrring an einer Person gesehen und lediglich nicht erkannt, dass er ein wichtiges Puzzlestück in seinen Ermittlungen war. Er beruhigte sich. Wie hätte er darauf vorbereitet sein können, dass jemand in der Stadt ein Duplikat des Ohrrings trug, den sein Gehilfe Benjamin Hofrichter in einem Tunnel auf der anderen Rheinseite ausgegraben hatte? Er konnte in diesem Moment nicht reagiert haben, das war unter den gegebenen Umständen normal, das wäre anderen auch so ergangen.

Er war in den letzten zwei Tagen wieder und wieder in seine Erinnerung hinabgestiegen. War vergeblich alles durchgegangen, was er in der letzten Zeit erlebt hatte, wem er begegnet war. Dennoch, je mehr er sein Gehirn zermarterte, umso stärker wurde seine Überzeugung, dass er eine Frau mit dem Ohrring in Remagen gesehen haben musste, vermutlich in den letzten zwei Wochen. Oder hatte sie vielleicht doch zwei Ohrringe getragen, an jedem Ohr den gleichen? Er war sich über nichts mehr sicher, er war verwirrt. Ging er einer Selbsttäuschung auf den Leim? Wie hätte eine Frau beide Ohrringe tragen können, wenn einer davon in seinem Büro lag?

Als Engelbert Bergmeister, der Großvater von Olaf Bergmeister, seinen Beuteschatz aus dem Tunneleingang geborgen hatte, hatte er einen Ohrring übersehen und in der Erde liegen gelassen. Das hatte er nicht korrigieren können, weil er es mit Sicherheit nie bemerkt hatte. Wie sonst hätte Benjamin Hofrichter den zweiten Ring finden können? Es sei denn, den oder die Ohrringe die Marder in der Stadt gesehen zu haben glaubte, gab es nur in seiner Einbildung. Marder wusste nicht mehr, was er denken sollte. Waren es vielleicht völlig andere Schmuckstücke oder Ohrringe gewesen, die er in der letzten oder vorletzten Woche gesehen hatte? Ohrringe oder Schmuckstücke, die nichts mit dem Fund in dem Tunnel zu tun hatten?

Marder brauchte Hilfe, um seine Gedanken neu zu sortieren. Etwas Besseres als eine Tasse Kaffee fiel ihm nicht ein. Er setzte die Kaffeemaschine in Gang, öffnete das Fenster und blickte dabei, wie er es gern tat, auf den Rhein, dessen Fluten bei tiefem Wasserstand vor sich hin trödelten. Die Schiffe auf dem Fluss interessierten ihn heute nicht. Der Kaffeeautomat grunzte, als das Wasser durch den Filter gedrückt wurde, und piepte anschließend, um ihm mitzuteilen, dass das Getränk fertig war. Fast hätte er es überhört, er war zu tief in seinen Zweifeln verloren. Er ging an den Schreibtisch und nahm den Ohrring noch einmal in die Hand, schaute ihn an und hoffte, dass er ihm etwas sagen würde, etwas, das er bisher verschwiegen hatte, etwas, das ihn auf den Weg zur Wahrheit bringen würde.

Das geschah tatsächlich. Zwar nur ein kleines Stück, aber weit genug, um ab diesem Moment fest daran zu glauben, dass er keinem Irrtum aufgesessen war. Er war sich hundertprozentig sicher, dass er eine Frau gesehen hatte, die an beiden Seiten des Kopfes den gleichen Ohrschmuck getragen hatte wie den, der vor ihm auf dem Schreibtisch lag. Warum das so war, konnte er nicht benennen, aber er hatte keine Zweifel mehr, dass es so war. Was war die Konsequenz daraus? Es gab nicht nur zwei Exemplare von diesem Schmuckstück, sondern drei. Wahrscheinlich hatte die Person, der man den Ohrring geschenkt hatte, sich ein Duplikat anfertigen lassen. Vielleicht hatte es der Mörder selbst getan. Das schloss der Kommissar sofort wieder als höchst unwahrscheinlich aus. Dieser Vermutung nachzugehen, würde ihn auf Abwege bringen. Der Täter war mit Sicherheit ausschließlich daran interessiert, die Schmuckstücke zu Barem zu machen.

Er musste der Sache nachgehen, die seine beste Chance war, dem Mörder von Olaf Bergmeister näher zu kommen. Das war und blieb der Ohrring. Er musste sich auf die Suche begeben und sich noch einmal auf den Weg in seine Erinnerungen der letzten Wochen machen.

Die Besuche bei den beiden Juwelieren im Ort verliefen erfolglos. Der Kommissar hatte ihnen den Ohrring gezeigt, aber keiner von ihnen konnte sich erinnern, dieses Schmuckstück je gesehen, geschweige denn ein Duplikat davon angefertigt zu haben.

Auch die Orte, an denen er im Laufe der vorigen Wochen gewesen war, hatte er noch einmal aufgesucht. Als er im Info-Center am Bahnhof von einem Mann bedient worden war, hatte eine junge Frau im Hintergrund gesessen. Er hatte sie damals nicht weiter beachtet und deswegen keine Ahnung, wie es um ihre Ohren ausgesehen hatte. Sie war in Papiere vertieft gewesen und hatte kaum aufgeschaut, als er am Schalter gestanden hatte. Sie saß auch dieses Mal wieder dort und trug weder Ohrringe noch sonstigen Schmuck, etwas anderes hatte er nicht erwartet. Der Mann am Schalter blickte ihn wartend an.

»Was kann ich für Sie tun?« fragte er dieses Mal freundlich.

»Ääh … ich würde gerne wissen, ob es Mitte nächsten Monat einen Sparpreis nach Garmisch-Partenkirchen gibt.« Marder wollte den wahren Grund für seinen Besuch nicht preisgeben. Dass er ein Kommissar auf der Suche nach einem Mörder war, ging den Mann nichts an.

»Es tut mir leid, Sparpreise zu bestimmten Zielen werden erst wenige Tage vor dem Reisetermin veröffentlicht. Wenn Sie genau wissen, wann Sie reisen wollen, kommen Sie doch bitte ein, zwei Tage vorher vorbei.«

»Vielen Dank. Das will ich gern tun.«

Marder verabschiedete sich mit einem nervösen Lächeln und ging durch die Bahnhofshalle auf den Bahnsteig. Er setzte sich auf eine Bank und schaute über die Gleise. Ein Güterzug in Richtung Bonn ratterte an ihm vorüber, er schien endlos zu sein und beförderte Autos auf offenen Güterwagen. Dann war er vorbei und Ruhe kehrte wieder ein. Einige Fahrgäste standen auf dem gegenüberliegenden Bahnsteig und warteten ungeduldig auf die Bahn nach Koblenz. Die Anzeigetafel verkündete, dass der Zug etwa zehn Minuten Verspätung haben würde. Die meisten jüngeren Leute vertrieben sich die Zeit, indem sie auf ihre Handys starrten, damit telefonierten oder Mitteilungen eintippten. Mit zwölf Minuten Verspätung lief der Zug ein und bremste mit einem erträglichen Quietschen. Marder schloss für einen Moment die Augen und ließ seine Gedanken zur Ruhe kommen. Der Zug hatte inzwischen den Bahnhof wieder verlassen, der Bahnsteig lag nun leer und friedlich in den Sonnenstrahlen, die durch die Lücke im Dach den Boden erreichten. Die Tauben, die vor den Zügen geflohen waren, waren zurückgekehrt. Der Kommissar stand auf und verließ das Bahnhofsgelände. Warum er sich auf die Bank im Bahnhof gesetzt hatte, konnte er nicht sagen. Es war eine Laune aus dem Nichts gewesen und hatte ihm gutgetan.

Die Suche im Supermarkt, wo er regelmäßig einkaufte, verlief ebenso ergebnislos. An vier Kassen standen Kunden Schlange und warteten darauf, ihr Eingekauftes bezahlen zu dürfen. Er konnte sich nicht erinnern, an welcher Kasse er bei seinen letzten Einkäufen bedient worden war. Aber das spielte auch keine Rolle, denn keine der Damen trug Ohrringe. Und wer konnte schon sagen, wer gerade Schicht hatte, als er hier eingekauft hatte? Das war ohnehin mindestens dreimal oder noch öfter gewesen, seit er den Ohrring gesehen hatte. Er schlenderte durch die Gänge und schaute sich unauffällig die jungen Frauen in den Uniformen der Supermarktkette an, die dabei waren, Regale aufzuräumen oder nachzufüllen. Davon hatte er keine neuen Erkenntnisse erwartet und wurde auch nicht enttäuscht.

Da er nun schon im Supermarkt war, wollte er eine Packung seines Lieblingsmüslis mitnehmen. Das war nicht mehr vorrätig und passte damit zu dem bisher erfolglosen Tag. Er nahm ein Netz Orangen aus einer Kiste mit spanischen Textaufdrucken und eine Schachtel Kaffeekapseln vom Tchibo-Gestell und bezahlte an einer der vier Kassen. Um keine Gelegenheit in seiner Suche nach dem Ohrring zu verpassen, ging er zum Abschluss in das Büro des Marktleiters neben den Kassen. Er zeigte ihm zuerst seinen Ausweis und danach das Schmuckstück. Dann fragte er ihn, ob er jemals etwas Ähnliches an den Ohren einer seiner Mitarbeiterinnen gesehen habe. Die Antwort war ein entschiedenes Nein. Marder trank zum Abschluss seiner Erkundungstour einen Espresso im Bäckerladen im Eingangsbereich und ging zu seinem Auto.

In der Post stellte er sich in die Schlange der Wartenden. Vier Leute waren vor ihm an der Reihe, das gab ihm genügend Zeit, die Damen am Schalter zu betrachten. Als nur noch zwei Leute vor ihm warteten, war ihm klar, dass er auch hier nicht finden würde, was er suchte. Er verabschiedete sich unauffällig und winkte der Postbeamtin entschuldigend zu, als wäre ihm gerade etwas eingefallen, das er dringend zu erledigen habe, und schlich ins Freie.

Ins Weingeschäft in der Fußgängerzone wäre er fast nicht gegangen, aber da sein Spätburgunder zuhause zur Neige ging, tat er es dennoch. Er ließ sich von dem Verkäufer einen Karton seines Lieblingsweines von einer Winzergenossenschaft in Dernau an der Ahr geben. Die Frau, die bei seinem letzten Besuch in den Regalen im Hintergrund aufgeräumt hatte, war nicht anwesend. Er fragte den Verkäufer nicht nach ihr, da er sicher war, dass sie für die Ohrringe nicht in Frage kam.

Die Arzthelferinnen im Vorzimmer seines Hausarztes wunderten sich, dass er schon wieder ein Rezept für seinen Blutdrucksenker benötigte, gaben seinem Wunsch jedoch nach, nachdem er ihnen erklärte, dass er eine Reise plane und sicher sein wolle, mit seinem Vorrat an Medikamenten auszukommen. Eine der Damen trug Schmuck im Ohr, es war ein schlichter Knopf mit einer Perle, der nichts mit den Ohrringen zu tun hatte, die er suchte. Ihre Kollegin hatte wunderschöne lange Haare, worunter sich Ohrringe verstecken konnten. Er wollte sich nicht lächerlich machen, indem er sie aufforderte, ihm ihre Ohren zu zeigen.

Auf dem Weg zu seinem Arzt war er beim Büro des städtischen Touristikbüros vorbeigekommen. Er erinnerte sich daran, dass er vor einigen Tagen dort gewesen war, um Eintrittskarten für ein Konzert zu kaufen. Er zögerte einen Moment, entschied sich dann jedoch weiterzugehen. Als er die Karten gekauft hatte, waren darin zwei Herren in grauem Büro-Outfit gewesen, einfach lächerlich, sich vorzustellen, einer von ihnen hätte Ohrringe getragen. Sein Unterbewusstsein hatte deswegen wohl die Erinnerung an den früheren Besuch in dieser Einrichtung verweigert, als er im Gespräch mit Benjamin Hofrichter die Plätze aufzählte, an denen er sich in der letzten Zeit aufgehalten hatte.

Das Café an der Promenade war ein Erfolg, allerdings nur in Form eines leckeren Eisbechers, wie immer Stracciatella mit Sahne und als Trost für seine Erfolglosigkeit extra viel Schokoladensauce darüber. Er beobachtete unauffällig die Ohren der jungen Kellnerinnen, und auch die der beiden männlichen Bedienungen. Nichts Verdächtiges. Es herrschte eine freundliche und entspannte Atmosphäre, die Menschen genossen ihre Kaffees oder kalten Leckereien und die Sicht über den Fluss in der Sonne. Nach einer Weile zählte er, sinnlos, wie meistens, die Schiffe, die den Rhein hinauf- oder hinabfuhren. Es waren innerhalb einer Viertelstunde fünf hinab und sieben hinauf. Die Radfahrer fuhren auch heute durch die Fußgängerzone am Ufer, er mochte ihnen dafür keine Vorwürfe machen. Danach schlenderte er an den Tischen der benachbarten Cafés vorbei. Zu seiner Rechten wurde ein Gebäude saniert, von dessen *Exklusiven Komfort-Wohnungen* man einen ungetrübten Blick auf die Promenade und den Fluss haben würde, wenn sie erst einmal fertig waren. Das Haus und der Platz auf der Promenade davor sahen wie eine Baustelle aus, die noch lange in Betrieb sein würde. Es würde dauern, bis hier jemand einziehen konnte. Das ging ihn eigentlich nichts an, aber er hoffte, dass das Gebäude, wenn es denn fertig war, ein Schmuckstück für die Promenade sein würde. Das würde ihr guttun als Ausgleich für den Makel, den andere unansehnliche Gebäude direkt am Fluss darstellten, von denen einige lange keinen Anstrich mehr genossen hatten, und eins von ihnen war offensichtlich dem totalen Verfall hingegeben. Er ärgerte sich über diese unübersehbare Beeinträchtigung der Rheinromantik mehr, als ihm zustand, und bei seiner Ausschau nach den Ohrringen brachte ihn das auch nicht weiter.

Er war am Ende seiner Suche angelangt. Er hatte alles getan, was in seiner Macht stand, um den Mörder von Olaf Bergmeister zu finden. Er wusste nicht, was er als Nächstes tun sollte.

Dann geschah etwas, was Marder erhofft, womit er aber nicht gerechnet hatte. Kommissar Zufall half ihm auf die Sprünge.

Nach seinem Kururlaub aufgrund des Schlaganfalls hatte ihm sein Hausarzt Rehabilitations-Gymnastik verordnet und ihn darauf hingewiesen, dass die Krankenkasse die Kosten übernehmen würde. Marder hatte sich gewundert, dass der Arzt von *Krankenkasse* gesprochen hatte, denn diese Bezeichnung war seit längerem aus der Mode gekommen. Heute nannten sich solche Institutionen *Gesundheitskasse.* Auf diesen feinen Unterschied legte auch der Sachbearbeiter seiner ehemaligen Kranken- und jetzigen Gesundheitskasse großen Wert, mit dem er seit seinen Schlaganfällen des Öfteren in Kontakt war. Gut, dachte er, dann ist es nur richtig, wenn sie die Kosten für meine Gymnastik übernehmen, die tue ich schließlich, um meine Gesundheit wieder herzustellen. Er durfte sich einen Fitnessclub seiner Wahl aussuchen.

Er hatte sich entschlossen, die Übungen in der Anonymität eines benachbarten Ortes zu betreiben. Dafür gab es keinen anderen Grund, als dass er seine körperlichen Unzulänglichkeiten ungern Leuten aus seiner unmittelbaren Nachbarschaft demonstrieren wollte. Er hatte sich für ein Fitnessstudio in Sinzig entschieden. Keine große Sache, Sinzig und Remagen waren nur drei Kilometer voneinander entfernt und durch eine Bundesstraße und mehrere Nebenstraßen verbunden. Reha-Gymnastik stand fast täglich auf dem Kurs-Programm des Studios. Er hatte sich den Donnerstagabend für seine Teilnahme ausgesucht. Jede Woche zur gleichen Zeit würde er dort erscheinen, regelmäßig ohne Fehl und Ausrede.

Als er zu seiner ersten Übungseinheit erschien, wunderte er sich, wie viele Leute auf Kosten des Gesundheitssystems zum Turnen gingen. Die Teilnehmer in der Gruppe waren überwiegend weiblich, im Gegensatz zu den muskulösen männlichen Figuren, die er an den Geräten in seinem Gang durch das Fitnessstudio beobachtet hatte. Deren unglaubliche Leistungen ließen ihn in Ehrfurcht erstarren, der Geruch von Schweiß, der von ihnen ausging, war allerdings schwer zu ertragen. Einige der Teilnehmerinnen in der Reha-Gruppe waren erheblich jünger als er, sahen weder krank aus, noch wirkten sie gebrechlich. Er fragte eine junge Frau, deren Alter er auf Mitte zwanzig schätzte, und die seiner Meinung nach ausgesprochen gesund und leistungsfähig wirkte, ob sie ebenfalls auf Rezept hier sei. Sie sah ihn empört an und sagte: »Ja, natürlich, wie denn sonst?« Er wagte nicht, nachzufragen, welche Krankheit die Ursache für ihr Rehabilitationsprogramm war. Er lächelte sie auf jeden Fall verständnisvoll an.

Die Übungen waren weniger anstrengend, als er es erwartet hatte, trotzdem fand er sie gut und nützlich. Die Übungsleiterin war eine Augenweide mit ihrer vollendet ausgewogenen Figur. Zusätzlich machte sie einen professionellen Job, soweit er das beurteilen konnte. Wenn sie sprach, verriet ein hauchzarter Akzent, dass ihre Familie wahrscheinlich aus dem Mittleren Osten stammte. Dieser Eindruck wurde durch ihre tiefschwarze Haarpracht noch verstärkt. Marder bildete sich ein, dass sie ihn manchmal besonders herzlich anlächelte, vielleicht war es aber auch nur ein Ausdruck von Mitgefühl, wenn er sich bei den Bodenübungen schwerfälliger als die meisten anderen auf der Matte wälzte. Die junge Dame war sich bewusst, dass sie es mit Leuten zu tun hatte, die bis vor kurzem krank oder körperlich eingeschränkt gewesen waren.

Sie war offensichtlich gut ausgebildet und ging behutsam vor, um bei den ehemaligen Kranken keine Rückfälle zu verursachen. Im Laufe einer Dreiviertelstunde hatte sie alle wichtigen Muskeln ihrer Schützlinge ausreichend bewegt und gestreckt. Zur Steigerung der Schwierigkeiten einiger Übungen teilte sie harmlos aussehende Kleingeräte aus. Marder hatte sich nicht vorstellen können, wie schwer selbst die kleinste Hantel werden kann, wenn man sie lange genug mit ausgestrecktem Arm heben und senken oder nach vorn und zur Seite halten musste. Er beherzigte die Worte der Leiterin, jede Übung nur so weit mitzumachen, solange sie den Körper nicht überforderte. Das tat er gern und achtete darauf, dass er seiner Schmerzgrenze nahe kam, ohne sie zu überschreiten. Am Ende der Stunde fühlte er sich überraschend gestärkt und entspannt. Als die Übungsleiterin allen einen schönen Abend wünschte und die Gymnastikstunde beendete, wurde sie von den Teilnehmern mit freundlichem Applaus entlassen. Ein anderes Mal leitete ein junger Mann die Übungen, an seiner Professionalität war ebenfalls nichts auszusetzen, aber es machte Marder weniger Spaß, ihn bei der Arbeit anzuschauen.

Trotz seiner guten Absichten war Marder zwei Wochen den Übungen fern geblieben. Das erste Mal hatte er keine Lust gehabt, sich zu plagen, auch nicht, deswegen ein schlechtes Gewissen zu haben. Es gab an diesem Tag einen Film im *Drehwerk,* dem Kino für besondere Filme im Voreifelort Adendorf, den seine Frau immer schon gern gesehen hätte, aber noch nie die Gelegenheit gehabt hatte. Es war ihr nicht schwergefallen, ihren Mann zu überzeugen, sein Gesundheitstraining an diesem Donnerstag auszusetzen. Der Film aus Frankreich mit den zurzeit beliebtesten Stars des Nachbarlandes hatte ihm gut gefallen, auch wenn er sich an den Titel schon ein paar Tage später nicht mehr erinnern konnte.

In der Woche darauf hatte er den Besuch des Fitnessclubs schlichtweg vergessen. Als ihm das einfiel, war er gerade dabei, mit seiner Frau auf der Rheinfähre von Kripp nach Linz überzusetzen, um in der Altstadt dieses romantischen Städtchens ein Restaurant auszuprobieren, das ihnen von Bekannten empfohlen worden war. Am nächsten Tag überfielen ihn Gewissensbisse, und er hatte sich fest vorgenommen, ab sofort die Übungstermine konsequent einzuhalten. Er hatte sie für die kommenden Wochen in seinem Tischkalender eingetragen und dick unterstrichen. Nun musste er nur noch daran denken, auf den Kalender zu schauen.

Bevor er sich an diesem frühen Abend zum Fitnessstudio aufgemacht hatte, hatte sich der Tag im Kommissariat langatmig und ereignislos dahingeschleppt. In der Suche nach der Frau mit den Ohrringen war er trotz seiner Recherchen nicht weitergekommen. Um den Nachmittag hinter sich zu bringen, hatte er noch einmal die Akten der diversen Diebstähle in den Supermärkten durchgeblättert, leider ebenfalls ohne neue Erkenntnisse. Für Diskussionen mit seiner männlichen Hilfskraft hatte er weder Kraft noch Lust verspürt. Gut, dass Benjamin Hofrichter in der Mittagspause nach Hause gegangen war, um Überstunden abzubummeln. Wann diese Stunden angefallen sein sollten, war Marder ein Rätsel, es würde jedoch seine Richtigkeit haben, denn Hofrichter war kein Mensch, noch weniger kein Beamter, der seinen Arbeitgeber um Arbeitszeit betrog.

Der einsame Nachmittag im Büro hatte sich auf sein Gemüt gelegt. Es war ein Tag, an dem ihm nichts gelungen war, in keinem der Fälle, die ihn beschäftigten, war er weitergekommen. Lag es an ihm, an seinen schwindenden Fähigkeiten? Hätte er doch besser den frühen Ruhestand akzeptieren sollen? Dieses Thema hatte er eigentlich zu den Akten gelegt. Warum drängte es sich ihm immer wieder auf? Zum ersten Mal seit Jahren tauchte in ihm die Frage auf, wie sein Leben wohl verlaufen wäre, wenn er Kapitän geworden wäre. Er hätte auf jeden Fall mehr Länder gesehen und vermutlich viele aufregende Abenteuer erlebt. Dass er deswegen glücklicher geworden wäre, wagte er zu bezweifeln. Vielleicht wäre eins der aufregenden Abenteuer so aufregend gewesen, dass es ihn sein Leben gekostet hätte. Und wie hätte er die große Liebe seines Lebens, die es so lange mit ihm ausgehalten hatte, kennenlernen sollen, wenn er in seinen jungen Jahren ständig in ferne Länder gefahren wäre? Ähnlich war wohl auch das Leben seiner Freunde aus der Kindheit verlaufen, denn soweit er wusste, war keiner von ihnen je zur See gefahren.

Er hatte im Laufe des Nachmittags eine Schublade seines Schreibtisches aufgezogen und darin herumgekramt, in der Hoffnung, aber gegen besseres Wissen, den Rest einer Tafel Zartbitter-Schokolade zu finden. Zu seiner Überraschung entdeckte er unter den Papieren aber eine Zigarre in einer Plastikhülle. Er konnte sich nicht erinnern, wie lange sie dort schon lag oder wie sie überhaupt dort hingekommen war, denn er hatte seit Jahren nicht geraucht. Er entfernte die Schutzfolie, suchte und fand Streichhölzer. Vielleicht konnte ihn der Genuss des Tabaks für den verlorenen Tag trösten? Er zündete die Zigarre an, der Tabak war trotz der Plastikhülle völlig ausgetrocknet, der Rauch kratzte entsetzlich im Hals und er hustete sich die Seele aus dem Leib. Er entsorgte die Zigarre in die Toilette und musste zweimal nachspülen, bis auch der letzte Rest des Tabaks verschwunden war. Ein passender Abschluss für einen missratenen Tag im Büro.

Dann machte Marder sich auf den Weg ins Fitnessstudio nach Sinzig. Als ihn die junge Dame am Empfangstresen begrüßte, war ihm sofort klar, warum er vergeblich nach der

Frau mit den Ohrringen gefahndet hatte. Er hatte im falschen Ort, an den falschen Plätzen und in der falschen Zeit in seinem Gedächtnis nach ihr gesucht.

Die Frau mit den Ohrringen hatte er offensichtlich nicht in Remagen gesehen, wie er es sich eingeredet hatte. Es war in Sinzig in diesem Fitnessstudio gewesen, also an einem Ort und zu einem Zeitpunkt, als er nicht darauf gefasst war. Die junge Frau am Tresen hieß Gabi Buchinger, er hatte ihren Namen auf dem Namensschild gelesen, das an ihrer Bluse steckte. Er hatte nicht den geringsten Zweifel, dass die Ohrringe, die sie trug, die waren, nach denen er vergeblich an den Frauen in Remagen Ausschau gehalten hatte.

Er versuchte, sich nichts anmerken zu lassen, nahm den Schlüssel für einen Spind stillschweigend in Empfang und machte sich auf den Weg in die Umkleidekabine. Er setzte sich vor das Schränkchen, dessen Nummer auf dem Anhänger seines Schlüssels eingeprägt war. Er musste sich von dem Schock, den er gerade erlebt hatte, erst einmal erholen. Er musste nachdenken, bevor er aktiv wurde. Er war sich selbst auf den Leim gegangen. Er hatte sich von seiner Erinnerung täuschen lassen.

Wie konnte es sein, dass sein Gedächtnis darauf bestanden hatte, dass es nur eine, höchstens zwei Wochen her war, als er die Ohrringe zum ersten Mal gesehen hatte? Es mussten mindestens drei Wochen sein, vielleicht auch mehr, denn er wusste nicht mehr, an welchem der Abende, seit er hierher zum Turnen kam, er die Ohrringe gesehen hatte. Dafür gab es keine andere Erklärung, als dass sein Gedächtnis durch seine Schlaganfälle an Zuverlässigkeit eingebüßt hatte. Es war sinnlos, darüber jetzt nachzugrübeln, noch weniger, deswegen in Depressionen zu fallen. Er musste mit der Realität zurechtkommen und sich darauf einrichten, dass sein Gedächtnis ihm immer öfter Streiche spielte. In Zukunft würde er zu seiner Schwäche stehen, auch seiner Frau gegenüber. Auf ihre Fragen, ob er sich noch an einen bestimmten Ort erinnere, an dem sie vor Jahren einmal gewesen waren, und der sie sehr beeindruckt hatte, würde er mit einem deutlichen und klaren *Nein* antworten, wenn es so war. Bisher hatte er meistens brummelnd geschwiegen oder versucht, darum herumzureden. Wenn sie erzählte, dass man in früheren Tagen dies oder jenes Unvergessliches erlebt hatte, würde er ab sofort einfach zugeben, dass ihm das entfallen war.

Gabi Buchinger hatte einen freundlichen, fast fröhlichen Eindruck gemacht, als sie ihn begrüßte und eincheckte. Nichts ließ darauf schließen, dass sie in einen Mord oder ein Verbrechen verwickelt war. Sie schien eine junge Frau zu sein, die mitten im Leben stand. Dennoch musste es eine Verbindung zwischen ihr und dem Tod von Olaf Bergmeister geben. Wie würde sie wohl reagieren, wenn er sich vor sie hinstellen würde und sagte, er solle sie von Olaf Bergmeister grüßen. Nein, das war seiner Position als erfahrenem Kommissar nicht würdig, das wäre nicht professionell.

Er zog seinen Trainingsanzug an und entschloss sich, an der Reha-Gymnastik teilzunehmen, als wäre nichts geschehen. Gabi Buchinger würde ihm nicht entkommen, er hatte ihr Bild auf einer Fotomontage inmitten der anderen Mitarbeiter des Fitnessclubs in der Eingangshalle gesehen. Sie gehörte also zum Kreis der Festangestellten. Er beteiligte sich an den Übungen, ohne sich konzentrieren zu können. Er musste ständig an die junge Frau am Empfangstisch mit den Ohrringen denken, aber noch mehr beschäftigten ihn seine Gedanken an die eigene Unzulänglichkeit. Die Übungsleiterin schaute mehrmals fragend in seine Richtung, sagte jedoch nichts. Es kam öfters vor, dass Teilnehmer nicht ganz bei der Sache waren. Das konnte sie nicht ändern, und solange er oder sie die anderen nicht störten, akzeptierte sie es ohne Kommentar. Am Ende der Übungseinheit fühlte sich Marder trotz seiner Sorgen besser als am Beginn. Bei der abschließenden Entspannung hatte er sich darüber Gedanken gemacht, wie er die Frau am Empfangstresen befragen würde.

Er duschte und stellte dabei fest, dass sein nackter Körper im Vergleich zu den meisten Männern seines Alters noch in einem ansehnlichen Zustand war, was ihn bei aller Sorgen um seine Vergesslichkeit tröstete. Er zog seine Kleidung an und hoffte, dass Gabi Buchinger inzwischen nicht nach Hause gegangen war. Sie saß tatsächlich am gleichen Platz wie bei seiner Ankunft. Sie war zweifellos eine attraktive junge Frau, trug ein bisschen Lipgloss auf den Lippen und ein angemessenes Maß an Kosmetik im übrigen Gesicht. Sie trug ihre Haare halblang, sie ließen jedoch die Ohren frei, sodass die Ohrringe gut zu erkennen waren. Sie schob seine Mitgliedskarte durch den Computer am Tresen, gab sie ihm zurück und wünschte ihm freundlich einen schönen Abend, wie sie es immer tat, wenn sie jemanden verabschiedete.

»Entschuldigung, Frau Buchinger, ich möchte Sie etwas fragen.«

»Natürlich darfst du mich etwas fragen. Ich beantworte es gern, wenn ich kann.«

Dieses blödsinnige obligatorische Geduze. Marder ärgerte sich jedes Mal darüber. Was gab diesen jungen Leuten das Recht, einen gestandenen älteren Herrn zu duzen, nur weil er an Übungen für seine Gesundheit teilnahm? Zumindest hätte man ihn bei der Anmeldung für den Club fragen können, ob er damit einverstanden war. Er beschwerte sich aber auch dieses Mal nicht, schließlich wollte er weder als arrogant noch als nicht up-to-date angesehen werden.

»Mein Name ist Marder, ich bin von der Kriminalpolizei. Es geht um eine Ermittlung, bei der ich hoffe, dass Sie mir weiterhelfen können. Darf ich Sie bitten, sich mit mir irgendwo hinzusetzen, wo wir uns ungestört unterhalten können?«

»Ja, wenn Sie es wünschen, können wir das gern tun. Ich muss nur einer Kollegin Bescheid sagen, dass sie für mich hier einspringen soll.«

Gabi Buchinger wirkte keineswegs schockiert, dass jemand von der Kripo mit ihr sprechen wollte.

Wenigstens hat sie mich nicht mehr geduzt, nachdem ich ihr gesagt habe, dass ich von der Kriminalpolizei bin, dachte Marder zufrieden.

Dietmar Buchingers Großeltern waren nach Kriegsende wie Millionen andere Menschen aus ihrer Heimat im Osten des ehemaligen Deutschen Reichs vertrieben worden. Gustav Buchinger und seine Frau Elisabeth waren seit zwei Jahren verheiratet, als sie sich auf den Weg nach Westen ohne bestimmtes Ziel machen mussten. Das hatten sie nicht voraussehen können, sonst wäre Elisabeth vermutlich nicht zu dieser Zeit schwanger geworden. Zum Glück hatte sie einen starken und gesunden Körper. Sie brachte nach ihrer Ankunft im Rheinland in einem kleinen Ort in der Nähe von Bad Neuenahr, wo man ihnen eine Unterkunft zugewiesen hatte, eine gesunde Tochter zur Welt, die sie Gerlinde nannte. Später kam noch ein Sohn dazu.

In seiner alten Heimat war Gustav Buchinger Buchhalter gewesen. Er fand nach einer schwierigen Zeit der Eingewöhnung eine Anstellung in seinem Beruf bei der Stadtverwaltung von Bad Neuenahr. Als Buchhalter im Öffentlichen Dienst konnte man zwar nicht reich werden, aber die Familie schätzte sich glücklich, ein zuverlässiges Einkommen zu haben. Für eine bescheidene Mietwohnung reichte es und mit einem fairen Betrag aus dem Lastenausgleich ließ sich ein Neuanfang bewerkstelligen. Kein Luxus, aber sie waren dankbar, wieder ein Zuhause zu haben, das sie sich nach ihren eigenen bescheidenen Wünschen einrichten konnten. Manchmal schauten die Buchingers ein wenig neidvoll auf ihre Nachbarn, von denen viele seit Generationen in dieser Gegend lebten. Wenn die etwas erbten, waren es meistens Werte, die sich über Generationen angesammelt hatten. Leider musste erst jemand sterben, bevor er etwas vererben konnte, dann trösteten sich die

Buchingers mit dem Gedanken, dass ihnen ein Tod in der nahen Verwandtschaft erspart geblieben war. Ihr Erbe lag für alle Zeiten verloren hinter dem Eisernen Vorhang. Damit hatten sie ihren Frieden gemacht, obwohl sie ihrer alten Heimat für den Rest ihres Lebens nachtrauerten. An den offiziellen Treffen der Vertriebenen aus ihrer ehemaligen Heimat nahmen sie allerdings nur in den ersten Jahren nach dem Krieg teil. Kurz nach der Jahrtausendwende starb Gustav Buchinger nach einem Leben, das nach den schlimmen Zeiten der Vertreibung in ruhigen Bahnen verlaufen war. Seinen Tod ertrug er mit Gelassenheit, da er seit dem Tod seiner Frau zwei Jahre zuvor darauf gewartet hatte. Wie nicht anders zu erwarten, hatte er am Ende seines Lebens keine nennenswerten weltlichen Güter angesammelt, die er vererben konnte. Das ersparte seinen beiden Kindern, Gerlinde und Gerhard, einen Streit um das Erbe.

1948 hatte Dietmars Vater Gerhard Buchinger das Licht der Welt erblickt. Er vermisste die Heimat seiner Eltern nicht, weil er sie nie gekannt hatte. Für ihn war das Rheinland sein Zuhause und was immer in dieser Region geschah, war sein Leben. In der Schule war er einer unter vielen, seine Noten lagen im guten Durchschnitt, und den anderen Schülern war es egal, seit wann seine Eltern im Rheinland lebten.

Gerhard hatte zum Leidwesen seines Vaters kein Interesse an Buchhaltung oder an einer anderen Bürotätigkeit. Schon als Kind hatte er immer nur Autos im Kopf, vielleicht weil sich sein Vater nie eins leisten konnte. Als er seinen mittleren Schulabschluss hinter sich hatte, wollte er unbedingt Automechaniker werden. Gegen den Willen der Eltern suchte er sich eine Lehrstelle in einem KFZ-Reparaturbetrieb und absolvierte eine erfolgreiche Lehre. Diesen Beruf übte er aus, bis er mit dreiundsechzig Jahren in den Ruhestand ging. Er hatte während seiner Berufsjahre dreimal den Arbeitgeber gewechselt, immer in der Hoffnung, beim Nächsten schneller in den Genuss einer Lohnerhöhung zu kommen. Dieser Plan hatte nie funktioniert, aber trotzdem hatte er sein Leben lang Freude an seiner Arbeit gehabt.

Im Gegensatz zu seinem Vater hatte er sich Autos leisten können, vor allem, weil er durch seinen Beruf in der Lage war, sie preiswert zu erwerben und notfalls in Eigenleistung zu reparieren. So hatte er sich von seinem ersten Wagen, einem gebrauchten VW-Käfer, zu einem Jahreswagen einer mittleren Mercedes-Klasse hochgearbeitet. Am Wochenende konnte er sich nichts Schöneres vorstellen, als zum Nürburgring zu fahren, der nur eine knappe Autostunde in der Eifel entfernt war, und sich Autorennen anzuschauen. Für einige Jahre gehörte er sogar zu einer Mechaniker-Crew für einen der lokalen Rennställe. Dabei war sein Bild einmal für achtzehn Sekunden im lokalen Sender des Fernsehens aufgetaucht.

1978 hatte Gerhard Buchinger seine Freundin Anneliese geheiratet, die mütterlicherseits aus einer alteingesessenen Sinziger Familie stammte. Er hatte sie auf der Straße kennengelernt, als sie mit ihrem Auto eine Panne hatte, und er zufällig vorbeikam und anhielt, um ihr zu helfen. Das hatte ihr unendlich imponiert und sie erzählte diese Geschichte noch heute gern bei jeder passenden oder auch unpassenden Gelegenheit. In Kripp, zwischen Remagen und Sinzig, wo die Ahr in den Rhein mündete, hatten sie ihre erste Wohnung gefunden.

Annelieses Vater, James B. Rittner, war ein ehemaliger GI, dessen Eltern nach dem Ersten Weltkrieg aus Deutschland nach Amerika ausgewandert waren. Er war im März 1945 bei der Überquerung des Rheins auf der Brücke von Remagen dabei gewesen. Er hatte den Zusammenbruch der Brücke miterlebt, zum Glück vom Ufer aus. Leider waren dabei einige seiner Kameraden ums Leben gekommen, darunter auch sein bester Freund. Er war am Ende des Krieges zu den Wachmannschaften eingeteilt worden, die die deutschen Kriegsgefangen im Lager auf den Rheinwiesen zwischen Remagen und Sinzig zu bewachen hatten. Er hatte kein Problem damit, dass die deutschen Soldaten für die Verbrechen der Nazi-Elite in Berlin bezahlen mussten, auch wenn sie selbst nicht schuldig waren, sondern nur ihre auferlegte Pflicht erfüllt hatten. Aber als er das Leiden der jungen Männer in den Schlammwiesen ansehen musste, fühlte er Mitleid mit ihnen. Vor allem ein junger Soldat, der so krank war, dass er dem Tod nah war, erschütterte ihn zutiefst. Weinend erzählte der junge Deutsche ihm, dass er nie mit den Nazis sympathisiert hatte, aber ihm keine Wahl gelassen wurde, als er alt genug war, zur Wehrmacht einberufen zu werden. Vielmehr hatte er als Jugendlicher davon geträumt, einmal in die USA auszuwandern und hatte sich durch die Lektüre amerikanischer Schriftsteller wie Ernest Hemingway darauf vorbereitet.

James war nach dem Krieg im Rheinland hängen geblieben, weil seine Eltern inzwischen geschieden waren und ihn in den USA niemand zurück erwartete. Außerdem fand er das Rheintal viel romantischer als die endlosen Weizenfelder in seinem Heimatstaat im Mittleren Westen der USA. Er hatte außerdem eine Freundin gefunden, mit der er Tag und Nacht viel Zeit verbrachte und war unvorsichtigerweise und ohne Eheversprechen Annelieses Vater geworden. Er hatte aber nicht vorgehabt, ihre Mutter zu heiraten, was ihr entgegenkam, da auch sie nicht darauf versessen war, mit James durch den Rest ihres Lebens zu gehen. Er musste jedoch für die Stunden des gemeinsamen Glücks jahrelang Alimente bezahlen. Das konnte er sich problemlos leisten, weil er nach seiner Entlassung aus der amerikanischen Armee einige Semester

Betriebswirtschaftslehre studiert hatte und sich einen Namen als Berater für amerikanische Unternehmen im Wirtschaftswunderland Deutschland gemacht hatte.

Die Eltern von Annelieses Mutter hatten nach der unehelichen Geburt von Anneliese gedroht, ihre Tochter zu enterben. Die war darüber bitter enttäuscht, aber dann stellte es sich als irrelevant heraus, denn nach dem Tod der Eltern informierte sie ein Notar, dass das Erbe zum größten Teil aus Schulden bestand. Daraufhin verweigerte sie es.

Das alles interessierte Gerhard Buchinger herzlich wenig, er liebte seine Anneliese von ganzem Herzen und gemeinsam genossen sie ein Leben in Bescheidenheit. 1985 schenkte Anneliese ihrem Mann einen Sohn, den sie Dietmar nannten, denn Anneliese war damals eine glühende Verehrerin von Dietmar Schönherr, und sie wollte wenigstens einen Sohn mit diesem Namen haben. Ihre Verehrung des Schauspielers Schönherr tat der Liebe zu ihrem Mann keinen Abbruch.

Wenn Dietmar sah, welche Wünsche die Eltern seiner Kameraden ihren Kinder erfüllten, mit welch schicken Autos seine Freunde von der Schule abgeholt wurden, welche tollen Reisen sie in den Ferien machten, fühlte er sich leicht benachteiligt, ohne darunter wirklich zu leiden. Er war in einer Mietwohnung aufgewachsen, wo er ein kleines Zimmer sein Eigen nennen durfte, in das neben einem Bett nur noch ein Nachttisch und ein Kleiderschrank passten. Als er die Schule hinter sich hatte, wollte er so schnell wie möglich sein Leben selbst in die Hand nehmen. Aber da er noch kein Geld verdiente, konnte er es sich nicht sofort leisten, von zu Hause fortzuziehen. Er redete manchmal tagelang kaum mit seinen Eltern. Dennoch war er in deren von fürsorglicher Liebe getrübten Augen, kein schwieriges Kind, lediglich ein schweigsames, mit den normalen Problemen eines Heranwachsenden. Der

Beruf seines Großvaters sagte ihm nicht zu und der des Vaters erst recht nicht. Da er gern Bücher las, die von Reisen in ferne Länder handelten, schlug eine Berufsberaterin ihm eine Lehre in der Reisebürobranche vor. Das fand er akzeptabel und seine Bewerbung bei einem Reiseveranstalter in Bonn war erfolgreich. Am besten gefiel ihm, dass er schon während seiner Lehre Reisen zu fernen Zielen machen durfte, die er sich bei eigener Finanzierung nie hätte leisten können. Einmal, als die Lufthansa in der Touristenklasse ausgebucht war, durfte er sogar in der ersten Klasse nach Beirut fliegen. Er fühlte sich geschmeichelt, weil er an Board unerwartet die Erfahrung machte, wie es war, wenn man wie ein bedeutender Mann behandelt wurde. In Beirut war er in einem großen Hotel untergebracht, und da er vom Hotel als ein Vertreter eines großen Reiseveranstalters mit viel zukünftigem Geschäftspotential betrachtet wurde, verwöhnte man ihn in einer Luxus-Suite mit Blick auf das Mittelmeer. Er setzte sich das Ziel, es in seinem Beruf so weit zu bringen, dass er immer so behandelt würde.

Während der Lehrzeit lernte er Gabi Merwald kennen, die aus einer Bonner Beamtenfamilie stammte. Den Eltern war wegen des Umzugs der Regierung nach Berlin die Dynamik in der beruflichen Entwicklung verloren gegangen. Als überzeugte Rheinländer verweigerten sie sich nämlich der Umsiedlung in die neue Hauptstadt der Bundesrepublik.

Dietmar verliebte sich in Gabi, traute sich aber lange nicht, es ihr zu sagen. Erst nach seiner Abschlussprüfung als Reisebürokaufmann wagte er, Gabi mit seinen Gefühlen zu konfrontieren, und konnte sein Glück kaum fassen, als sie sagte, dass sie ihm ebenfalls sehr zugetan sei, und ja, dass sie sich eine gemeinsame Zukunft vorstellen könne. Sie gingen einige Jahre miteinander, ohne in den Stand der Ehe zu treten, aber ohne Zweifel daran, dass sie für den Rest des Lebens zusammengehörten.

Dietmar hatte eine kleine Mietwohnung gefunden, die ihm zusagte, die er aber nicht als sein endgültiges Zuhause ansah. Irgendwann, wenn er es in seinem Beruf zu etwas gebracht hatte, würde er sich eine herrschaftliche Eigentumswohnung oder ein Haus mit einem großen Garten leisten können. Seine Kinder würden stolz sein, ihre Freunde nach Hause mitzubringen. Gabi wohnte bei ihm, wann immer sie in Sinzig war. Sie hatte nach der Schule keinen Beruf gelernt, sondern jobbte in Gastronomiebetrieben. Im Sommer arbeitete sie in Restaurants an der Nordseeküste oder auf den Inseln im friesischen Wattenmeer, im Winter in den Skigebieten der bayrischen Alpen. In den Zwischensaisons arbeitete sie hier und dort und manchmal überhaupt nicht. Sie liebte die Freiheit, die dieses Leben mit sich brachte. Die Zeit, die sie mit Dietmar verbrachte, empfand sie als besonders schön, sie war glücklich, in diesen Tagen das vorgezogene Eheleben genießen zu können.

Das Reiseunternehmen, bei dem Dietmar seine erfolgreiche Lehre gemacht hatte, übernahm ihn nach dem Ende der Lehrzeit. Er fühlte sich in der Firma wohl und begann, sich langsam in der Hierarchie des Unternehmens hochzuarbeiten. Erst, als er glaubte, so weit zu sein, Gabi einen gesicherten Lebensstandard bieten zu können, bat er sie, ihn zu heiraten. Da das ohnehin ihr Wunsch war, willigte sie gern ein.

Die Hochzeit war ein wunderschöner Tag mit der Familie und nur den engsten Freunden in einem Mittelklasse-Restaurant nicht weit vom Rhein. Da sie alles selbst finanzierten, waren ihre Ersparnisse nach der Feier fast aufgebraucht. Neben den Eheringen blieb Dietmar nicht viel Geld für ein Geschenk an seine Frau. Er versprach, das nachzuholen, sowie ihre finanzielle Situation das zulassen würde. Sie beruhigte ihn, er solle sich deswegen keine Gedanken machen, sie hätte ihn nicht wegen seiner irdischen Güter geheiratet. Sie hatte inzwischen den ständigen Wechsel ihrer Arbeitsplätze satt und hatte in Deutschland alles gesehen, was sie für sehenswert hielt. Sie verließ das Gastgewerbe, um sich nach einem beständigen Job umzuschauen. Den fand sie an der Rezeption eines Fitnessclubs in Sinzig. Jetzt war es an der Zeit, eine Familie zu gründen und Kinder in die Welt zu setzen. Den idealen Mann dafür hatte sie ja schon gefunden.

Sie sagten, Sie sind von der Kripo, wenn ich Sie recht verstanden habe.«

»Sie haben mich recht verstanden.«

»Und wie war Ihr Name noch?«

»Marder. Kommissar Marder aus Remagen.«

»Sie haben doch bestimmt einen Ausweis dabei.«

»Ja, das habe ich.«

Er zeigte ihn. Das war ihm selten passiert, dass jemand seinen Beruf in Frage stellte, obwohl sogar in den Medien immer wieder darauf hingewiesen wurde, dass man Leuten gegenüber, die sich als Polizeibeamte vorstellten, argwöhnisch sein sollte.

»Sie sind aber misstrauisch.«

»Kann schon sein. Benjamin hat mir gesagt, ich soll keinem trauen, der sagt, er sei von der Kripo, bevor ich nicht seinen Ausweis gesehen habe.«

Benjamin? War das ein Zufall? So oft kam der Name eigentlich nicht vor.

»Und wie kommt dieser Benjamin darauf?«

»Der ist bei der Polizei. Der kennt alle Tricks von den Ganoven und hat mir mal gesagt, man könne nicht vorsichtig genug sein, wenn jemand sagt, er sei von der Kripo. Das sei der beste Trick, jemanden in Sicherheit zu wiegen, wenn man ihn betrügen wollte. Sie müssten den Benjamin doch kennen, er arbeitet bei der Polizei in Remagen.«

»Und ob ich ihn kenne. Benjamin Hofrichter ist einer meiner Mitarbeiter. Ich nehme an, den meinen Sie.«

Genau genommen war er sein einziger direkter Mitarbeiter, aber das tat hier nichts zur Sache. Gabi nickte und schaute den Kommissar unschuldig und unbekümmert an. Sie schien nichts zu verbergen zu haben oder sie war unglaublich raffiniert und abgebrüht. Marder setzte nach. Er vermutete, dass eher das Erste zutraf.

»Woher kennen Sie Herrn Hofrichter?«

»Wir sind weitläufig verwandt. Er ist mein Cousin zweiten Grades oder wie man das nennt.«

»Wann haben Sie ihn denn zum letzten Mal gesehen?«

»Ich weiß nicht, warum Sie das wissen wollen. Über Benjamin wollen Sie doch bestimmt nicht mir reden. Wenn Sie etwas über ihn wissen wollen, können Sie ihn doch selbst fragen, wenn er Ihr Mitarbeiter ist.«

»Nein ... ich meine, ja. Wegen Herrn Hofrichter habe ich keine Fragen an Sie. Ich finde es lediglich interessant, wie man manchmal über Dritte eine Beziehung zu Leuten hat, ohne es zu ahnen. Ich gehe davon aus, dass Sie Herrn Hofrichter eine Weile nicht gesehen haben. Habe ich recht?«

»Sie sind aber hartnäckig. Ich dachte, wir hätten Benjamin als Thema erledigt. Wie kommen Sie darauf, dass ich Benjamin seit längerem nicht gesehen habe?«

»Das will ich Ihnen gern erklären, wenn Sie meine Frage beantwortet haben.«

»Also, wenn Sie das unbedingt wissen wollen, das letzte Mal habe ich ihn im Dezember gesehen, weil wir jedes Jahr eine Adventsfeier mit dem ganzen Familienclan machen. Seitdem nicht wieder. Gibt es etwas, das ich über Benjamin wissen sollte? Eigentlich hat er auf mich immer einen guten Eindruck gemacht.«

»Nein. Sie brauchen sich keine Sorgen zu machen. Aber ich vermute, er hat die Ohrringe noch nie gesehen, die Sie heute tragen, wenn Sie sich seit fast einem halben Jahr nicht mehr gesehen haben.«

»Meine Ohrringe? Ich verstehe nur Bahnhof. Wollen Sie etwa mit mir über meine Ohrringe reden? Das kann doch wohl nicht wahr sein. Sagten Sie nicht, dass Sie von der Kripo sind oder habe ich da etwas missverstanden?«

»Ja, das bin ich tatsächlich. Und genau über diese Ohrringe möchte ich mit Ihnen sprechen. Es geht um eine Ermittlung, bei der die Ohrringe eine entscheidende Rolle spielen könnten.«

»Meine Ohrringe sollen etwas mit einem Verbrechen zu tun haben? Das ist ja kaum zu fassen. Das kann doch nicht wahr sein. Worum geht es genau?«

Gabi war nicht verängstigt, nur aufgeregt. Offensichtlich war in ihren Gedanken und damit in ihrem Leben kein Platz für Verbrechen. Marder war jetzt mehr als zuvor überzeugt, dass sie nicht schuldhaft in den Mord an Olaf Bergmeister verwickelt war.

»Sagen Sie mir bitte, wo Sie die Ohrringe her haben.«

»Das ist eine lange Geschichte. Die fängt bei meiner Hochzeit an. Nachdem wir geheiratet hatten, waren Dietmar und ich ziemlich pleite. Dietmar ist mein Mann, das können Sie sich wahrscheinlich denken. Wir wollten uns ein schönes Hochzeitsfest gönnen, an das wir uns später gern erinnern würden. Dafür haben wir fast alles Geld ausgegeben, das wir hatten, und schrecklich viel war das nicht. Unsere Eltern hätten uns sicherlich ein bisschen was dazugegeben, wenn wir sie darum gebeten hätten, aber Dietmar hat von vornherein gesagt, dass er das nicht wollte. Nach der Feier und dem Kauf der Eheringe hatte er kein Geld mehr für ein weiteres Hochzeitsgeschenk für mich. Das hat ihm unheimlich zugesetzt und er wollte unbedingt einen Kredit aufnehmen, um mir etwas Schönes zu kaufen. So ist er eben. Ich habe ihm gesagt, dass das überhaupt nicht in Frage kommt und er mir etwas schenken kann, wenn wir das Geld dafür übrig haben. Weil er inzwischen ganz gut verdient, wollte er jetzt sein Versprechen wahr machen.«

»Das verspätete Hochzeitgeschenk bestand aus den Ohrringen, nehme ich an.«

»Wie kommen Sie denn darauf? Aber wenn Sie schon so direkt fragen, ja, das waren die Ohrringe, Herr Kommissar. Genau genommen, es war erst nur einer.«

»Was meinen Sie damit? Sie tragen doch zwei.«

»Ja. Das stimmt. Aber erst war es eben nur einer. Dietmar hat mir erzählt, er hätte nur einen bekommen können. Er wollte wissen, ob er mir gefällt, dann würde er den zweiten nachmachen lassen. Da habe ich natürlich *ja* gesagt, obwohl ich den Ohrring ein bisschen altmodisch fand, aber dadurch hat er andererseits seinen eigenen Charme und Charakter. Den zweiten Ohrring hat er dann bei einem Juwelier anfertigen lassen.«

»Bei einem Juwelier in Remagen?«

»Nein, bei einem in Bonn, in der Nähe von seinem Büro. Da, wo wir auch die Eheringe gekauft hatten.«

»Ich finde die Ohrringe auch ein bisschen altmodisch«, ließ sich Marder zu einem Kommentar hinreißen und fügte schnell hinzu: »aber das spielt für die Ermittlungen keine Rolle. Vor allem will ich wissen, wo Ihr Mann den ersten Ohrring her hatte.«

»Auf jeden Fall hat er nichts Unrechtes getan. Das ist nicht seine Art. Ich hoffe, Sie wollen so etwas nicht andeuten. Soweit ich weiß, hat ihm ein Typ aus seinem Fußballverein gesagt, dass er ein paar Schmuckstücke von seiner Großmutter geerbt hat. Und weil dieser Ohrring ein Einzelstück war, für den man sonst nicht viel bekommt, würde er ihn für einen günstigen Preis abgeben.«

Marder überlegte. Klar, dass dieses Geschäft ein Risiko für den Mann aus dem Fußballverein war, wenn er der Mörder von Olaf Bergmeister war. Allerdings nur, wenn er befürchten musste, dass ein Gegenstück des Ohrrings auftauchen würde. Das war aus seiner Sicht unmöglich. Er konnte nicht ahnen, dass es tatsächlich einen zweiten Ohrring gab, den Engelbert Bergmeister vor mehr als sechzig Jahren beim Graben im Tunnel übersehen hatte, als er die geraubten Wertgegenstände aus dem Versteck auf der anderen Rheinseite holte. Daher konnte der Täter dieses Risiko nicht erkennen.

»Wann war das, als Ihrem Mann der Ohrring von seinem Mannschaftskameraden angeboten wurde?«

»Das ist noch gar nicht so lange her. Ungefähr sechs Wochen. Vielleicht auch ein bisschen länger.«

»Wissen Sie, wie dieser Typ im Fußballverein heißt, von dem Ihr Mann den Ring gekauft hat?«

»Keine Ahnung. Da müssen Sie meinen Mann fragen.«

»Das würde ich gern. Wo kann ich ihn erreichen?«

»Das ist im Moment ganz schlecht.«

»Warum?«

»Weil er dienstlich verreist ist.«

»Das bedeutet was? Wo ist er genau?«

»In Tunesien.«

»In Tunesien?«

»Ja, in Tunesien. Er arbeitet bei einem Reiseveranstalter. Er ist mit seinem Chef nach Tunesien geflogen. Die machen dort Verträge mit Hotels für ihre Reiseprogramme. Dietmar sagt, im nächsten Jahr darf er alleine reisen und selbst mit den Hotels verhandeln. Sein Chef ist sehr zufrieden mit ihm und meint, er sei jetzt so weit, Verantwortung für wichtige Geschäfte zu übernehmen.«

Gabi Buchinger war sichtbar stolz auf ihren Mann.

»Dietmar sagt, er wird wahrscheinlich sogar nach Thailand fliegen müssen, und ich darf mitkommen. Dass Ehefrauen mitreisen dürfen, ist so üblich, wenn man erst einmal zum Management in der Firma gehört. Thailand wäre ein Traum. Ich bin zwar schon viel herumgekommen, weil ich früher als Bedienung in verschiedenen Restaurants tätig war. Dabei habe ich je nach Saison an der See oder in den Bergen gearbeitet, aber das war immer nur in Deutschland. Außerdem hat Dietmar gesagt, wenn wir Glück haben, dürften wir vielleicht sogar in der First Class fliegen. Das wäre richtig toll.«

»Darum kann ich Sie nur beneiden. Wann wird Ihr Mann wieder zuhause sein?«

»Irgendwann morgen Abend spät. Wann genau, kann ich im Moment nicht sagen, ich komme wegen der Zeitunterschiede immer durcheinander. Aber ich habe seine Ankunftszeit zuhause aufgeschrieben.«

Zeitunterschied? Tunesien? Da gab es doch gar keinen. Tunesien lag seinem Wissen nach doch in etwa auf dem gleichen Längengrad wie Deutschland, nur halt südlich vom Mittelmeer. Marder sagte Gabi Buchinger, er würde sich melden, um so schnell wie möglich einen Termin mit ihrem Dietmar zu vereinbaren.

Seit seiner Unterhaltung mit Gabi Buchinger war bei Marder die Zuversicht gewachsen, den Mord an Olaf Bergmeister aufklären zu können. Den letzten Schritt zur Wahrheit um dessen Tod würde hoffentlich das Gespräch mit Dietmar Buchinger bringen. Die junge Frau hatte ihm imponiert. Sie war nicht nur eine freundliche, vertrauenswürdige Person, sie hatte obendrein Charme und eine einnehmende Persönlichkeit. Vielleicht ein bisschen schwatzhaft, aber das störte Marder in ihrem Fall nicht weiter. Sie kannte sich offensichtlich in Bezug auf Zeitzonen nicht aus, aber sie hatte ihm mit Sicherheit nichts vormachen oder ihn auf eine falsche Fährte locken wollen. Sie liebte ihren Mann und hielt große Stücke auf ihn. Dietmar Buchinger war zu beneiden, in ihr die Frau fürs Leben gefunden zu haben.

Nein, korrigierte er sich, er musste niemanden um seine Frau beneiden, gleichgültig, wie faszinierend und liebenswürdig sie auch war. Er selbst lebte seit undenklich vielen Jahren mit einer Frau zusammen, die er liebte, und er hatte Grund zur Annahme, dass sie es umgekehrt auch tat, sonst hätte sie es nicht so lange mit ihm ausgehalten. Seit sie das erste Kind zur Welt gebracht hatte, war sie zu Hause geblieben und hatte auf eine berufliche Laufbahn verzichtet. Dafür war er ihr stets dankbar gewesen, und sie hatte ihm diesen Dank mit einem wunderbaren Familienleben zurückgegeben. Vielleicht war er in den Augen der nächsten Generation ein altmodischer Macho-Typ, aber alles, was sie getan hatten, war in gegenseitigem Einvernehmen geschehen und für ihr Leben richtig gewesen. Einen Flug in der ersten Klasse in den Fernen Osten hatte er ihr allerdings nie bieten können, das war bei seinem

Einkommen nicht drin. Er nahm sich vor, dies anlässlich ihres ersten Urlaubs nach seiner Pensionierung nachzuholen, und der lag nicht mehr eine unendlich lange Zeit vor ihnen. Vielleicht sollten sie auch nach Thailand fliegen wie die Buchingers, vielleicht nach Tokio oder Singapur, nein, vielleicht doch lieber nach Australien, da ging es vertrauter europäisch zu. Auf jeden Fall, so weit weg von zuhause, wie sie noch nie gewesen waren.

Der Kommissar hatte Benjamin Hofrichter zum Mittagessen eingeladen. Zu seinem Lieblingsitaliener. An den Wänden hingen Plakate mit ausgewählten Reisezielen an den Küsten Italiens. Im Hintergrund erklangen Lieder über die Sehnsucht der Deutschen nach der Sonne des Südens, die in den fünfziger und sechziger Jahren die Schlagercharts dominiert hatten. Caterina Valente war damals ein großer Star gewesen, ebenso ihr Bruder. Wie hieß der noch? Marder kam nicht drauf. Die Musik im Restaurant stand in krassen Gegensatz zu dem kühlen Nieselwetter, das den ganzen Vormittag im Rheintal geherrscht hatte. Umso mehr traf die Atmosphäre des Raumes den Geschmack der meist älteren Gäste, um in ihnen Erinnerungen an Urlaube im Süden Europas wiederzubeleben.

Mit der Einladung in dieses Lokal beglückte Marder seinen Assistenten einmal im Monat, selbstverständlich beglich er am Ende die Rechnung. Das war kein großes Risiko, denn Benjamin Hofrichter neigte nicht dazu, solche Situationen auszunutzen. Es gab dem Kommissar die Möglichkeit, seinen Assistenten näher kennen zu lernen und sich selbst als menschlich zugänglich zu präsentieren. Vor allem liebte Marder Pasta Frutti di Mare, von der der Eigentümer und gleichzeitig Chefkoch des Restaurants beteuerte, es sei ein altes Rezept seiner Mutter aus Napoli. Dazu hatte Marder ein Bier aus der Eifel bestellt, was eigentlich in dem alten italienischen

Familienrezept nicht vorgesehen war. Hofrichter trank einen Rotwein zu seiner Lasagne.

Am Vormittag hatte der Kommissar seinen Assistenten über die Ereignisse des Tages zuvor informiert. Hofrichter hatte ihm bestätigt, dass Gabi und Dietmar Buchinger zu seiner erweiterten Familie gehörten.

»Halten Sie es für möglich, dass Dietmar Buchinger in den Mord an Olaf Bergmeister verwickelt ist?« Marder nahm einen Schluck aus seinem Bierglas und ließ Hofrichter Zeit, sich auf die Antwort zu konzentrieren.

»Man kann sich natürlich in einem Menschen irren, aber ich bin mir sicher, dass Dietmar ein anständiger Kerl ist. Er ist zwar nur ein eingeheirateter Verwandter und er gehört auch nicht zu meinem engsten Freundeskreis, aber ich denke, ich kann ihn einigermaßen beurteilen. Er wohnt ein paar Kilometer entfernt in Sinzig, und wahrscheinlich ist das ein Grund, weshalb wir uns nicht öfters treffen. So wie ich es sehe, ist er ein Mensch, der sich nie auf ein Verbrechen einlassen würde.«

»Woraus schließen Sie das?«

»Ich kenne ihn schon seit Jahren, seitdem er mit Gabi zusammen ist. Die Familie war froh und erleichtert, dass er Gabi geheiratet hat, denn alle mochten ihn. Er ist ein freundlicher Typ und macht einen zuverlässigen Eindruck, einen Ehemann wie ihn wünschen sich die meisten Eltern für ihre Töchter. Er hatte sich schon vor der Hochzeit rührend um Gabi gekümmert und hat ihr jeden Wunsch von den Augen abgelesen. Jedenfalls hat Gabi mir das mal erzählt. Dabei ging es ihm finanziell nicht besonders gut. Das lag wohl an den Familienverhältnissen, über die ich allerdings nicht viel weiß. Die beiden reden auch kaum darüber. Bei unserem letzten Familientreffen vor Weihnachten hat er gemeint, dass es ihnen in absehbarer Zeit finanziell etwas besser gehen würde. Er hat nichts Genaues gesagt, ich denke, er hat auf seine Beförderung in der Firma angespielt. Ich vermute, Sie haben schon herausgefunden, dass er bei dem Reiseveranstalter in Bonn arbeitet, bei dem er seine Lehre gemacht hat. Er scheint jedenfalls zufrieden zu sein und dort auch seine berufliche Zukunft zu sehen.«

Marder nickte, sagte nichts. Er musste diese Informationen und Vermutungen erst einmal mit dem vergleichen, was ihm Gabi Buchinger erzählt hatte.

Hofrichter nahm einen Schluck von seinem Wein, fuhr sich mit seiner Serviette über die Lippen und schaute seinen Chef zweifelnd an. »Warum trinken Sie eigentlich Bier, wenn Sie schon darauf bestehen, dass wir zum Italiener gehen? Wo doch Italien ein Land ist, das für seine Rotweine berühmt ist.«

Dieses Thema hatte der Kommissar zwar nicht diskutieren wollen, aber er ließ es zu. »Ich komme aus dem flachen Land an der Unterelbe, dort trinkt man mittags Bier und keinen Wein, auch nicht, wenn man zum Italiener geht. Schauen Sie sich mal im Restaurant um, Sie werden sehen, ich bin nicht der Einzige, der hier Bier zu seinem italienischen Nudelgericht trinkt.«

»Was haben Sie denn gegen Wein?«

»Überhaupt nichts. Ich bin ja bereits halb konvertiert, ich mag nur dieses Theater um den Wein nicht. Ich habe längst einen Lieblingsroten, einen halbtrockenen Spätburgunder von der Ahr. Aber eben erst abends, am liebsten direkt, bevor ich ins Bett gehe. Das hilft mir beim Einschlafen, zumindest bilde ich mir das ein.«

»Trotzdem stört Sie etwas an unserer rheinischen Freude am Wein.«

»Was heißt stören? Für mich ist Wein eben keine Glaubensfrage, auch wenn ich mit dieser Einstellung in dieser

Region Deutschlands ein Außenseiter bin. Warum sollte ich plötzlich an eine selig machende Wirkung des Weintrinkens glauben, nur weil ich an den Rhein gezogen bin?«

»Nee ... das nicht, ich finde nur, Sie sollten ein bisschen toleranter sein, wenn ich das so sagen darf. Wissen Sie eigentlich, dass hier in Remagen früher auch Wein angebaut wurde? An welchem Hang genau, weiß ich nicht. Ich glaube aber, es war in der Nähe der Apollinaris-Kirche, auf jeden Fall nicht weit vom Stadtzentrum. Irgendwann hat sich das nicht mehr bezahlt gemacht, dafür war das Anbaugebiet wohl zu klein.«

»Gehört habe ich das auch schon. Nur haben die Leute hier nicht daran gedacht, die Wahl der Weinkönig abzuschaffen, als der Weinbau eingestellt wurde.«

»Das sehen Sie falsch. Die Weinkönigin ist eine schöne Tradition. Für die Menschen hier im Rheintal spielt der Wein nun mal eine große Rolle, egal, ob Wein im Ort angebaut wird oder nicht. Er gehört einfach dazu, er steht für die schönen Dinge im Leben und für Genuss beim Essen und Trinken.«

»Das ist eben der Unterschied zu der niedersächsischen Kleinstadt, wo ich aufgewachsen bin. Dort bestellt man in einem Restaurant nur zu besonderen Anlässen Wein. Man sagt zum Ober lediglich: *Bringen Sie mir bitte ein Glas Wein*, vielleicht fügt man noch *rot* oder *weiß* hinzu, und wenn man Experte ist, noch *lieblich* oder *trocken*. Egal, was kommt, man kommentiert es mit: *Der schmeckt aber lecker.*«

»Das finde ich ziemlich ignorant. Wenn man überlegt, wie viele Weinsorten es gibt und welch total unterschiedlichen Geschmack die haben.«

»Ich weiß, ich weiß. Und jetzt werden Sie mir noch erklären, dass es außer den unterschiedlichen Sorten noch verschiedene Lagen gibt.«

»Das lag mir auf der Zunge. Aber vielleicht verzichte ich lieber darauf. Ich möchte Sie mit solchen Details nicht überfordern.«

»Ist auch besser so. Wenn man im Norden beim Essen über die Lage diskutiert, ist man sich schnell einig, dass sie ziemlich hoffnungslos ist und noch nie so ernst war wie heute.«

»Dann sollten wir das Thema Wein hiermit beenden.«

»Nein, nicht unbedingt.« Marder schüttete den letzten Rest Pils aus seinem Glas in den Mund, hätte fast aufstoßen müssen, konnte sich aber gerade noch beherrschen. Dann nahm er seine Ausführungen über den Wein wieder auf. »Außer Sorten und Lagen gibt es noch Prädikate wie Kabinett, Spätlese, Auslese und wer weiß, was noch. Einem norddeutschen Biertrinker würde spätestens jetzt schwindlig werden. Wie gesagt, der bestellt lieber ein Pils und eventuell einen Klaren dazu. Das wärmt von innen, wenn draußen der Sturm über den Deich fegt. So einfach kann das Leben sein.«

Benjamin Hofrichter schwieg.

Marder hatte jedoch immer noch nicht alles gesagt, was ihn beim Thema Wein bewegte, er merkte nicht, dass er dabei war, sich lächerlich zu machen. »Der Kenner hier weiß genau, welcher Wein zu welchen Speisen passt. Natürlich nur, wenn er in der perfekten Temperatur serviert wird. Er verzieht dann genüsslich sein Gesicht, verdreht die Augen und schnalzt mit der Zunge. Sollte der Wein ihm allerdings nicht schmecken, lässt er es seine Umwelt laut und deutlich wissen.«

Benjamin ließ sich nicht hinreißen, die peinlichen Ausführungen seines Chefs zum Thema Wein weiter zu kommentieren. »Wie ich schon gesagt habe, wir sollten das Thema jetzt beenden. Haben Sie noch weitere Fragen zu den Buchingers, Herr Marder?«

»Okay. Vielleicht habe ich mich mit meiner Einstellung zum Wein etwas zu weit aus dem Fenster gelehnt. Aber mir ist jetzt wieder eingefallen, wie der Bruder hieß: Silvio Francesco.«

»Wessen Bruder?«

»Ist egal. Sie kennen die Schwester sowieso nicht. Die gehört zu meiner Generation.«

Gabi Buchinger hatte ihrem Mann sicherlich nicht verschwiegen, worüber ein Kommissar von der Kriminalpolizei mit ihm sprechen wollte. Marder hatte ihr das auch nicht verboten, denn wenn er es getan hätte, hätte sie sich ohnehin nicht daran gehalten. Den Namen Olaf Bergmeister hatte er nicht erwähnt, erst recht nicht, dass es um den Mord an einem Mann mit diesem Namen ging. Wenn Dietmar Buchinger in die Tat verwickelt war, konnte er sich sicherlich denken, was ein Kommissar von ihm wollte. Nach allem, was er bisher über ihn erfahren hatte, hielt Marder Dietmar Buchinger eher für unschuldig, aber jeder Mensch war für eine Überraschung gut, man konnte ihn nicht wirklich beurteilen, bevor man ihn kennengelernt und mit ihm gesprochen hatte. Wäre Buchinger in den Tod von Olaf Bergmeister verwickelt, war es schwer einzuschätzen, wie das Gespräch enden würde. Sicherheitshalber hatte Marder daher seine Dienstwaffe eingesteckt. Er hatte sie seit Jahren nicht benutzt und hoffte, dass er es bis zu seiner Pensionierung auch nicht mehr tun musste. Hofmeister hatte sich angeboten, zu der Vernehmung mitzukommen, aber der Kommissar hatte das abgelehnt. Warum eigentlich? Er konnte es nicht genau sagen, es war eben irgendwie sein ganz persönlicher Fall und seine innere Stimme bestand darauf, dass das Gespräch nicht wirklich gefährlich sein würde. Sie sagte ihm auch, dass die Anwesenheit von seinem Assistenten als weitläufiger Verwandter von Dietmar Buchinger dem Gespräch eher hinderlich als förderlich sein würde. Marder hatte sich nach der Unterhaltung mit Gabi Buchinger entschieden, das Gespräch mit ihrem Ehemann an dessen Arbeitsplatz zu führen. Buchinger würde bei einer Unterhaltung unter vier Augen eher bereit sein, ehrliche Antworten zu geben, als in der Gegenwart seiner Frau. Wenn alles so ablaufen würde, wie Marder es sich vorstellte, würde er nach dem Gespräch dem Juwelier einen Besuch abstatten, der das Duplikat des Ohrrings angefertigt hatte. Er hatte sich bei Buchinger in dessen Büro in der Innenstadt von Bonn angekündigt und ihn darauf hingewiesen, dass das Gespräch keinen Aufschub duldete. Sollte er einen anderen Termin haben, müsse er diesen verschieben, Damit wollte er Buchingers Widerspruchsbereitschaft testen, bevor es zu ihrem Treffen kam. Dietmar Buchinger hatte vernehmbar geschluckt, es jedoch ohne ein Widerwort akzeptiert.

Im Eingangsbereich des Bürogebäudes schwebten sanfte südländische Melodien im Raum, als Marder eintrat. Das war im Haus eines Reiseveranstalters sicherlich kein Zufall. Es erinnerte ihn an das italienische Restaurant in Remagen, auch dort hatte Musik für die passende Stimmung gesorgt. Die Dame am Empfang trug eine rosa Bluse, die kein Geheimnis aus ihrem wohlgeformten Oberkörper machte. Sie wirkte trotz ihrer strengen Frisur freundlich, dabei betont unnahbar. Marder fand, dass sie für ihren Job die Idealbesetzung war, sie wirkte wie ein Musterbeispiel einer Empfangsdame, allerdings austauschbar. Sie wusste Bescheid, dass Herr Buchinger einen Besucher erwartete, und fragte den Kommissar nach seinem Namen, nicht nach seinem Beruf oder dem Anlass für sein Erscheinen.

Buchingers Büro war ein heller, eher kahler Raum in der dritten von vier Etagen des Bürogebäudes. Zwei Drucke mit futuristischen Bildern eines zeitgenössischen Malers hingen an der Wand hinter seinem Schreibtisch. Der Name des Malers sagte Marder nichts, noch konnte er sich vorstellen, was ihm der Künstler mit seinen Werken sagen wollte. Aktenschränke gab es in dem Zimmer nicht, Computer speicherten heutzutage fast alles, was früher auf Papier festgehalten wurde. Nur ein Schränkchen, vermutlich eine Minibar, stand in Reichweite von Buchingers Schreibtisch. Darauf befand sich eine Kaffeemaschine, die angeschaltet war. Der Mann, der in diesem Büro arbeitete, musste seinen Kaffee noch selbst machen, er war offensichtlich nicht ganz oben in der Firmenhierarchie angekommen. Neben der Tür befanden sich zwei Haken an der Wand. An einem dieser Haken hing ein einsamer Schlips. Krawattenzwang gab es in diesem Unternehmen offensichtlich nicht mehr, zumindest nicht, solange man in seinem eigenen Büro war und nicht in den vierten Stock gerufen wurde, wo das Topmanagement saß. In einer Ecke des Zimmers war ein kleiner Besuchertisch mit drei Stühlen. Darauf stand eine gläserne Vase mit einem Blumenstrauß in voller Blüte. Da kein Wasser in der Vase war, mussten es wohl künstliche Blumen sein. Ein modernes, zweckmäßiges, aber liebloses Büro, dachte der Kommissar. Buchinger hat sicher nicht vor, sich für lange Zeit in diesem Raum einzurichten, er arbeitet ohne Zweifel an seinem Umzug in den vierten Stock.

Eine Sekretärin oder ein Vorzimmer hatte Marder nicht entdecken können, die waren, wie in vielen Unternehmen, für das Mittlere Management im Rahmen von Sparmaßnahmen aus der Mode gekommen. Es war für die Mitarbeiter effizienter, und für den Arbeitgeber wirtschaftlicher, Schriftliches direkt in den Computer zu tippen.

Buchinger trug ein legeres Jackett und ein blaues Hemd. Am Revers seiner Jacke befand sich eine Anstecknadel mit dem Logo seiner Firma. Er schaute Marder ungeduldig an, bat ihn zögernd, Platz zu nehmen, als koste es ihn Überwindung. Er machte den Eindruck, dass er von einem schnellen, kurzen Gespräch ausging.

»Ich muss Ihnen sagen, Herr Marder, dass mir Ihr Besuch heute gar nicht passt. Wie Ihnen meine Frau bereits gesagt hat, war ich in den letzten Tagen auf Dienstreise in Afrika, genau genommen in Marokko ... nee, Entschuldigung, in Tunesien, nach Marokko muss ich nächste Woche.« Buchinger war nervös, auch wenn er es zu überspielen versuchte. »Jetzt wartet im Büro hier eine Menge Arbeit auf mich. Ich muss dringend für den Vorstand Berichte über die Ergebnisse unserer Verhandlungen mit den Hotels in Tunesien schreiben. Falls Sie dort einmal Urlaub machen wollen, hätte ich den einen oder anderen guten Tipp für Sie.«

»Nein, im Moment habe ich keine konkreten Urlaubspläne. Um darüber zu sprechen, bin ich auch nicht hier.«

»Gut, dann lassen Sie uns schnell zur Sache kommen. Wie gesagt, ich stehe unter ziemlichem Zeitdruck.«

»Der Zeitaufwand für Sie wäre bedeutend größer, wenn ich Sie zu einem Gespräch in mein Büro bestellen würde. Wenn Sie möchten, lasse ich Sie gern von meinen uniformierten Kollegen abholen, damit ich Sie auf dem Kommissariat befragen kann. Sie dürfen dann natürlich einen Anwalt mitbringen. Sie haben die Wahl, Herr Buchinger.«

Kein guter Anfang für eine freundliche Unterhaltung, aber Buchinger musste von seinem hohen Ross heruntergeholt werden. Marder hatte ihm nun klargemacht, dass es sich bei dem Gespräch um mehr als nur eine belanglose Plauderei handelte.

Buchinger hatte verstanden. »Nein nein. So war es nicht gemeint. Natürlich habe ich nichts gegen ein Gespräch mit Ihnen. Es ist einfach der Termindruck in unserem Geschäft, der manchmal schwer zu ertragen ist. Wenn ich der Polizei in einer Ermittlung helfen kann, werde ich es natürlich gern tun. Das ist eine selbstverständliche Bürgerpflicht. Wenn ich meine Frau richtig verstanden habe, geht es um die Ohrringe, die ich ihr geschenkt habe.«

»Sie haben Ihre Frau richtig verstanden. Es geht tatsächlich um diese Ohrringe. Vor allem geht es um ein Verbrechen, das vermutlich mit ihnen im Zusammenhang steht.«

»Ein Verbrechen? Das verstehe ich nicht. Was sollen die Ohrringe mit einem Verbrechen zu tun haben?«

Buchinger blickte Marder erschrocken an. Auf seiner Stirn hatten sich Schweißtropfen gebildet. Er brauchte eine Denk- oder Atempause, stand auf, machte sich eine Tasse Kaffee, setzte sich wieder und leerte die Tasse mit großen Schlucken.

»Das möchte ich im Moment dahingestellt lassen. Seien Sie versichert, wenn es nicht wichtig wäre, hätte ich nicht darauf bestanden, Sie umgehend zu sprechen.« Jetzt hatte Marder endgültig die Oberhand. Er ließ Buchinger einige weitere Sekunden Zeit, bis bei ihm die Dringlichkeit dieser Angelegenheit eingesickert war. »Wie sind Sie an diese Ohrringe gekommen?«

»Das kann ich Ihnen genau sagen. Eigentlich war es erst nur ein Einzelstück, das mir ein Kumpel im Fußballverein angeboten hat. Ich glaube, meine Frau hat Ihnen das bereits erzählt. Das Pendant dazu habe ich bei einem Juwelier hier um die Ecke anfertigen lassen.«

»Das ist richtig. Ihre Frau hat das bereits erwähnt. Also, wie hieß dieser Kumpel, der Ihnen den Ohrring angeboten hat?« Der Kommissar zog ein Notizbuch aus der Tasche.

Buchinger stand auf und machte erneut einen, zwei Schritte auf die Kaffeemaschine zu. Er war zwar sichtlich erregt, machte aber dennoch auf Marder nicht den Eindruck eines Mannes, der an einem Mord Schuld ist und mit seiner Verhaftung rechnet.

»Ich glaube, ich brauche noch einen Kaffee. Möchten Sie auch einen, Herr Marder?«

Marder ignorierte die Frage, wartete, bis Dietmar Buchinger den Kaffee produziert und sich wieder gesetzt hatte.

»Also ... wer war dieser Kumpel?«

»Das ist kein Geheimnis, Herr Kommissar. Den Ohrring habe ich dem Ulf abgekauft.«

»Und wie heißt dieser Ulf mit Nachnamen?«

»Schänker. Schänker mit ä.«

»Hat Herr Schänker gesagt, wo er den Ohrring her hatte?«

Dietmar Buchingers Handy meldete sich. Marders Blick veranlasste ihn, es auszustellen, ohne nachzuschauen, wer ihn sprechen wollte.

»Noch einmal. Wo hatte Ulf Schänker den Ohrring her?«

»Darüber haben wir nicht weiter gesprochen. Er hat nur erwähnt, dass er ihn von seiner Großmutter geerbt hat und ihn mir besonders günstig verkaufen würde.«

»Hat er auch gesagt, warum er ihn so günstig verkaufen wollte?«

»Wenn ich mich recht erinnere, hat er gesagt, dass so ein Ohrring als Einzelstück keinen großen Wert hat, dafür kriegt man nicht viel bei einem Händler. Deswegen wäre er zufrieden, wenn er überhaupt etwas dafür bekomme. Ganz umsonst hat er ihn mir trotzdem nicht gegeben, aber the price was simply right. Lange nachgefragt habe ich nicht. Es war auf jeden Fall ein Angebot, bei dem ich nicht nein sagen konnte.«

»Ist Ihnen das nicht irgendwie verdächtig vorgekommen?«

»Was sollte daran verdächtig sein? Ich war vor allem froh, diesen Schmuck zu einem Preis kaufen zu können, der mir fair erschien. Der zweite Ohrring, den der Juwelier nachgemacht hat, war sogar einige Euro teurer. Aber zusammen waren die Ohrringe eine Ausgabe, die ich mir leisten konnte, und um meine Frau glücklich zu machen, war mir das allemal das Geld wert.«

»Was wissen Sie über Ulf Schänker?«

»Nicht viel. Er ist kein Freund von mir. Nur so ein Kumpel, wie die meisten in der Mannschaft.«

»Um was für eine Mannschaft handelt es sich, und warum hat Herr Schänker gerade Ihnen den Ohrring angeboten?«

»Das ist der Fußballclub in Sinzig. Das mit dem Ohrring hat sich so ergeben. Nach einem Spiel gehen wir zusammen meistens noch einen trinken. Da saßen der Ulf und ich einmal mehr oder weniger zufällig nebeneinander und haben uns unterhalten. Dabei habe ich wohl erwähnt, dass ich meiner Frau noch ein Hochzeitsgeschenk schulde und etwas Passendes suche, das nicht zu teuer ist. Er meinte, er hätte vielleicht etwas für mich. So sind wir zu dem Ohrring gekommen.«

»Sie sagten, Ulf Schänker wäre nur ein Kumpel von Ihnen, aber kein Freund. Offensichtlich stört Sie etwas an ihm. Können Sie sagen, was das ist? Was für ein Typ ist er denn so, Ihrer Meinung nach?«

»Wenn ich ganz ehrlich bin, halte ich nicht furchtbar viel von ihm. Als Fußballspieler ist er ja nicht schlecht, aber ich glaube, er hat im Verein überhaupt keinen richtigen Freund. Er ist eher so ein Macho-Typ, der gern mal ausrastet. Ein Mensch, mit dem man nicht unbedingt jeden Tag etwas zu tun haben will.«

»Wann haben Sie ihn das letzte Mal gesehen?«

»Da muss ich erst einmal nachdenken. Diese Woche garantiert nicht, da war ich ja auf Dienstreise in Tunesien und logischerweise nicht beim Training. Die Woche davor war der Ulf, wenn ich mich richtig erinnere, nicht beim Training. Es kommt schließlich ständig vor, dass einer mal fehlt, weil er was anderes vorhat oder krank ist. Da fragt keiner groß, wieso und warum der nicht da ist.«

Buchinger zog die Stirn in Falten, er versuchte, sich zu erinnern.

»Warten Sie mal, ich bin mir eigentlich ziemlich sicher, dass er auch davor schon ein oder zwei Mal beim Training gefehlt hat. Wie ich bereits gesagt habe, er ist so ein Typ, wenn der nicht da ist, setzt kein großes Bedauern ein. Mehr kann ich Ihnen leider nicht sagen.«

»Sie haben gesagt, dass Ulf Schänker ein Macho-Typ ist. Worin hat sich das gezeigt?«

»Na ja ... er ist so einer, der bei Punktspielen unbedingt jedes Mal aufgestellt werden will. Das geht nun mal nicht, weil wir bei den Alten Herren um die zwanzig Spieler haben, die wollen alle so oft wie möglich spielen, da muss jeder mal pausieren.«

Für Alte Herren ist der Buchinger noch ziemlich jung, aber so ist es halt beim Fußball. Bist du mal über dreißig, gehörst du zum alten Eisen, kam es Marder in den Sinn.

Buchinger hatte Marders Überlegungen nicht mitbekommen und weitergesprochen. »Das mit dem Pausieren will der Ulf nicht einsehen und nörgelt immer rum, wenn er mit dem Aussetzen dran ist. Irgendwie kann ich das auch verstehen, weil er ja wirklich ein guter Spieler ist, jedenfalls besser als der eine oder andere, für den er aussetzen muss. Aber so ist das eben in einem Mannschaftssport. Wir sind ja schließlich keine Profis.«

Buchinger kniff die Augen zusammen, es war ihm offensichtlich peinlich, negativ über einen Mannschaftskollegen zu sprechen. Marder merkte, dass er noch etwas hinzufügen wollte, aber nicht sicher war, ob er das tun sollte.

»Gibt es noch etwas, das Sie an Ulf Schänker gestört hat? Sagen Sie es ruhig.«

»Da ist die Sache mit den Schiedsrichtern. Jedes Mal, wenn die eine Entscheidung treffen, mit der er nicht einverstanden ist, wird er richtig wütend und rastet geradezu aus. Das war erst vor ein paar Wochen bei unserem letzten Punktspiel gegen Bad Breisig so. Da hätte er dem Schiri beinahe eine verpasst, wenn wir nicht eingegriffen hätten. Wir haben versucht, ihn zu beruhigen, was so gut wie unmöglich war. Der Ulf hat deswegen die rote Karte gekriegt, hat aber an der Außenlinie noch eine Weile getobt. Uns war das unheimlich peinlich.«

»Würden Sie sagen, er neigt dazu, unter extremen Umständen die Kontrolle über sich zu verlieren und Dinge zu tun, die er normalerweise nicht tun würde?«

»Ja, so kann man es wohl sehen. Können Sie mir jetzt sagen, worum es geht? Warum Sie alles das über Ulf Schänker wissen wollen?«

»Es tut mir leid, diese Frage kann ich im Moment nicht beantworten. Aber es kann durchaus sein, dass ich in dieser Angelegenheit noch einmal auf Sie zurückkommen werde. Eine letzte Sache: Wissen Sie, wo Herr Schänker wohnt?«

»Nein, leider nicht. Zumindest kenne ich nicht die genaue Adresse. Die können Sie aber jederzeit im Klub erfahren. Ich weiß nur, dass er nicht in Sinzig, sondern in Remagen wohnt. Das ist allgemein bekannt. Auch, dass er früher in Remagen gespielt hat. Es hat wohl dort im Verein ebenfalls Streit gegeben, und er ist ausgetreten und zu uns nach Sinzig gekommen. Aber das war schon vor ein paar Jahren und war nie ein großes Thema in der Mannschaft. Es gibt noch zwei oder drei andere Spieler bei den Alten Herren, die in Remagen wohnen. Remagen und Sinzig liegen schließlich so nah beieinander, dass es ziemlich egal ist, wo man spielt.«

»Das ist alles, was ich Sie im Moment fragen will, haben Sie vielen Dank. Bitte behandeln Sie das Gespräch vertraulich, auch Ihrer Frau gegenüber. Es ist eine ernste Sache, um die es hier geht, so viel kann ich Ihnen sagen.«

Ulf Schänker war auf einem dornigen Lebensweg unterwegs. Der begann schon nach seiner Geburt. In seinem Elternhaus in Remagen war von ehelicher oder elterlicher Liebe wenig zu spüren. Auseinandersetzungen zwischen seiner Mutter und seinem Vater waren an der Tagesordnung und wurden mit jedem Streit heftiger und nicht selten mithilfe von Handgreiflichkeiten geklärt. Der Vater blieb dabei regelmäßig Sieger. Auf die Dauer konnte das nicht gut gehen. Als Ulf in die Schule kam, hatten sich die Eltern von Tisch, Bett und Sohn getrennt. Das Gericht hatte seiner Mutter das Sorgerecht zugesprochen, der Vater hatte die Erlaubnis erhalten, sein Kind einmal in der Woche zu sehen. Das hielt er für überflüssig und nahm dieses Recht so gut wie nie wahr. Ulf störte das nicht, es kam ihm nichts Schönes in seine Erinnerungen, wenn er an diesen Mann dachte. Wenn der Vater seine Frau geschlagen hatte, hatte auch Ulf oft einen Teil der Prügel abbekommen. Er war froh, dass das nun nicht mehr der Fall war. Als er zehn Jahre alt war, erwähnte seine Mutter eines Tages ohne Bedauern, dass sein Vater nach kurzer schwerer Krankheit im Gefängnis gestorben sei. Warum er ins Gefängnis gekommen war, und welche Krankheit ihn hinweggerafft hatte, konnte oder wollte sie nicht sagen. Das interessierte Ulf auch nicht, er wollte den Mann sowieso vergessen.

Seine ältere Schwester hatte er nie kennengelernt. Sie war bei der Geburt gestorben. Dieses Trauma hatte die Mutter nie überwunden. Tragischerweise war die totgeborene Tochter ein wesentlicher Grund für die endlose Ehekrise zwischen ihr und ihrem Mann gewesen. Als sie schwanger gewesen war, behauptete er, er sei nicht der Vater des Kindes. Sie hätte ihn mit einem anderen betrogen, als er für einige Tage wegen eines Nierensteins im Krankenhaus gelegen hatte. Sie stritt das zu Recht entschieden ab, aber er war von seiner Sicht der Dinge nicht abzubringen. Das hinderte ihn jedoch nicht daran, später mit ihr ein weiteres Kind zu zeugen. Es war ein Junge und die Mutter nannte ihn Ulf, dem Vater war der Name egal.

In der Schule schaffte Ulf mit Mühe einen mittleren Abschluss, ohne in der Klasse einen Freund gemacht zu haben. Er war als Einzelgänger verschrien, was ihn ziemlich kalt ließ. Seine Mitschüler erst recht, die ließen ihn meistens links liegen, denn sie hatten gelernt, dass man sich mit Ulf bei unterschiedlichen Ansichten nicht friedlich auseinandersetzen konnte. Diskussionen mit ihm endeten fast immer in Streit, oft in Tätlichkeiten. Seine Schulnoten lagen unter dem Durchschnitt, aber waren nie so katastrophal, dass ihn die Lehrer mit Fug und Recht sitzenbleiben lassen konnten.

Seine Mutter hatte so gut wie keine Beziehung zu Gott oder der Kirche, bestand aber darauf, dass er im Rahmen seiner Erziehung wie alle anderen Kinder zur Erstkommunion ging und ein paar Jahre später die Firmung empfing. Das ließ er über sich ergehen, fand aber schwer zu glauben, was in den Vorbereitungen auf diese Sakramente über Gottes Güte, Gnade und Liebe erzählt wurde. Das spürten auch die Religionslehrerinnen, aber da er meistens still und unauffällig zwischen den anderen Kindern saß, nahmen sie daran keinen Anstoß. Nach den religiösen Zeremonien in der Kirche waren bei den anschließenden Familienfeiern nur er und seine Mutter anwesend. Danach setzte er nie wieder einen Fuß in ein Gotteshaus.

Als er mit der Schule fertig war, begann er eine Lehre als Maler in einem Handwerksbetrieb. An manchen Tagen, an denen er laut Lehrplan die Berufsschule besuchen sollte, unternahm er lieber einsame Übungseinheiten mit einem Fußball. Er hatte sich dafür ein verlassenes Grundstück ausgesucht, das von einer Mauer umgeben war. Er knallte stundenlang den Ball gegen die Wand, was sein Ballgefühl und seine Schusstechnik sowohl mit dem rechten als auch mit dem linken Fuß auf einen überdurchschnittlichen Stand brachte, Das gab ihm später einen Vorteil gegenüber den meisten seiner Mannschaftskameraden im Verein. Sein Ausbildungsmeister hatte viel Geduld mit ihm, aber irgendwann ging die zu Ende, und sein Lehrvertrag wurde nach der Hälfte der Lehrzeit im beiderseitigen Einvernehmen aufgelöst. Sein Chef hatte es satt, ständig seine Streits mit den Kollegen zu schlichten, die Ulf sogar in Gegenwart von Kunden anzettelte. Er hatte inzwischen aber genug gelernt, um sich als Hilfsarbeiter auf Baustellen oder bei Privatleuten durchzuschlagen, die aus steuerlichen Gründen Schwarzarbeiter für Renovierungen bevorzugten, und denen die Höflichkeit beziehungsweise Unhöflichkeit ihres Malers egal war.

Er war ein sportlicher Typ und sah nicht schlechter aus als die meisten jungen Männer. Wenn er wollte, was nicht oft vorkam, konnte er sogar charmant sein. Er hatte bis zu seinem dreißigsten Geburtstag zwei Freundinnen gehabt: Manuela aus der Volleyballmannschaft im Verein in Remagen und danach Sabine, eine Tischtennisspielerin aus dem Klub in Sinzig, in den er nach einer unerfreulichen Episode in Remagen gewechselt hatte. Beide Beziehungen hielten nicht lange, denn wenn sein Charme verflogen war und sein stacheliges Wesen die Oberhand gewann, konnten oder wollten die Frauen ihn nicht länger ertragen. Vor allem konnten sie ihn sich nicht als Vater ihrer Kinder vorstellen. Er nahm ihnen das nicht übel, denn er wusste selbst, dass er ein schwieriger Charakter war. Trotzdem hatte er die Hoffnung nicht aufgegeben, irgendwann die Frau fürs Leben zu finden. Die beste Voraussetzung dafür war, davon war er überzeugt, viel Geld zu haben und ihr allen Luxus bieten zu können, den sie sich wünschte.

Bis zu dem Tod seiner Mutter lebte er mit ihr in einer komfortablen Mietwohnung. Er war siebenundzwanzig Jahre alt, als sie starb. Laut ärztlichem Befund gab es keinen zwingenden medizinischen Grund für ihren Tod. Eines Morgens lag sie still und tot im Bett, ohne sich von ihrem Sohn verabschiedet zu haben. Sie hatte ihr Leben lang mit Maßen geraucht, in den letzten Jahren etwas zu viel Alkohol getrunken und gelegentlich, eigentlich regelmäßig, zu fett gegessen. Seit ihrer Scheidung hatte sie unter wiederkehrenden Depressionen gelitten, aber es nicht der Mühe wert gefunden, sich deswegen in ärztliche Behandlung zu begeben. Nach den Erfahrungen in ihrer Ehe und einer oberflächlichen Beziehung zu einem Nachbarn hatte sie nie wieder Interesse an einem Mann als festem Partner gehabt.

Sie war, mehr als ihr lieb war, mit ihrem Sohn beschäftigt gewesen, der ihr immerzu Sorgen gemacht hatte. Ihr Wille zum Leben war über die Jahre verdorrt, wie eine Pflanze, die zu oft abgeerntet worden war. Ulf kümmerte sich um ihr Begräbnis, zu dem außer ihm und dem Bestatter nur eine knappe Handvoll Bekannte erschienen, außerdem zwei entfernte Verwandte, die schnell wieder verschwanden, nachdem der Sarg mit ihrem Körper unter der Erde war und sie festgestellt hatten, dass sie auf kein nennenswertes Erbe hoffen konnten. Das fand er in Ordnung, er hatte ohnehin kein gemeinsames Kaffeetrinken mit der Trauergemeinde geplant. Er zog aus der bisherigen Wohnung aus, nachdem er eine preiswertere Unterkunft in einem kleinen älteren Wohnhaus gefunden hatte.

Die Freude am Fußball begleitete Ulf durch seine Kindheit und Jugend. Er genoss den Kampf um den Ball, und seine Mannschaftskameraden wussten seine Fähigkeiten und Entschlossenheit vor allem bei Punktspielen zu schätzen. Wenn er wegen Meinungsverschiedenheiten über die Auslegung der Fußballregeln ausfällig wurde, versuchten sie einem Streit mit ihm aus dem Weg zu gehen. Lieber gaben sie nach, als die Angelegenheit mit Fäusten zu regeln, sie mussten sich schließlich nicht über das Fußballspiel hinaus mit ihm abgeben. Gegen ein gemeinsames Bier nach dem Training oder nach den Spielen war natürlich nichts einzuwenden. Er hatte sich über die Jugendmannschaften in die Herrenriege hochgespielt und war Stammspieler in der ersten Mannschaft des Vereins geworden. Als er fünfunddreißig war, wurde er vom Trainer aufgefordert, in die Alte Herren zu wechseln. Eigentlich sah er das nicht ein, er fühlte sich fit wie eh und je und wusste, dass er den meisten Spielern seines Alters technisch und konditionsmäßig überlegen war. Der Trainer bestand jedoch darauf, denn es gab eine Reihe vielversprechender Nachwuchstalente, denen man eine Chance geben musste, wenn man sie nicht an einen anderen Verein verlieren wollte. Ulf war frustriert, entschloss sich, trotzdem mit dem Fußball in Remagen weiterzumachen, von nun an in der Alte-Herren-Mannschaft, wo er schnell zum lokalen Star seiner Altersklasse wurde. Bis die Sache mit dem Faustschlag passierte.

Eines Tages hatte der Schatzmeister des Vereins Ulf angesprochen und ihn darauf hingewiesen, dass sein Mitgliedsbeitrag für das laufende Jahr noch ausstünde. Das wollte Ulf nicht einsehen, er glaubte sich zu erinnern, dass er das Geld überwiesen hatte. Das hatte er tatsächlich, aber es war der Beitrag für das vorige Jahr gewesen. Ein Wort gab das andere, Ulf wurde immer erregter, verlor am Ende die Kontrolle und schlug dem Mann mit der Faust ins Gesicht. Daraufhin erließ ihm der Vorstand den fälligen Beitrag, schloss ihn aber auf Lebenszeit aus dem Verein aus. Da er weiterhin Fußball spielen wollte, trat Ulf in den Verein in Sinzig ein, wo er ebenfalls bei den Alten Herren spielte. Auch hier kam er über minimale Beziehungen zu seinen Mannschaftskameraden und das gelegentliche gemeinsame Bier nicht hinaus. Das störte ihn nicht, er war nichts anderes gewohnt.

Bei allen Prügeleien und Schlägereien, in die er über die Jahre hineingeraten war, hatte er nie seine Hand gegen eine Frau erhoben. Das war das Vermächtnis seiner Mutter. Aufgrund ihrer eigenen Erfahrung hatte sie ihren Sohn wieder und wieder beschworen, dass er nie, nie eine Frau schlagen dürfe. Das hatte er ihr versprechen müssen. Da war er gerade acht Jahre alt gewesen, aber dieses Versprechen hatte sich tief in sein Unterbewusstsein eingegraben und er wusste, dass er es nie brechen würde. Auch seine beiden Freundinnen hatten nie Grund gehabt, sich über Tätlichkeiten zu beschweren.

Bei der Polizei in Remagen lag nichts Wesentliches gegen ihn vor. Einmal war er in eine Schlägerei vor einer Kneipe verwickelt gewesen, die von der Polizei beendet wurde. Man hatte die Namen der Beteiligten zwar notiert, aber auf eine Anzeige verzichtet, da niemand verletzt wurde und keine größeren Schäden angerichtet worden waren. Eigentlich ging es dabei um fast nichts, man hatte im Fernsehen ein Bundesliga-Spiel gesehen, sich über eine Regelauslegung des Schiedsrichters nicht einigen können und die Diskussion nach dem Verlassen des Lokals mit Fäusten fortgesetzt.

Ein anderer Vorfall war der Verdacht auf Zechprellerei. Nachdem die Polizei seine Daten aufgenommen hatte, einigte man sich mit dem Wirt, dass alles nur ein Missverständnis gewesen war und sich erledigt hatte. Man kann sich eben mal irren, ob man drei oder vier oder sechs Bier getrunken hatte.

Ulfs Erwartungen an das Leben hatten sich immer über dem bewegt, was er sich, realistisch gesehen, leisten konnte. Da er aufgrund seiner unregelmäßigen Arbeitsverhältnisse kein stetes Einkommen hatte, lebte er meistens von der Hand in den Mund und hatte sich keine Rücklagen schaffen können. Wenn er für einen Auftrag gutes Geld bekam, reichte es meistens nur dafür, die Schulden abzuzahlen, die sich in den Wochen oder Monaten vorher angesammelt hatten.

Ein Wunschtraum ließ ihn seit geraumer Zeit nicht los. Während des Biers nach einem Spiel, das sie wegen zwei Toren von ihm gewonnen hatten, hatte ein Mannschaftskamerad ihm Fotos von seinem Urlaub auf Mallorca gezeigt, die er auf seinem Handy gespeichert hatte. Der Kumpel hatte von der Insel geschwärmt, vor allem von den Fincas, die sich wohlhabende Deutsche gekauft hatten und in denen sie den Teil des Jahres verbrachten, wenn im Rheinland nur selten die Sonne scheint und oft dichter Nebel über dem Fluss liegt. Ein zweites Zuhause auf dieser sonnigen Insel mit den schönen Stränden würde er auch gern sein Eigen nennen. Dort würde er Ruhe und den Frieden finden, der ihm bisher versagt geblieben war. Er würde sich mit niemandem streiten müssen, denn als Besitzer einer Finca wäre er von Bediensteten umgeben, die ohne Widerrede seinen Anweisungen zu folgen hatten. Um sich das zu leisten, brauchte er Geld, viel mehr Geld, als er jemals verdienen würde.

Die einzige Insel, die er bisher kennengelernt hatte, war eine Hallig im nordfriesischen Wattenmeer. Er war einmal in den Ferien als kleiner Junge mit seiner Mutter auf dieser kalten und regnerischen Insel gewesen. Dort wollte er nie wieder hin, seine Erinnerungen an den Aufenthalt waren nicht die besten, und er hatte selbst den Namen dieser Hallig aus seinem Gedächtnis gestrichen. Weil die Mutter immer knapp bei Kasse war und sparen musste, konnte sie sich nur die Nebensaison im Spätherbst für einen Urlaub leisten. Bei der Überfahrt von einem Hafen an der Küste herrschte scheußliches Wetter und die Fähre geriet wegen der starken Sturmböen arg ins Schaukeln. Ihm wurde speiübel und er war heilfroh, als sie endlich an Land gingen. Die Ferienwohnung war klein und ungemütlich, er musste mit seiner Mutter in einem Doppelbett schlafen, außerdem funktionierte die Heizung nur unzuverlässig. Sie nahmen alle Mahlzeiten in der Wohnung ein, denn Restaurants gab es auf der Hallig nicht, und Besuche in Restaurants hätten die finanziellen Möglichkeiten der Mutter ohnehin überstiegen. Die schien das alles nicht zu stören, ganz im Gegenteil, sie schwärmte von dem Charme der alten friesischen reetgedeckten Häuser und der gesunden Seeluft. Deswegen wollte sie immer ins Freie, um über die Wiesen und die Marsch spazieren zu gehen. Ulf musste natürlich mit. Was für ein Horror.

Auf Mallorca würde alles wärmer und luxuriöser sein. Ein Traum, der wohl nie wahr werden würde.

Doch warum eigentlich nicht?

Um das Zuhause von Ulf Schänker zu finden, reichte ein Blick in den Computer, denn durch die Schlägerei in der Kneipe vor mehr als einem Jahr war seine Adresse aktenkundig geworden. Diesen Blick hatte Benjamin Hofrichter getan, der sich trotz einer sich offensichtlich anbahnenden Grippe an seinen Arbeitsplatz geschleppt hatte und nichts von Marders Ratschlag, nach Hause zu gehen, hören wollte. Er sagte, er würde den Tag irgendwie hinter sich bringen und morgen zu seinem Hausarzt gehen, wenn es ihm bis dahin nicht besser ginge. Der Kommissar hatte sich einen Durchsuchungsbefehl ausstellen lassen und sich zu der Wohnung des Tatverdächtigen begeben. Er war überzeugt, dass die Aufklärung des Mordes an Olaf Bergmeister nun unmittelbar bevorstand, denn er war sicher, dass Ulf Schänker ihn auf die unmittelbare Spur des Mörders bringen würde, wenn er es nicht selbst war.

Das Haus lag in einer Gasse zwischen Innenstadt und den Gleisen der Bundesbahn, eingerahmt von anderen Gebäuden, die es nicht auf die Liste der erhaltenswerten Baudenkmäler geschafft hatten. Es war der älteste Teil von Remagen, wo schon die Römer gesiedelt hatten und die Grundmauern ihrer Häuser in der Erde hinterlassen hatten. Dort waren sie über Jahrhunderte in Vergessenheit geraten, aber in den letzten Jahren teilweise wieder ausgegraben und restauriert worden. Gegenstände des täglichen Bedarfs, die beim Graben das Licht der Welt erblickt hatten, waren in einem Museum gelandet, in dem die Stadt Remagen mit Stolz über ihre Wurzeln in der Antike informierte.

Die Wohnhäuser hier waren größtenteils vor mehreren Generationen errichtet worden und daher altmodisch und baufällig, selbst wenn sie lange nach der Römerzeit gebaut worden waren. Der Putz schrie nach Erneuerung und die kleinen Fenster ließen vermuten, dass es im Inneren dieser Häuser ziemlich dunkel zuging. Wenn eine Bahn, vor allem Güterzüge, vorbeirauschte, war die Luft von Getöse und einem spürbaren Zittern erfüllt, was mehrmals in der Stunde geschah. Wann das Gebäude, in dem Ulf Schänker wohnte, zum letzten Mal renoviert worden war, ließ sich nicht einschätzen. Neben der Haustür waren zwei unleserliche Namensschilder angebracht, auf einem ließ sich bei genauem Studium *Schänker* erraten.

Marder hätte seinen Assistenten gern dabei gehabt, sich aber wegen dessen drohender Grippe und seinem leidenden Zustand dagegen entschieden. Der Kommissar drückte auf die Klingel neben der Haustür. Nichts rührte sich. Er drückte noch einmal und wartete. Nach einer Weile hörte er hinter der Haustür schleppende Schritte. Die Tür öffnete sich einen Spaltbreit. Marder sah einen schmuddeligen Pullover im Halbdunkel, eine verbeulte Hose, die einmal Teil eines Trainingsanzugs gewesen war, darunter Schlappen, die auch schlapp wirkten. Die Tür ging auf und er nahm einen Mann mit faltigem Gesicht wahr, das von einem ungepflegten Bart eingerahmt wurde. Der Mann blickte Marder unwirsch an. Der Kommissar war sich nicht im Klaren, ob der Mann an den Folgen einer durchzechten Nacht litt, oder ob er erkältet war. Auf jeden Fall schniefte er gewaltig und sah elend aus.

»Was wollen Sie?«

»Ich möchte Herrn Schänker sprechen.«

»Wer sind Sie? Was wollen Sie von ihm?«

»Ich bin von der Kriminalpolizei, mein Name ist Marder. Und wer sind Sie?«

»Eduard Barowski. Mir gehört dieses Haus und Herr Schänker ist mein Untermieter. Worum geht es?«

Herr Barowski holte ein schon mehrfach benutztes Papiertaschentuch aus der Hosentasche und schnupfte hinein, ohne sich abzuwenden. Ihn plagte offensichtlich ein ähnlich grippaler Angriff wie Benjamin Hofrichter.

»Das möchte ich ausschließlich mit Herrn Schänker besprechen. Ist er zuhause?«

»Nein, ist er nicht.«

»Wissen Sie, wo ich ihn finden kann?«

»Das ist im Moment schwer.«

»Was meinen Sie damit?«

»Der Schänker ist auf Mallorca. Hat er jedenfalls gesagt, dass er dort hin wollte, bevor er abgereist ist.«

»Auf Mallorca, was macht er da?« Marder konnte sich natürlich vorstellen, was Schänker auf Mallorca machte, aber es schien, dass er diesen Mann durch Fragen zu weiteren Aussagen nötigen musste.

»Urlaub. Was sonst? Was würden Sie denn auf Mallorca machen?«

»Wissen Sie, wann er zurückkommt?«

»Wenn nichts dazwischenkommt, was man bei dem Schänker nie weiß, vielleicht noch heute, spätestens morgen. Hat er jedenfalls gesagt. Das war vor ungefähr zehn Tagen. Wenn sich an seinen Plänen nichts geändert hat, könnte er jetzt vielleicht schon im Flugzeug sitzen. Aber wetten möchte ich darauf nicht.«

»Dann machen Sie bitte die Tür von Herrn Schänkers Wohnung auf. Sollte Ihnen das schwerfallen, zeige ich Ihnen gern den Durchsuchungsbefehl, der mich berechtigt, die Wohnung zu betreten.«

Herr Barowski hatte keine Zweifel an Marders Berechtigung und ließ den Kommissar ins Haus. Er schlurfte vor Marder her und blieb vor einer Tür stehen. Schänkers Wohnung lag am Ende eines dunklen, engen Flurs. Hier war es tatsächlich so düster, wie der Kommissar es von außen vermutet hatte.

»Seit wann wohnt Herr Schänker bei Ihnen?«

»Schon ziemlich lange. So genau weiß ich das nicht mehr. In der letzten Zeit ist mein Gedächtnis nicht mehr das beste. Nicht, dass ich dement wäre oder so was, aber die grauen Zellen machen eben immer öfter eine kleine Pause, vor allem, wenn sie von einer Erkältung geplagt werden. Wegen des Zeitpunkts, wann der Herr Schänker hier eingezogen ist, müsste ich mal in den Mietvertrag schauen, wenn Sie es ganz genau wissen wollen. Auf jeden Fall wohnt er hier seit Jahren, so an die sechs, sieben oder noch ein bisschen länger.« Marder betrat die Wohnung von Ulf Schänker und begann sich umzuschauen. Barowski hätte zu gern gewusst, was die Polizei in der Wohnung seines Untermieters suchte. Er schaute den Kommissar fragend an, schnäuzte erneut in sein Taschentuch und wollte es sich in einem verschlissenen Sessel im Wohnzimmer gemütlich machen.

»Ich darf Sie bitten, mich allein zu lassen, Herr Barowski? Sie können inzwischen den Mietvertrag suchen. Den schaue ich mir an, bevor ich gehe. Sollte ich Sie vorher brauchen, lasse ich es Sie wissen.«

Widerwillig zog sich der Vermieter aus der Wohnung seines Untermieters zurück und ließ die Tür zum Flur einen Spalt offen. Marder schloss sie hinter ihm und begab sich auf die Suche.

Benjamin Hofrichter hatte sich am Morgen ziemlich elend gefühlt. In seinem Kopf pochte es, seine Nase lief und seine Augen ließen sich nur mit Mühe öffnen. Er hätte schwören können, dass er auf eine schwere Grippe zusteuerte. Er wollte die weitere Entwicklung seines Zustandes im Laufe des Tages aufmerksam beobachten, hatte sich dennoch entschlossen, erst einmal zur Arbeit zu gehen. Nun starrte er auf den Bildschirm seines Computers, um sich auf der Homepage des Bonner *General-Anzeiger* über die neuesten Nachrichten aus aller Welt zu informieren. Das war eigentlich überflüssig, denn er hatte beim Frühstück bereits trotz seiner Beschwerden die Zeitung gelesen. Und seitdem hatte sich in der Welt nichts wesentlich Neues ereignet. Er hätte es vorgezogen, etwas Produktives zu tun, er wusste nur nicht, was das sein konnte. Marder hatte ihm gesagt, dass er mit Dietmar Buchinger gesprochen hatte, hatte ihn aber nicht eingeweiht, was dabei herausgekommen war. Heute war Marder nur kurz im Büro aufgetaucht und hatte sich schnell wieder verabschiedet. Vermutlich war er unterwegs, um etwas zu tun, was sich aus seinem Besuch bei Buchinger ergeben hatte. Hofrichter fand das Verhalten seines Chefs nicht in Ordnung, er hatte das Gefühl, nicht wirklich ernst genommen zu werden. So hatte er sich die Zusammenarbeit mit seinem neuen Vorgesetzten nicht vorgestellt. Teamarbeit ging anders. Vielleicht waren die unerfreulichen Diskussionen über den Karneval und andere Themen ja der Grund für Marders Zurückhaltung.

Nachdem er sich diese Vorwürfe gegen seinen Chef von der Seele geärgert hatte, merkte er, dass es ihm nun deutlich besser ging als am Morgen. Vielleicht hatte er doch nur unter den Nachwirkungen eines Katers gelitten. Er hatte nämlich am Abend zuvor mit ein paar Freunden zusammengesessen, und irgendwann nicht mehr auf die Anzahl der Gläser Wein geachtet, die er zu sich genommen hatte.

Hofrichter klickte seine E-Mails an. Auch hier nichts von Bedeutung, nur einige neue Fotos von sehr entfernten Freunden, die er zum Teil nicht einmal kannte, gab es bei Facebook. Er schloss seinen Account und rief die Seite mit dem Wetter auf. Seine Freunde im Karnevalsverein hatten für das kommende Wochenende eine Wanderung rund um die Nohner Wasserfälle in der Eifel geplant und er fragte sich, ob er Regenkleidung mitnehmen sollte. Das Internet informierte ihn, dass für die nächsten Tage mit freundlichen Temperaturen um die zwanzig Grad ohne Regen zu rechnen war. Aber das Wetter in den Hügeln der Eifel war aus Erfahrung schwer vorauszusagen, Sonne am Rhein war keine Garantie für Sonnenschein auf den Höhen jenseits der Ahrquelle. Die Gruppe hatte sich eine Wanderung von ungefähr achtzehn Kilometern vorgenommen. Das war ihm, wenn er ehrlich war, zu viel, so eine Strapaze würde er sich freiwillig nicht antun. Es gab jedoch einen guten Grund, es dennoch zu tun. Angelique, seine Freundin, hatte gesagt, sie würde dabei sein, sie freue sich auf einen wunderschönen Tag in der Natur, und ein bisschen Bewegung könne niemandem schaden. Zwischen ihm und Angelique war es in den letzten Wochen nicht optimal gelaufen, er befürchtete, dass ihm ein anderer Mann in die Quere gekommen war. Sie hatte das zwar nicht gesagt, aber sie hatte sich seit einiger Zeit eine unerklärliche Zurückhaltung im Umgang mit ihm auferlegt. Er hoffte, sie würde nach einem anstrengenden, aber schönen Tag im Freien abends zu ihm nach Hause mitkommen. Er würde sie vielleicht wieder an Stellen berühren dürfen, wo sie es früher genossen und worauf sie mit freudigen Lauten reagiert hatte. Das Telefon erlöste ihn von seinen Träumen.

»Herr Hofrichter, ich habe einen wichtigen Auftrag für Sie.«

Benjamin schob einen Schreibblock zwischen sich und den Computer, griff nach einem Kugelschreiber und nahm eine aufrechte Haltung an. Angelique verbannte er erst einmal aus seinen Gedanken.

»Okay, Chef. Was gibt es? Übrigens, ich fühle mich schon viel besser als heute Morgen. Es ist wohl doch keine Grippe auf dem Anmarsch, sondern es war nur eine vorübergehende Unpässlichkeit. Also, was möchten Sie, dass ich für Sie tue? Wo sind Sie eigentlich?«

»Das erzähle ich Ihnen gleich. Als Erstes lassen Sie bitte überprüfen, ob und auf welchem Flug aus Mallorca nach Köln ein Ulf Schänker heute oder morgen gebucht ist. Wenn Sie das festgestellt haben, stellen Sie bitte sicher, dass er am Flughafen von unseren Kollegen begrüßt und wegen des Verdachtes auf den Mord an Olaf Bergmeister verhaftet wird.«

»Das klingt so, als ob wir, besser gesagt, Sie den Fall gelöst hätten. Können Sie mir das Wichtigste dazu sagen?«

»Ja, ich denke wir haben den Mann, den wir gesucht haben, und Sie haben ganz wesentlich dazu beigetragen. Die Einzelheiten lasse ich Sie wissen, sobald Sie in die Wohnung von Ulf Schänker kommen. Tun Sie das bitte, nachdem Sie die Gespräche wegen der Verhaftung von Schänker geführt haben. Es wird Sie überraschen, was ich hier gefunden habe.«

»Was haben Sie in der Wohnung gefunden, Chef?«

»Das können Sie sich selbst anschauen, wenn Sie hier sind.«

Marder nannte ihm die Adresse.

Ulf Schänker war am Flughafen bei seiner Ankunft verhaftet worden. Nachdem die Maschine aus Mallorca auf dem Flughafen Köln/Bonn gelandet und noch nicht ganz an das Flughafengebäude gerollt war, kam sie zu einem Halt. Der Pilot bat die Passagiere, noch einige Minuten sitzen zu bleiben, man würde auf eine Rolltreppe und einen Bus warten. Plötzlich öffnete sich die Vordertür der Kabine und drei Herren in Zivil betraten das Flugzeug. Sie gingen zu einem Platz in der Mitte der Maschine und fragten den dort sitzenden Mann, ob er Ulf Schänker sei. Der schaute erschreckt auf und nickte zögernd. Die Männer forderten ihn auf, ihnen zu folgen und nahmen sein Handgepäck aus dem Fach über dem Sitz. Sie verließen das Flugzeug und führten ihn zu einem unauffälligen grauen Auto mit einem auffälligen blauen Licht auf dem Dach, das neben dem Flugzeug wartete. Danach durften die restlichen Passagiere aussteigen. Was genau passiert war, wurde ihnen nicht erklärt.

Mit diesem Empfang hatte Ulf Schänker nicht rechnen können. Er hatte eine interessante Woche auf Mallorca hinter sich. Er hatte viel Zeit damit verbracht, zu überlegen, wie er es anstellen könnte, den Schmuck, in dessen Besitz er mit einigen Messerstichen gelangt war, zu Bargeld zu machen. Er hatte mit derartigen Geschäften keine Erfahrung, war sich aber klar geworden, dass er äußerst vorsichtig vorgehen musste. Es würde ihm nichts anderes übrig bleiben, als mit der Unterwelt in der Region Kontakt aufzunehmen. Ihm war der eine oder andere Typ in den Sinn gekommen, den er in den Kneipen der Stadt kennen gelernt hatte. Vielleicht konnte einer von denen ihn auf den richtigen Weg bringen.

Auf der Insel hatte er sich auf dem Immobilienmarkt umgeschaut und festgestellt, dass es ein großes Angebot gab. Das lag wohl daran, dass viele Besitzer von Wohneigentum im Rentenalter waren, deren Alterssitze bei ihrem Ableben auf den Markt kamen. Er hatte zwei Immobilien gefunden, die er sich als Kaufobjekte vorstellen konnte. Eines von ihnen lag in der Nähe von Peguera im Südwesten der Insel und war Teil einer Wohnanlage, die am Hang in die Höhe gebaut war und einen herrlichen Blick auf Strand und Meer bot. Hier würde er ein Deutscher unter vielen Deutschen sein und seine mangelnden Kenntnisse der spanischen Sprache würden nicht ins Gewicht fallen. Er hatte zu seiner Beruhigung bemerkt, dass alle Verkäufer in den umliegenden Geschäften fast perfekt Deutsch sprachen. Die andere Immobilie war eine Finca und befand sich am Fuße der Tramuntana, der Bergkette im Westen der Insel, wo es ziemlich einsam war. Dort würde er ungestört, aber wahrscheinlich auch gelangweilt seinen Reichtum genießen können. Die nächste nennenswerte Ansiedlung war Port Sóller, ein kleiner Hafen, der nur über eine sehr enge und kurvenreiche Straße zu erreichen war. Er würde sich entscheiden müssen, ob er das rege Treiben der deutschen Urlauber und Rentner an der Küste oder die relative Ruhe und Sicherheit der Berge vorziehen wollte. Aber vorher musste er den Verkauf des Schmuckes regeln.

Das alles war jetzt hinfällig. Nach seiner Verhaftung hatte Marder ihn damit konfrontiert, dass in seiner Wohnung Schmuck gefunden wurde, der als das Diebesgut einer Gruppe von Wehrmachts-Soldaten am Ende des Zweiten Weltkrieges identifiziert worden war, und der mit dem Mord an Olaf Bergmeister in Verbindung stand. Das ließe sich durch das Schmuckstück, das er an Dietmar Buchinger verkauft habe, zweifelsfrei beweisen. Marder sagte das, obwohl ihm bewusst war, dass der Besitz dieses Schmuckstücks kein endgültiger Beweis für den Mord an Olaf Bergmeister war.

Er hielt es aber für denkbar, sogar für wahrscheinlich, dass Ulf Schänker kein professioneller Mörder war, sondern durch eine Situation, auf die er nicht vorbereitet war, zu einem eher zufälligen Mörder geworden war. Wenn man solchen Tätern ihre Schuld vor die Augen hält, bricht ihre Verteidigung oft als Folge ihres gepeinigten schlechten Gewissens schnell in sich zusammen. Er hatte Recht damit. Als Kommissar Marder ihn mit dem Tatort und mit dem Fundort der Leiche konfrontierte, versuchte Schänker gar nicht erst zu leugnen, dass er Olaf Bergmeister in dem Tunnel bei dem alten Gebäude mit einem Messer getötet hatte, danach die Schmuckstücke zu Ende ausgegraben und die Leiche des Toten, von dem er nicht wusste, wer es überhaupt war, in die alte Ruine in den Wäldern über Remagen gebracht hatte. Nachdem er die Tat grundsätzlich gestanden hatte, entschloss er sich, kooperativ zu sein, in der Hoffnung, dass ihm das Gericht als Gegenleistung mildernde Umstände einräumen würde.

Auch wenn Schänker den Mord zugegeben hatte, blieb eine Reihe von Fragen offen, die der Kommissar klären wollte, bevor er den Fall an die Justiz abgeben würde. Dazu würde ein weiteres Gespräch mit dem Mann nötig sein, dessen Rückreise von Mallorca ein für ihn wenig erfreuliches Ende gefunden hatte.

Marder betrat den Raum, in dem das Verhör stattfinden würde. Er hielt zwei Kaffeetassen in den Händen, stellte eine davon vor Schänker auf den Tisch, der sie jedoch keines Blickes würdigte. Der Mann saß vornüber gebeugt auf einem Holzstuhl, seine Körpersprache drückte totale Hoffnungslosigkeit aus. Er wirkte nicht wie ein brutaler Mörder, eher wie ein Mensch, dem alle Perspektiven verloren gegangen waren. Er schien nicht begreifen zu können, wie er in diese ausweglose Lage geraten war. Marder hatte ihm angeboten, einen Anwalt hinzuzuziehen, aber Schänker hatte das abgelehnt.

Der Kommissar nahm einen Schluck aus seiner Kaffeetasse, bevor er das Gespräch begann. Seit Schänker den Mord an Olaf Bergmeister gestanden hatte, diente das, was er noch zu sagen hatte, vor allem dem besseren Verständnis für sein Verhalten während und nach der Tat.

»Sind Sie wirklich sicher, dass Sie keinen Anwalt für dieses Gespräch an Ihrer Seite haben möchten?«

»Ja, das bin ich. Ich möchte alles so sagen, wie es wirklich geschehen ist und kein Anwalt soll mir dabei das Wort im Mund verdrehen.«

»Gut, dann fangen wir also an. Wie sind Sie auf die Idee gekommen, Ihrem Mannschaftskameraden Buchinger den Ohrring anzubieten? Ist Ihnen nicht in den Sinn gekommen, dass Sie dadurch entlarvt werden könnten, wenn der zweite gefunden würde?«

»Ich dachte mir zwar, dass das Schmuckstück ein Ohrring sein könnte, es kam mir aber nicht in den Sinn, dass es davon ein zweites Exemplar geben könnte. Darüber habe ich mir überhaupt keine Gedanken gemacht.«

»Was hat Sie so sicher gemacht, dass davon kein zweites Exemplar existierte?«

»Schließlich hatte ich die Erde in dem Tunnel gründlich durchsucht und war absolut überzeugt, dass ich nichts übersehen hatte.«

»Hätten Sie trotzdem nicht befürchten müssen, dass dieses Schmuckstück eine Spur zu Ihnen und damit zu dem Mord an Olaf Bergmeister sein könnte?«

»Wieso sollte ich das? Wie hätte ich vermuten sollen, dass jemand herausfinden würde, wo es herkommt? Als die Sache mit dem Tod von Olaf Bergmeister in der Zeitung stand und kein Schatz oder Schmuck erwähnt wurde, war ich mir hundertprozentig sicher, dass niemand außer mir etwas von dem Schatz wissen konnte, der bei dem alten Gebäude vergraben war.«

»Ist Ihnen nicht der Gedanke gekommen, dass die Polizei diesen Schmuck der Öffentlichkeit gegenüber nur deswegen verschwieg, weil das den Täter gewarnt hätte?«

»Nee, dazu gab es aus meiner Sicht überhaupt keinen Grund. Jetzt sehe ich natürlich ein, dass es eine blöde Idee war, das Schmuckstück dem Buchinger anzubieten. Das kam mir einfach spontan in den Sinn, als er mir erzählt hat, dass er ein Geschenk für seine Frau suchte, aber nicht zu viel Geld dafür ausgeben wollte. Da fiel mir dieser Ohrring ein und ich wollte dem Dietmar einen Gefallen tun, weil er ja ein Kumpel ist, mit dem ich mich gelegentlich nach einem

Spiel unterhalte. Das mache ich mit den anderen in der Mannschaft fast nie. Da habe ich ihm halt was von meiner Oma und ihrem Erbe erzählt. Das, fand ich, war eine ganz tolle Idee von mir.«

»Wann ist denn Ihre Großmutter gestorben?«

»Die lebt schon lange nicht mehr und vererbt hat sie mir auch nichts. Das konnte der Buchinger aber nicht wissen, weil wir noch nie über unsere Familien gesprochen hatten. Außerdem ist er ziemlich naiv. Wenn wir uns mal unterhalten, redet er fast nur darüber, was er für eine tolle Zukunft in seiner Firma hat und mit was für einer wunderbaren Frau er verheiratet ist.«

Schänker umfasste die für ihn bestimmte Kaffeetasse krampfartig mit beiden Händen. Wäre sie lebendig, hätte er sie erwürgt. Er vermied es, den Kommissar anzuschauen, starrte einige Sekunden an die Decke und senkte dann wieder den Blick. Marder hätte jede Wette eingehen wollen, dass er sich selbst verfluchte, weil er so naiv gewesen war.

»Warum wollten Sie den Ohrring nicht mit dem Rest des Schatzes verkaufen?«

»Ich dachte, von Dietmar kann ich ein bisschen mehr dafür kriegen, als wenn ich den Schmuck als Ganzes an jemand verscherbele. Der würde sich schließlich denken können, dass ich nicht auf einem legalen Weg an den ganzen Krempel gekommen bin, und mir deswegen so wenig wie möglich dafür geben oder mich sogar damit erpressen wollen. Und bis heute weiß ich immer noch nicht, wie und wo ich jemanden finden würde, dem ich das ganze Zeug verkaufen könnte. Zu einem normalen Juwelier konnte ich damit ja nicht gehen. Der hätte bestimmt gleich die Polizei alarmiert.«

»Warum haben Sie nicht länger gewartet, um überhaupt etwas von dem Schmuck zu verkaufen? So lange, bis Sie jemanden gefunden hätten, der von solch illegalen Geschäften lebt und Ihnen ohne Fragen alles abgenommen hätte? Natürlich zu dem handelsüblichen Preis in dieser Branche.«

»Das hätte ich aus jetziger Sicht auf jeden Fall tun sollen. Aber wie ich eben schon gesagt habe, ich weiß ja bis heute nicht, wo ich so jemanden gefunden hätte. Ich brauchte aber schnell ein bisschen Geld für einen Trip nach Mallorca. Den hatte ich nach der Sache mit dem Bergmeister geplant, um über alles in Ruhe nachzudenken. Außerdem wollte ich dort nebenbei eine Finca suchen, die ich vielleicht kaufen würde, wenn alles erledigt war.«

Schänker schwieg, als wüsste er nicht, was es noch zu sagen gab. Nach einer Weile fuhr er jedoch fort.

»Wissen Sie, das alles spielte überhaupt keine Rolle in dem Moment, als ich den Mann in dem Tunnel beim Graben beobachtet habe. Da konnte ich ja nicht ahnen, wie beschissen das alles enden würde. Ich hätte einfach umdrehen und wieder rausgehen sollen.«

Schänker atmete in kurzen, schnellen Stößen. Seine Gedanken gingen vermutlich zu dem Moment zurück, als er im Tunnel auf Olaf Bergmeister eingestochen hatte. Er machte nun zum ersten Mal den Eindruck, als könnte er Kontrolle über seine Worte und sein Verhalten verlieren. In alten Zeiten wäre das der Moment gewesen, in dem er Zuflucht zu Tätlichkeiten genommen hätte. Dann beruhigte er sich und sprach weiter.

»Als ich den Schmuck sah, habe ich nur gedacht, dass ich ihn unbedingt haben wollte. Deswegen habe ich ohne nachzudenken, auf den Typ vor mir eingestochen. Als ich wieder zu mir gekommen war, habe ich mir erst mal überlegt, was ich mit der Leiche tun sollte und wie ich den Schmuck wegbringen würde.«

»Sie hatten also keine Ahnung, wer das war, der in dem Tunnel vor Ihnen den Schmuck aus der Erde grub?«

»Dass der tote Mann Olaf Bergmeister hieß und dass er aus Remagen war, habe ich erst aus der Zeitung erfahren. Was das ganze Zeug wert war, das er da ausgrub, das wusste ich in dem Moment als ich auf ihn eingestochen habe, überhaupt nicht. Aber das spielt nun sowieso keine Rolle mehr.«

»Warum haben Sie die Leiche nicht einfach im Tunnel liegen gelassen? Warum der riskante Transport in die alte Ruine auf dem Berg?«

Ulf Schänker antwortete nicht sofort. Nach so vielen Antworten hielt er sich für berechtigt, selbst eine Frage zu stellen.

»Woher wussten Sie eigentlich, dass der Tote im Wald und dieses Schmuckstück etwas miteinander zu tun haben?«

»Polizeiarbeit. Die Details gehen Sie nichts an. Beantworten Sie einfach meine Fragen. Noch einmal, warum haben Sie die Leiche des Mannes, den Sie im Tunnel getötet hatten, in die Ruine auf den Berg gebracht?«

Schänker zögerte mit einer Antwort, so als wisse er selbst nicht, warum er das getan hatte. Er trank nun mit hastigen Schlucken den Kaffee, der inzwischen kalt geworden war, fuhr sich mit der Hand über die Lippen und verzog sein Gesicht zu einem hilflosen Grinsen. Schließlich antwortete er.

»Das habe ich mich später auch gefragt. Die Situation im Tunnel hat mich total überfordert. Ich konnte ja nicht wissen, was passieren würde, als ich hinter dem Mann hergegangen bin, nachdem er zwischen den Büschen verschwunden war. Ich wusste ja nicht einmal, dass es dort einen Tunnel gibt. Mir kam es irgendwie seltsam vor, dass er nicht wieder heraus kam.«

Schänker blickte den Kommissar ratlos an, als wisse er nicht mehr, was ihn angetrieben hatte, dem Man zu folgen. Dann fiel es ihm wieder ein.

»Eigentlich war ich nur neugierig, was mit ihm geschehen war, dass er wegblieb. Auf jeden Fall hatte ich nicht vor, ihn umzubringen. Dass ich so etwas tun könnte, hätte ich mir vorher nicht vorstellen können. Ich bin mir zwar bewusst, dass ich manchmal etwas impulsiv reagiere, aber ich bin doch kein Mörder. Ich kann nur wiederholen, dass ich den Mann nicht umbringen wollte. Das ist einfach so passiert. Als er dann vor mir lag und sich nicht mehr bewegt hat, habe ich die Nerven verloren. Heute weiß ich natürlich, dass ich Scheiße gebaut habe.«

So schrecklich das auch war, hielt Marder es durchaus für wahrscheinlich, dass Schänker die Wahrheit sagte. Er glaubte ihm, dass er den Mord an Olaf Bergmeister nicht geplant hatte, sondern dass es geschehen war in einem Moment von starker Erregung, ausgelöst von Gier nach den Schätzen, von denen er ohne Vorbereitung geblendet wurde. Er wartete, bis Schänker fortfuhr.

»Ich wollte erst nur den Schmuck mitnehmen und so schnell wie möglich verschwinden. Dann habe ich mir gedacht, dass man bestimmt früher oder später die Leiche finden würde. Und sollte jemand beobachtet haben, dass ich hier öfter über Nacht vor dem alten Gebäude parke, könnte die Polizei schnell vermuten, dass ich etwas mit dem toten Mann zu tun habe.«

»Was ist der Grund, dass Sie oft dort über Nacht Ihr Auto abstellen?«

»Ganz einfach, weil ich keinen Parkplatz bei meiner Wohnung habe. Vor dem Haus gibt es zwar Platz im Innenhof, aber der Barowski will nicht, dass ich da parke. Er sagt, dafür müsste ich was Extra zu meiner Miete bezahlen, aber das sehe ich nicht ein. Und wenn ich keinen Platz in der Nähe von meiner Wohnung finde, wo Parken nichts kostet, fahre ich eben zu dem alten Haus.«

Schänker machte eine Pause. Marder stand auf und öffnete das Fenster. Draußen schien die Sonne, man konnte Vögel singen und Kinder spielen hören.

»Auf jeden Fall dachte ich, es ist besser, erst einmal den Körper zu beseitigen und danach wiederzukommen, um in Ruhe den Schmuck auszugraben und wegzubringen. Als Platz für die Leiche kam mir sofort die alte Ruine im Wald in den Sinn, die kenne ich von früher. Die schien mir ein idealer Ort zu sein. Dass die Polizei herausfinden würde, dass es eine Verbindung zwischen der Leiche und dem Ohrring gibt, habe ich für unmöglich gehalten.«

Typisch, dachte Marder wir werden immer unterschätzt. Er hätte sich gern einen zweiten Kaffee geholt, wollte Schänker jedoch nicht ablenken, jetzt, wo er ins Erzählen gekommen war. Er blickte den Mann an, um ihn zu ermutigen, fortzufahren. Er spürte, dass er selbst müde und erschöpft war. Er versuchte, sich weiter auf die Worte von Schänker zu konzentrieren, es wollte ihm jedoch nicht gelingen. Gut, dass ein Tonaufnahmegerät das Gespräch festhielt, das würde das Gerichtsverfahren erleichtern.

»Ich habe den Körper aus dem Stollen geschleift, in mein Auto geladen und zu einem Parkplatz im Wald oben in der Nähe der Ruine gebracht. Das ist spät abends kein Risiko, denn es ist da stockdunkel und kein Mensch parkt dort um diese Tageszeit. Dann bin ich zurück zu dem Tunnel gefahren. Vorher hatte ich noch die Brieftasche von dem Toten in einen Tümpel im Wald geworfen. Viel Geld war da nicht drin. Und mein Taschenmesser habe ich gleich hinterher geschmissen, da waren schließlich die Spuren von dem Blut des Mannes im Tunnel dran.«

Wo dieser Tümpel ist, kann ich mir vorstellen, dachte Marder.

»Ich habe mein Auto in der Nähe von dem alten Gebäude abgestellt. Dann habe ich mich für eine Weile in den Büschen versteckt. Ich konnte ja nicht wissen, ob der Mann einen Komplizen hatte, der nach ihm suchen würde. Als niemand aufgetaucht ist, bin ich wieder in den Tunnel gegangen. Die Taschenlampe von dem Mann habe ich beim Einsammeln der Schmuckstücke benutzt. Zu dumm, dass ich dabei wohl den einen Ohrring übersehen habe, der Sie auf meine Spur gebracht hat.«

Schänker hatte nicht mitbekommen, dass der Kommissar ihm nicht mehr zuhörte. Der Mörder von Olaf Bergmeister war zu sehr in seine Erzählung und Gefühle verloren. Er wollte die Sache hinter sich bringen.

»Dann habe ich mein Auto geholt, alles eingeladen und bin nach Hause gefahren. Mit dem Schatz bin ich zwei Tage lang durch die Gegend gefahren, bis ich den Mut gefunden habe, den Schmuck in der Nacht in meine Wohnung zu bringen. Alles war so verflucht kompliziert, weil ich immer Angst davor hatte, der Barowski könnte aufwachen und fragen, was ich denn da zu später Stunde in die Wohnung schleppe. Als das gut gegangen war, habe ich mich entschlossen, wie ich ja schon erzählt habe, erst einmal für ein paar Tage nach Mallorca zu fliegen und mir alles in Ruhe zu überlegen. Auf Mallorca habe mir ausgemalt, wie ich mein Leben als reicher Mann genießen würde. Auf dem Rückflug nach Köln war ich mir sicher, dass das Schlimmste hinter mir lag und ich nur noch den Weg finden musste, um den Schmuck an den Mann zu bringen. Wenn ich geahnt hätte, dass Sie in der Zwischenzeit die Sachen in meiner Wohnung ...«

Er hob die Kaffeetasse über seinen Kopf und schleuderte sie voller Wut an die Wand.

Der Autor

Wolfgang Teltscher, Jahrgang 1941, hat sein Arbeitsleben für eine deutsche Fluggesellschaft als Fachmann für Marketing in einigen Metropolen der Welt verbracht. Im Ruhestand lebte er zunächst in Barsinghausen in Niedersachsen, wo er sich mit seinen Deister-Krimis einen Namen als Autor gemacht hat. 2014 ist er mit seiner Frau ins Rheinland umgezogen und hat seine ersten Eindrücke über diesen wunderschönen Teil Deutschlands in seinem neuesten Krimi festgehalten. Bei zu Klampen sind von ihm erschienen: *DeisterKreisel* (2009), *Über den Deister* (2010) und *Blutholz* (2011).

Kommissar Marders erster Fall

Deisterkreisel

Kriminalroman

Hardcover, 251 Seiten,
ISBN 978-3-86674-048-8

In einem kleinen See in Barsinghausen am Rande des Deisters findet man die Leiche des Kommissars i. R. Alfred Matuschek. Kommissar Marder aus Stade wird beauftragt, den mysteriösen Tod seines ehemaligen Kollegen zu untersuchen. Er spricht mit der Familie und den Freunden und Bekannten des Toten. Vordergründig scheint es, als ob alle Menschen in Matuscheks Umfeld in harmonischer Beziehung zu dem Toten gelebt hätten. Erst als Marder Zweifel kommen und er diese Harmonie in Frage stellt, kann er das überraschende Geheimnis um den Tod von Alfred Matuschek lösen.

Kommissar Marders zweiter Fall

Über den Deister

Kriminalroman

Hardcover, 251 Seiten,
ISBN 978-3-86674-067-9

Vera Matuschek ist spurlos verschwunden. Ihr Mann, ein Kriminalkommissar im Ruhestand, ist vor zwei Jahren auf mysteriöse Art ums Leben gekommen. Kommissar Marder aus Stade, der diesen Fall untersucht hatte, kommt wieder an den Deister, um zu ermitteln. Es scheint, als habe die eigenwillige Vermisste nur wenig Freunde – dafür umso mehr Feinde. Alle wissen offensichtlich etwas, aber niemand will bei der Suche nach ihr helfen. Erst als Marder die Aussagen dieser Menschen wie Puzzle-Teile miteinander verbindet, hat er eine Vorstellung, wie er die Suche nach Vera angehen muss. Dazu muss er allerdings über den Deister gehen.

Kommissar Marders vorerst letzter Fall

Blutholz

Kriminalroman

Hardcover, 251 Seiten,
ISBN 978-3-86674-143-0

Als der Orkan Kyrill über den Deister tobt, gerät das Leben von Anja Matuschek aus den Fugen. Kurze Zeit später findet ein Spaziergänger ein Messer im Wald, an dem ihr Blut klebt. Ist die junge Frau das Opfer eines Verbrechens geworden? Feinde, die ihr Verschwinden gern sehen würden, hat sie genug. Kommissar a. D. Marder aus Stade muss noch einmal aus dem Ruhestand in den Deister reisen, um die Suche nach Anja aufzunehmen. Aber ist er noch auf der Höhe der kriminalistischen Fähigkeiten, die dieser Fall erfordert? Oder muss er seinem Alter Tribut zollen?

zuKlampen!